菲洛·万斯
探案集·1

[美]范·达因 著　张丽娟 译

Wuhan University Press
武汉大学出版社

图书在版编目(CIP)数据

菲洛·万斯探案集. 1 /（美）范·达因著；张丽娟译. —武汉：武汉大学出版社，2014.8

ISBN 978-7-307-12666-4

Ⅰ．菲… Ⅱ．①范… ②张… Ⅲ．推理小说-小说集-美国-现代 Ⅳ．I712.45

中国版本图书馆CIP数据核字(2014)第004163号

责任编辑：陈　凤　　　责任校对：管思梦　　　版式设计：张金花

出版：**武汉大学出版社**　　（430072　武昌　珞珈山）

发行：**武汉大学出版社北京图书策划中心**

印刷：北京毅峰迅捷印刷有限公司

开本：880×1300　　1/32　　印张：9　　字数：199千字

版次：2014年8月第1版　　印次：2014年8月第1次印刷

ISBN 978-7-307-12666-4　　定价：29.80元

目录
Contents

目录
Contents

目录
Contents

Philo Vance

一、班森杀人事件

1. 菲洛·万斯在家里

六月十四日，星期五，上午八点三十分。

艾文·班森的尸体是在六月十四日清晨被发现的，我和菲洛·万斯正在他的公寓内吃早餐。这件凶杀案造成了巨大的震惊和轰动，一直到今天也没有完全消除。我平时常和万斯共享午餐和晚餐，但一起吃早餐却只有那么几次，因为他喜欢晚起，并且在午餐前没有与人交谈的习惯。

早晨，我们是因为公事才碰面的。

前一天下午，万斯去凯勒画廊参观瓦拉德珍藏的塞尚水彩画预展，其中几幅作品让他心动不已，因此约我共进早餐并且要把一些购画须知告诉我。

我是整个事件的叙述者，我不得不将自己和万斯的关系作个交代。我的家族是法律世家，中学毕业后，我去了哈佛大学攻读法律，在那里我认识了万斯，一个孤僻、讥诮、刻薄的大一新生，他让所有的人对他敬而远之。我一直不理解，为什么他在那么多同学中挑选我为学习的伙伴。万斯获得我好感的原因非常简单：他的性格特殊到令我着迷。可是，我却不知道我的哪一点被他欣赏。从前到现在，我都是一个普通得不能再普通的人，尽管并不顽固，但思想却很保守传统，那些沉闷的法律诉讼程序让我产生不了任何兴趣，这就是我对家族事业没什么兴致的原因，也许这样的心态和万斯的某种性格非常契合，所以我们两个之间可以配合互补，不管真正的原因是什么，我们之间的友情愈加牢不可分则是事实。

毕业后，我在父亲的"范・达因＆戴维斯律师事务所"工作，我乏味的见习律师生涯持续了五年，这使我成为一位资深合伙人。现在我在"范・达因＆戴维斯律师事务所"坐第二把交椅，办公室位于百老汇大道一二○号。几乎在我的名牌正式挂上事务所大门的同一时刻，万斯从欧洲回国了。他的姑母近期去世，遗嘱上规定万斯是遗产继承人，他让我去帮忙解决一些程序上的问题，以便他顺利继承所有的财产。

我们之间一段崭新和不寻常的关系由此打开。万斯讨厌任何商业行为，我逐渐成为他在金钱交易上的经纪人，我发现我的上班时间几乎被他的事务全部占用。万斯的经济能力强大到足够去雇用一位全职法律顾问，因此我断然放弃律师事务所的工作，一心一意为他一人工作。

我被万斯找去讨论收购塞尚画作的时候，我心中还对离开"范・达因＆戴维斯律师事务所"恋恋不舍，但这种感觉在那个多事的清晨完全消失不见。因为从班森命案开始，之后将近四年的时间，对我这个资历尚浅的年轻律师来说，能亲自参与整个案件的侦查，真的是再幸运不过的事。我确信我所见到的是美国警局犯罪档案中最令人匪夷所思的案件。

整个事件的重要人物是万斯。万斯与犯罪事件无丝毫关系，但他杰出的分析解说才能，使他侦破了许多连警察和检察官亦无计可施的重大刑案。

由于我和万斯之间的关系非常特殊，我不只是参与了他所涉足的案件，而且他和检察官之间的非正式讨论我几乎也都在场，因为习惯，我将每一次的会谈都做了详细的记录，并尽可能真实地记录万斯分析犯罪者心理状态的独特看法。这样一来，当案情大白时，就能够提供一切详细资料。

还有一件幸运的事。第一次吸引万斯注意力的案子就是艾文·班森谋杀案——这不只是纽约市这几年来最著名的凶杀案之一，而且也是一个展现万斯在推论犯罪动机方面稀有天分的最佳机会。案件受瞩目的程度，激起了他对这一系列行动的兴趣。

这个案子非常突然地闯入万斯的生活，尽管一个月前他并不是十分情愿地答应检察官，接下这个困扰他生活的案子。实际上，在六月中旬的早餐后，这个案子即找上我们，使收购塞尚画作被暂时搁置。当天下午我造访凯勒画廊，万斯看中的两幅水彩画已被人先买去了。我确信虽然他最后侦破了班森谋杀案，他让一个无辜者免于牢狱之灾，可是在他心里一直对失去那两幅心爱的水彩画而难以释怀。

那天早上我被管家柯瑞请进客厅，柯瑞是英籍的老管家兼厨师。

我走进客厅时见到万斯穿一件质地上好的丝质睡袍，脚蹬灰色丝绒拖鞋，坐在有扶手的大沙发上，一本画册摊在他膝上。

"实在抱歉，我无法起身，范。"他用轻松的口吻说，整本《现代艺术发展史》搁在膝头。"另外，你也明白，早起令我很累。"他翻阅手边的画册说，"瓦拉德这家伙送出不少塞尚作品的目录，昨天我已认真看过，在打算购买的作品上作了记号，今天画廊开门后你马上去替我买下。"

他将手上的目录递给我："我知道这是件不愉快的差事，"他懒洋洋地微笑着说，"以你学法律的头脑来看，这些画或许不值钱。这些画和传统的画有非常大的不同，你可能会认为其中有几幅挂反了，实际上有一幅真的挂颠倒了，连凯勒也没发现。别不耐烦，范，这些都是非常有价值的艺术品，数年后价格会翻番，对爱财的人而言是非常好的投资，在未来比你处理我姑母遗产所获得的大笔律师净值股票还要值钱。"

万斯对艺术有着浓烈的爱好，并非只是狭窄私人性质的收藏，而是大肆收购世界上有价值的艺术珍品。他的主要兴趣和嗜好是艺术，他是研究日本绘画和中国绘画的专家，对壁毯和瓷器都有深刻的研究。我曾听到他对客人谈到关于塔纳格拉小摆饰，谈话内容如果出印成稿，绝对是一篇杰出的专论。

在收藏艺术品方面，万斯从来都是凭直觉，他拥有许多绘画和艺术品。他的收藏品看起来相当庞杂，什么样的都有，但形式或线条上，总有一些共同点。在内行人看来，他收藏的品位有自己独特的风格。无论如何，我一直认为万斯是个不寻常的人物和有哲学头脑的收藏家。

万斯的住宅位于东三十八街，在一栋旧楼的最顶两层，装饰得相当豪华气派，宽敞的房间和挑高的天花板，屋内摆满他所收藏的那些稀有画作和艺术品，可是却不显拥挤。他所收藏的绘画从意大利文艺复兴之前的作品到塞尚和马蒂斯。原版画作中有米开朗琪罗和毕加索的作品，至于他的中国画珍藏绝对算得上是全国顶级私人收藏家。

有一次，万斯对我说："中国人是东方最伟大的艺术家，他们的哲理从作品中表达出来，相较之下，日本人就显得肤浅多了。尽管中国艺术品从清朝后开始逐渐没落，但是我们仍然能够触摸到那种特质。"

万斯对艺术的鉴赏力让人吃惊，他丰富的收藏品就像一个博物馆一样。他的收藏包括：古希腊酒瓶、都铎王朝时代的合金制品、十六世纪意大利盛圣水用的水晶碗、文艺复兴时期的木雕、印度佛像、明代观音雕像和拜占廷时期遗留下来的象牙雕刻。

关于埃及的收藏品中有一个金色的罐子、水中女神的雕像；近代油画和素描几乎全部悬挂于图书室的墙上；书架上方摆了非洲人进行祭拜仪式时戴的面具和图腾，来自奈及利亚、苏丹、象牙海岸和刚果各地。

我不厌其详地描述万斯对于艺术的狂热的原因是，假如你想弄明白自六月的一个清晨，接下来发生在他身上一系列如通俗肥皂剧般的经历，你只得先熟悉此人的内心性情和嗜好。热爱艺术这个事实相当重要——那是影响他性格的至关重要的因素。我从未曾见过任何一人能够像他般静若处子，动如脱兔。

万斯就是普通人说的"业余艺术爱好者",但是这样的称呼对他而言并不恰当。他有着非比寻常的文化触感和智慧,还有与生俱来的贵族气质,在大众中显得特立独行。对一些次等的人和事物,他会情不自禁地流露出不屑的态度,这些人送他一个"势利眼"的外号,但至目前为止,他对人的态度不管谦恭或鄙视,全是发自内心,没有丝毫的做作。我确信他讨厌愚蠢远超过粗俗与鄙下,我曾在不同的场合里听到他引用法国政治家富歇的名言:"愚蠢之罪在于罪不可赦——愚昧无知比犯罪还要不可原谅。"

万斯绝对是愤世嫉俗的人,可是并不无病呻吟,他有年少轻狂式的尖刻。对他最恰如其分的形容应该是:一个傲慢无趣之人,但却能以旁观者的眼光洞察生命的真谛。他对人类所有的行为都有兴趣,不过仅用此来证明科学,而非人文方面的研究。虽然他的魅力不高,但是那些没理由对他产生崇敬之意的人也找不出半点厌恶他的理由。他是一个现代堂·吉诃德,一口英国腔的英文令那些对他认识很浅的人十分倾倒,这是大学毕业后在牛津游学的成果,实际上,他有时候也会装腔作势。

他的样貌相当英俊。他的嘴看起来与麦迪西家族肖像非常相似,挑高眉毛时有些嘲弄傲慢的味道。脸部轮廓深刻却也是表情十足,饱满的前额就像一位艺术家而不像一名学者。他那双冷灰色的眼睛相距有点远,鼻子挺直瘦削,下颚中央有一道深痕,他总让我想起电影《哈姆雷特》中的男主角约翰·巴里摩尔。

万斯有六尺的身高,身形强壮优美。他是剑术专家,曾担任过大学剑术校队队长。户外运动是他的爱好,没必要花太多的时间练习即可以做得很好。他的高尔夫球杆差只有三杆，还曾有一季代表国家马球队与英国争夺冠军。他相当讨厌走路，只要能够坐车，他连一百码也不想走。

他的衣饰向来入时，剪裁合宜。他花许多时间在私人俱乐部里，经常去的是史杜文生俱乐部。他曾跟我说过：是因为它的会员人数众多，成员包括政商界的知名人物，可是他从不参与任何严肃的话题讨论。偶尔去观赏现代歌剧，他长期在古典交响乐和室内乐音乐厅包厢内订位。

他是我见过的最怪诞的扑克玩家，万斯这样的人居然偏好平民化的扑克游戏却并不是桥牌和西洋棋，还居然将人类心理学知识应用在扑克上。这一切与我将要叙述的事件有千丝万缕的关系。

万斯对人类心理的了解相当奇特。他准确判断人的能力，再加上自己不断学习研究，使他的此等天赋达到了一个让人叹为观止的境界。大学时，他选修许多心理课程或相关的科目，当我仍在法律必修科目中打转时，万斯已经踏进了文化课程的领域。我将这段话记在这里是因为他除了英文之外，广泛阅读其他语文书籍，加上他惊人的记忆力，对于他在语言运用上的帮助很大。

万斯的思维非常冷静客观，是能够不受传统、感情用事和现代迷信所影响的少数人之一，他能够洞察一般人的行为举止，找出背后真正的动机。他避免被教条式的思想所禁锢，保持冷静，以理智的逻辑思考。

"我们只有像外科医生那样，以冷漠而专注对待实验白鼠的态度来看待人类的难题，才能找到真正的答案。"有一回他这样跟我说。

万斯有活跃的社交生活但不热闹，这是对大家族关系的妥协，可是他并不喜爱社交——我从来没见过一个比他更不合群的人——当他对外社交时，聪明人一看就知道他是被逼参加。实际上，在那个难忘的六月早餐前夜就是因为他必须履行社交义务，不然我们应该在前晚即谈妥购买塞尚画作的细节。当柯瑞给我们端上早餐时，万斯依然在抱怨，而我为此际遇感到非常感激。检察官于上午九点来拜访时，万斯正舒适惬意地在家中享用早餐，错过这些，我极可能无缘经历此生中最紧张刺激的四年生活，而纽约市最凶狠恶毒的罪犯也非常有可能仍然逍遥法外。

我们点起一根烟，正舒服地靠在椅背上享受第二杯咖啡的时候，门铃声大作，柯瑞应门后就看见检察官快步走进起居室内。

"真意料不到！"他用嘲弄的口吻大声说道，"全纽约最著名的艺术鉴赏家已然起床了。"

"你这是对我的侮辱。"万斯反驳他。

显然，检察官没有说笑的心情，他的面容严肃了起来。

"万斯，我来这里是为了一件非常重大的刑案——艾文·班森被杀了。"

万斯无所谓地挑动眉毛。

"真的？"他慢吞吞地说，"真糟糕！不过他活该。无论发生任何事，你也不用如此大惊小怪，坐下来喝一杯柯瑞调的咖啡吧！"

马克汉迟疑了一下。

"也行，等一两分钟也没关系，不过只喝一杯。"他对着我们坐了下来。

2.犯罪现场

六月十四号，星期五，上午九点。

如果你记忆力不错，应该不会忘记约翰·马克汉在名噪一时的选举中赢了汤米·霍尔，成为纽约郡总检察官。如果不是对手分散票源的缘故，他非常有可能在四年后竞选连任时取得胜利。他的工作热情非常高涨，让整个地检处成为刑事案件和民事诉讼的大本营，他为人清廉，非但获得选民热情的支持，还赢得了那些和他理念背道而驰的对手的信任。

他就职几个月后，一家报纸用"看门狗"来称呼他，这个绰号一直跟着他到职位结束那日。在他任期内起诉成功的案件数不胜数，至今仍是街头巷尾议论的热点。

马克汉有四十多岁，身形魁梧高大，已经灰白的头发在比实际年龄显得年轻的面容掩饰下并不明显，他与一般人眼中"英俊"的模样尚有一段距离，但是却有一股非凡的高贵气质，这种特质在往后的政客身上几乎已经看不见了。他性格豁达好胜，而他的没有礼貌是建立在良好教养的基础上，绝对不是一般上流社会人士的趾高气扬。

在工作压力不大的时候他是个十分平易近人的人。但在我初见他时，曾见他的态度在一瞬间由友善变为严厉，好像另一个人——一个严厉、不屈不挠、正义的马克汉。在我们后来接触时，我曾看见过无数次这样的转变。事实上那天清晨当他坐在我对面的椅子上时，我知道在他刚毅的外表下其实深深地被艾文·班森凶杀案困扰着。

他非常快地将咖啡一饮而尽搁下杯子，万斯用奇异的眼光望着他说："为什么班森之死让你这样魂不守舍？我想凶手应该不是你吧！"

马克汉不理睬他的揶揄。

"我现在正要去凶案现场，你愿意和我一起去吗？你曾说过想亲身参与调查，承诺现在向你兑现。"

我想起几个月前在史杜文生私人俱乐部里面，大家谈论着一宗纽约市发生的凶杀案，万斯说他想陪同检察官调查下一宗案子，马克汉答应了他，对心理和人性行为的兴趣使得他和马克汉成为莫逆之交，这也是他的请求为什么能够被准的原因。

"你没有忘记！"万斯慵懒地回答他，"这真是一份贵重的礼物，虽然我很难消受。"他望了一眼挂在壁炉上面的钟，"不过时间不对，可能有人会看见我。"

马克汉焦急地在椅子上动了动身子。

"你动作快一点吧，比起早上九点钟见人的狼狈样，我相信你更愿意满足你的好奇心，我是不会带一个脚踏拖鞋、身穿浴袍的人出门的，你只有五分钟的时间换衣服。"

"不要着急，亲爱的，"万斯打了一个哈欠，"那个家伙已经死了，不是吗？他是不会逃走的。"

"动作要快，"马克汉催促着说，"这并不是闹着玩的，事态非常严重。以目前的情况来看，很有可能会揭发一起丑闻，你到底想怎么样？"

"你问我想怎么样？想追随一位众人眼中伟大的执法者。"万斯站起来回答并奉承地向他鞠躬。

他唤进柯瑞，命他拿衣服进来更换。

"我将出席一个由马克汉先生为死者召开的会议，衣着应该整齐端庄，从暖和的角度考虑，金丝的西服应该够了吧……再配上紫罗兰色领带。"

"我想你该不会还要戴朵绿色康乃馨吧！"马克汉埋怨道。

"啧，啧，"万斯轻声斥责，"检察官真不应该说这样的话！那种装扮早过时了，只有街头卖艺者才这么打扮。将班森的案情直接告诉我吧。"

在柯瑞的帮助之下，万斯迅速地穿好衣服，看到他故作轻松的态度，我知道，凭他的观察力和警觉心，很清楚这是一桩不小的案子，他的兴奋和跃跃欲试让我很清楚地感觉到了。

"艾文·班森这个人我相信你是知道的，"检察官说，"今天早上他的管家发现他穿戴整齐坐在客厅沙发上，头部中弹身亡。管家立刻打电话到当地警察局报案，这个消息马上转到总局，我的助理通知我，我原本打算以警察局例行侦察手续处理；谁知道半小时前，艾文的兄弟班森少校亲自给我打电话，要求我负责此案，我和少校认识二十年了，我无法拒绝，所以非常迅速地吃完早餐打算亲赴现场。路过你的门口让我记起了你上次的请求，顺道进来请你与我一起去。"

"你可真周到。"万斯在门口的小穿衣镜前边整装边说。他转身对我说："你也来吧，范，一起去看看班森的尸体。我想被我挑剔半天后一定会有马克汉的手下说我就是凶手，为了安全起见，还是让你这位律师在我身边，马克汉，你不反对吧？"

"当然不会。"马克汉回答，虽然我知道他最希望我置身事外，但是此案已经让我产生了莫大的兴趣，所以就跟着他们两人一起下了楼。

我们坐进计程车后，车便向麦迪逊大道驶去，这两个在个性上有天壤之别的人之间的友谊让我深感惊异——马克汉是个直率、传统、吹毛求疵、对生命的看法太过严肃的人；万斯是个随性、快乐、多变的愤世嫉俗者，而他们彼此之间友谊的基石竟是这些差异。马克汉让万斯认识到生命的坚固和不可改变的事实；马克汉视万斯为自由自在无拘无束的象征，事实上他们之间的情谊绝非泛泛之交，我相信马克汉对万斯的智慧是非常佩服的，并认为在他认识的人中无人能高明过万斯，虽然他偶尔反对万斯的作风和意见。

在我们驶往上城途中并没有人开口说话，马克汉似乎忧心忡忡。当我们的车子转进四十八街时，万斯开口问道："除了见到尸体时要脱帽之外，还有什么社交礼仪应该注意的吗？"

"戴好你的帽子！"马克汉咆哮说。

"天哪！难道我们是进犹太会所不成？有意思！或许我们也该脱鞋以免混淆了歹徒留下的脚印。"

"没这个必要，"马克汉告诉他，"你们什么也不需要脱，这里和你们平时晚上的聚会有很大的不同。"

"亲爱的马克汉！"万斯用责备的口吻说，"你那些可怕的道德感又跑出来了。"

马克汉没有心思与他舌战。

"我必须先警告你们几件事，"马克汉正色说道，"看起来这会是一件轰动的大案子，猜忌纷争是避免不了的，我不会因能亲身参与这个案子的调查而窃喜。我的助手告诉我案子目前由刑事局的希兹巡官负责，出风头搏宣传，他一定会认为这是我接手此案的目的。"

"在体制上你不应该是他的上司吗？"万斯问。

"就是因为如此，所以事情才变得更复杂……我真希望少校没打电话给我。"

"希兹这种讨厌鬼遍布这个世界。"

"不要这么曲解我的意思，"马克汉立即纠正他，"希兹是一个能干的人。实际上，他是我们所有警员当中最好的，他被指派调查全案可以证明总部对这个案件的重视程度，我的接手应该不至于有任何的不痛快，但是我希望气氛还是能够尽可能地和谐。希兹看到我带了你们来一定会大为光火，所以我请求你们，务必保持谦逊的态度。"

"尽管我不愿意这么做，但如果真的有这个必要，我愿意讨好那个敏感过度的希兹，见到他我会立刻奉上我最钟爱的香烟。"

"假如你真的这么做，"马克汉微笑着说，"他可能会把你当嫌犯当场逮捕。"

我们的车停在了西四十八街靠近第六大道上一幢古老气派的豪宅前。这幢房子很优雅，有二十五尺高，在它建造的年代纽约市建筑还注重美观和实用兼顾，它的设计和附近房子的形式一样传统，但它不凡的华丽气派由大门和窗户的石雕完全地显现出来。

路边到房门前的阶梯前有一小段水泥路，周围全被铁栏杆围住。

大门是唯一的进出口，阶梯有十层，最高那一级比马路高出六英尺（一英尺等于0.3048米）；两扇装了铁栏杆的大窗户装在进口处右边墙上。

看热闹的群众堵在门口，许多看起来警觉性很高的年轻人站在走道上，我猜那是记者。制服警员替我们打开计程车门，他向马克汉举手敬礼并驱散人群让我们进入，大门外的巡警打开大门让我们进入屋内，他们也向马克汉敬礼致意。

万斯微笑着轻声说："凯撒大帝，请接受我们的敬礼。"

"闭嘴，"马克汉说，"已经够我烦的了。"

进入那扇橡木大门后，助理检察官汀威迪前来迎接，他看起来是一位认真聪颖的年轻人，给人留下了似乎可以肩负人类所有苦难的印象。

"早安，长官，"他向马克汉打招呼，松了一口气，"真高兴见到你，这案子十分麻烦，这是桩谋杀案，但目前没有任何线索。"

马克汉忧愁地点点头，望向客厅的方向："来了些什么人？"

"除了总探长，其他人全来了。"汀威迪无助地回答，显示着不祥的预兆。

在客厅入口处出现了一位蓄白色胡髭、面色红润、身形高大的人，他一见到马克汉，便伸出手快步走过来，我认出他是警察局刑事组的最高领导人欧布莱恩探长，他们互相寒暄，马克汉介绍了万斯和我，欧布莱恩意思了一下对我俩点点头便转身走向客厅，马克汉、汀威迪、万斯和我跟在其后面进入。

客厅宽敞呈正方形，有两扇十尺高对开的大门，屋顶挑高，在临街的方向开了两扇窗，在大门反方向通往天井的墙上又开了一扇窗，一旁是进出餐厅用的落地式拉门。

室内装潢得奢华高档。几张画工精细的赛马图和狩猎的战利品在墙上挂着。一张高级东方地毯几乎铺满了客厅的整个地面，东边面对大门那面墙的中央有个大理石砌成的壁炉，对角处摆了一架直立式钢琴。另外有张桃花心木制成的书架，桌面镶嵌珍珠的小矮几和柚木制的六尺长桌，铺了绣帷的沙发，一张藤椅，椅背极高呈扇状放置在长桌旁靠近甬道背向大门的地方。

艾文·班森的尸体就躺在这张藤椅上。

大战期间我曾亲临前线两年，见到过无数惨死的尸体，但是当我见到班森时仍无法抑制地一阵反胃。在法国那段日子里，死亡一直是我日常生活中不可避免的事，但是眼前的环境实在无法和这个暴行联系在一起，室内洒满了六月清晨的阳光，城市的声音从窗外传来，无论怎么感觉你都以为自己置身于一个和谐的世界之中。

班森的尸体自然而然地斜靠在椅子里，好像随时会扭过来斥责我们这群闯进来的人。他头靠椅背，左腿被压在右腿下，右手搁在长桌上，左手耷拉在藤椅旁，他死时手中握着一本书，用大拇指做书签夹着正在阅读的那一页。

凶手从正面一枪射中班森前额使他毙命，弹孔周围的血液已呈黑色凝固状，椅背的地毯上有一大块从脑部渗下来的血迹，若不是这两项恐怖的证据，他看起来像是读书读累了正闭目养神。

一件咖啡色上衣套在他身上，他脚穿红色拖鞋，衬衫的领口纽扣松开。他长相一般，身材肥胖，头已秃光，脸孔又肥又肿，衬衫领口的扣子即使没有扣上也有很明显的双下颌，我忐忑地匆匆扫过尸体一眼便立刻走开了。

有两个头顶黑色帽子的魁梧大汉正在检查铁窗，他们好像特别注意窗户外面的铁栏杆，其中一位两只手握住栏杆费劲摇动像在试探它牢不牢固。另外一位身材中等留着金黄短髭的人正弯身在壁炉前检查；长桌另一端，一名身穿蓝色制服戴德贝礼帽的人双手叉腰正仔细观看椅子上的班森，聚精会神的，好似盼望能够找出这宗谋杀案的凶手。

站在后窗前的探员正在仔细检视掌心的小物件，用的是一只珠宝鉴赏用的放大镜，他的相片我在报纸上看到过，他是美国顶尖的武器专家卡尔・海契杜恩队长，年约半百，身材高大，上衣松松垮垮几乎拖到腿弯处；他有的大脑袋异于常人，耳朵好像埋在头壳里，他的嘴唇在灰白胡子的遮盖下几乎看不见，海契杜恩队长和纽约市警局的合作已长达三十年，虽然他的长相十分搞笑，但大家依然敬佩他，他的弹道鉴定报告被纽约市警察局奉为圭臬。

有两个人在屋子后方靠近餐厅附近说着些什么，一位是警政署督察威廉・莫朗，另一位就是马克汉曾向我们说到的厄尼・希兹。

当欧布莱恩总探长带着我们一起走进客厅时，室内的人都停下了手中的工作，以些许不安却敬畏的眼光看着检察官。海契杜恩快速瞥了一眼马克汉后便继续翻视他手中的小物件，他这举动让万斯微微一笑。

那边走过来神色严肃的莫朗督察和希兹巡官，他们互相握手，马克汉向他俩介绍了万斯和我，并简单说了我们之所以出现的原因，莫朗轻松地欠欠身，而希兹对马克汉的解释视若无睹，当我们两个是空气。

莫朗和屋内其他人有很大的差别，大约六十岁，头发呈银色，蓄咖啡色短髭，衣衫光洁，看上去更像一个成功的华尔街股票掮客而不是警察。

"我已经将此案指派给了希兹巡官，马克汉先生，"他以缓慢低沉的声音说道，"看来破案前我们会遇到不少阻碍，连总探长也亲赴现场，早上八点他就出现了。"

欧布莱恩探长在我们进来后一直站在窗边，用一丝不苟的态度监督所有的采证工作。

"我想我可以走了，"莫朗说，"早上七点半就被人叫醒，我到现在没吃早餐，既然你来了，我想我就没必要在这里了……早安！"他和我们握了手就转身离开了。

"汀威迪，这两位男士麻烦你照顾，可以吗？他们想知道我们的作业流程，拜托你跟他们解释一下，我要和希兹谈一下。"

汀威迪快乐地接下任务，他显然为找到倾谈的对象而兴高采烈。

当汀威迪、万斯和我不约而同地向尸体——整出悲剧的中心人物——走去时，我听到了希兹轻蔑地对马克汉说："我想现在起你就可以主持大局了，马克汉先生。"

万斯和汀威迪正在说话，我特意看了一下马克汉的反应，因为他曾告诉过我们警察局和地检处一向私下较劲。

"不，巡官，"他回答，"我是来和你合作的，我希望一开始就说清楚，如果班森少校没有亲自打电话给我，我绝不会染指此事。我不希望我的名字曝光，因为我和少校是老朋友很多人都知道，请不要告诉媒体我介入此案，这样对大家都没有坏处。"

我没听清楚希兹又说了些什么，不过很明显他不满的情绪已经渐渐平静下来。他和其他熟悉马克汉的人都知道，马克汉是个信守承诺之人，而且私底下，他还挺欣赏这位检察官。

"只要有任何功劳，"马克汉继续说，"全部归功于你们警方，因此由你出面应付记者是最好不过的了……对了，还有一件事，"他顺便加上一句，"万一有任何责难，也必须是由你们承担。"

"很公平！"希兹同意。

"好，巡官，开始干活吧！"马克汉说。

3. 女士提包

六月十四日，星期五，上午九点三十分。

检察官和希兹走近班森的尸体旁。

"你看，"希兹指出，"班森被人从正面射中，力道之强致使子弹贯穿脑部后仍能射入壁板。"他指出靠近走道窗边的位置，"我们已经找到弹壳，正在检查弹头。"

他转向海契杜恩。

"如何，队长？有什么特别的发现吗？"

海契杜恩缓慢抬起头来，眯着眼皱着眉头看着希兹，以不快不慢的口吻肯定地说："是点四五口径，军用子弹——柯尔特自动手枪。"

"能测出来枪口和班森之间的射程吗？"马克汉问。

"报告长官，"海契杜恩用波澜不惊的声音回答，"大约五六尺。"

希兹吸了一口气。

"如果队长这么说，那一定错不了。"他对马克汉说，"你是知道的，长官，一般而言，小于点四四或点四五口径的子弹无法如此致命。像打穿一块乳酪那样，这颗军用钢制子弹射穿颅骨并且直接嵌入壁板，只能是近距离发射。此外，死者脸上没有其他的伤痕，队长的推断应该是正确的。"

这时我们听见大门开启又再度关闭，法医艾默纽·德瑞摩斯和他的助手来到现场，他和马克汉、欧布莱恩握手，并和善地对希兹招了招手。

"非常抱歉，我来迟了。"他道歉。

他满脸皱纹、显得有些神经质，看起来像个房地产经纪人。

"有没有什么发现？"他望着椅子上的尸体问。

"这只能由你来告诉我们了，医生。"希兹回答。

德瑞摩斯以专业的姿态走近尸体，先仔细观察死者的脸——我猜他是在看有没有残留的火药的痕迹——然后检查前额和后脑的伤口，接着他举起死者的手臂掰动手指；并将班森尸体的头部微微移向另一边。他转过身来问希兹："我能不能将他移到长沙发上呢？"

希兹以询问的表情望向马克汉："行吗，长官？"

马克汉作出了肯定的回答后，希兹叫来两个人将尸体移到了长沙发上。因为肌肉已经僵硬，尸体仍保持坐姿，直到德瑞摩斯医生和他的助手设法将四肢伸直，才把死者身上的衣物全部脱掉，法医仔细检视有没有其他伤口，尤其是死者的手臂部分。他摊开死者的手掌，仔细检查他的掌心，末了他起身，拿出一条花色丝质手帕擦了擦双手。

"很显然，子弹从左前额射入，"他宣称，"一直穿过头壳，从左后枕骨穿出，子弹应该已经被你们找到了，对吧？他被枪击中那一刹那仍是清醒的，他是立即毙命，或许他根本不知道是什么东西击中了他。我估计他死亡的时间大约在八小时前，也许会更久一点。"

"可不可以这样说，是在十二点三十分？"希兹问道。

法医看了看手表。

"行……还有什么问题吗？"

没有人作出回应，一阵缄默后，总探长开始说话。

"我们希望今天能有一份正式的验尸报告。"

"没问题，"法医回答，将检验手提箱关上交给他的助手，"但尸体必须尽快运到停尸间。"

大家彼此握手致意后，他就匆匆离开了。

希兹对着当我们进来时站在长桌旁的探员说：

"波克，打个电话要总局派人来将尸体搬走——叫他们尽量快点，你先回办公室等我。"

波克行个礼后就离开了。

希兹对检查前面两扇铁窗的探员说："栏杆检查的结果如何？"

"完全没机会的，探长，"其中一人回答，"两扇窗的栏杆都像监牢的一样坚固，凶手没有从窗户爬进来的机会。"

"不错，"希兹告诉他，"你们现在可以和波克一起回去了。"

他们走后，那位身着整洁蓝色哔叽服头戴德贝礼帽一直在察看壁炉的男士，将两根烟蒂放在了桌子上。

"这是我在壁炉的木头堆旁找到的，巡官，"他冷冷地说："里面没其他东西了。"

"可以了，"希兹不高兴地看了一眼那两根烟蒂，"这里也不需要你了，等一下办公室见。"

海契杜恩沉重地走上前来。

"我想我也得走吧，不过我想这个弹头还是暂时由我保管吧，上面还有一些疑点值得研究。你现在应该是用不着，对吗，巡官？"

希兹勉强一笑，"我要它做什么，队长，你留着吧，但是千万别弄丢了。"

"我绝对不会弄丢的。"海契杜恩保证，头也不回地迈着步子蹒跚离去，像极了一只巨型的两栖动物。

万斯和我站在门边，他紧紧跟着海契杜恩到走廊上，两人低声交谈了几分钟。万斯显然私下问了几个问题，我没有办法听见全部内容，但是有些字眼比如——"弹道""射击的角度""枪弹的速度""偏斜度""冲击力"等仍然钻入我的耳里，我不禁怀疑为什么他要问这些怪异的问题。

听后万斯感谢着海契杜恩的解说，就在这时，欧布莱恩也走进走廊。

"这就开始学习了？"他微笑着，以施舍者的态度询问万斯，还没等到万斯的回答他又继续说，"走吧，队长，我送你进城。"

马克汉听见了连忙问："能载汀威迪一程吗，总探长？"

"应该还有位子，马克汉先生。"

他们三人离开了现场。

现在现场就只有万斯、我、检察官和希兹四人了，我们各自找个地方坐下，万斯坐在餐厅前的一张椅子上，那个位置刚好面对着班森被杀害时的座椅。

万斯刚踏进凶宅，我就注意着他的一举一动。他走进室内的第一个动作是调整他的单眼镜——那是他产生高度兴趣时的一个习惯性动作。万斯两眼有视差，右眼一百二十度散光，左眼视力正常。每当他留意一件事并希望能尽快进入情况时，他一定会戴上单眼镜。其实就算除去眼镜，他一样看得见。在我看来这只是一种心理作用，视觉上的清晰可以帮助他思路上的清晰。

起先他漫不经心地浏览周围，但当希兹对他表现瞧不起的态度之后，他的脸上就出现了一股嘲弄的表情。问了助理检察官汀威迪几个问题之后，他便开始漫无目的地在室内闲逛，有时看看这里，有时研究一下家具，或者弯下腰来看一下壁板上的弹孔，还跑到大门前后看了看甬道。

唯一能引起他兴趣的便是尸体本身，他站在尸体前观察了很久，研究它，甚至伸直手臂弯过来研究班森死时原本握书的姿势，其中最吸引他的是死者交叠双腿的坐姿。他站在尸体前面观察了很长一段时间，终于取下单眼镜放回大衣口袋里，走到窗前，与我和汀威迪站在一起，冷眼看着希兹和其他探员工作，直到最后海契杜恩队长离去。

我们四人坐着的时候，门口出现了一位探员。

"有一位自称隶属当地分局的男士要求和负责此案的警官会面，让他进来吗？"

希兹点了头，很快地，一位魁梧的、面孔红润身穿便服的爱尔兰人来到我们面前，他对着希兹行了一个礼，当他认出检察官时，便转身对着马克汉作起报告来。

"我是麦克劳夫兰，隶属于西四十七街分局，昨天晚上我负责巡逻此区。午夜时分，我看到一辆灰色凯迪拉克轿车停在屋前——我注意它是因为看到许多钓具从车后方伸出来，而且所有车灯大开。今天早上，得知谋杀案的消息后，我向分局长官报告了汽车的事，是他要我过来将这个信息告诉你们的。"

"非常好！"马克汉评论着说，点头示意希兹接待他。

"或许事有凑巧，"希兹怀疑地说道，"那辆汽车停了多长时间呢？"

"最少半个小时，十二点以前就停在这里，等我十二点三十分再回到这里时，它依然在。但我巡逻再回来时，它已经不见了。"

"你有没有看见什么人坐在车里？或附近见到疑似车主的人？"

"没有，长官，其他的我什么也没见到。"

希兹又问了一些相关的问题，因为无法得知任何新的线索，就让他走了。

"汽车这件事绝对是个放风给记者的好素材。"希兹欢快地指出。

当麦克劳夫兰在作报告时，万斯显得很想睡觉的样子，我怀疑他只听进了前面几个字，现在他站起身来打了一个大哈欠轻轻地飘荡到中间的长桌旁，拇指和食指夹起壁炉里找到的烟蒂仔细观察，然后撕开烟纸，轻轻地嗅着那点烟丝。

希兹一直愤怒地看着万斯的一举一动，忽然间倾着身子厉声问道：

"你这是在做做什么？"

万斯被吓了一下，但仍然有礼貌地扬起眉毛说："闻闻烟草的味道罢了，"他以礼贤下士的口吻回答，"味道淡淡的，不过却十分精致。"

希兹两边脸上的肌肉因愤怒而微微颤抖："你最好把它放下来，老兄。"他上下打量万斯，用讥诮的口吻问道："你很懂烟草吗？"

"噢，我并不懂，"万斯以好听的音调回答，"我的兴趣是研究埃及托勒密王朝圣甲虫上的象形文字。"

马克汉巧妙地介入他们之间的针尖对麦芒。

"那你实在不能动这屋里的任何东西，万斯。尤其在目前这种情况之下，或许这些烟蒂将是非常重要的证物。"

"证物？"万斯高兴地重复，"天哪！真的吗？太让人不能相信了。"

马克汉不理他，希兹气得浑身发颤，但不再发表任何评论，甚至逼着自己挤出一个微笑，他似乎觉得自己对检察官的朋友有些冲撞了。虽然这位朋友理应受到批评。

希兹并非刻意讨好他的上司，他深知自己的职责，全心全意扑在指派的任务上，完全不考虑自己的政治前景，他这种凛然正气的个性深得长官的喜爱。

他健硕高大，却也灵活敏捷，像极了一个训练有素的拳手。他的蓝眼珠冷静异常，洞悉着一切事物，鼻子很小巧，下颚宽阔呈椭圆形，双唇坚毅并紧抿。虽然已经四十多岁了，但是在他竖起来的短发里找不到一点白发。他的声音具有侵略性，但很少大声说话；从个人特质和外表形象来看，他都是一副标准警探的模样。那天早上我坐在那里观察他，虽然我们的行动一再地遭到他的限制，我亦无法抑制自己对他的赞赏。

"事情的详细经过到底怎样，巡官？"马克汉问，"汀威迪只说了一些而已。"

希兹清了一下喉咙。

"消息在早上大约七点钟的时候传到我们这里，班森的管家普拉兹太太打电话到警局报案说班森被击身亡，要求我们以最快的速度前来。这个消息立刻就传到了总局，当时我不在现场，值班的波克和艾米力报告莫朗督察之后便立刻赶到现场，当地分局的警员已经在做例行采证工作，莫朗督察看过周围的情况后在电话里要我速速前来。我到的时候，当地警员已经全都走了，三位刑事组探员加入波克和艾米力，莫朗督察又叫来了海契杜恩队长——他觉得这件案子大到足以惊动队长——队长和你们前后脚到达这里。汀威迪紧跟着莫朗之后抵达，之后他就向你打电话了。欧布莱恩总探长比我早到现场。我到了后立即审问普拉兹太太，你们来的时候，我的手下正在搜寻整个现场。"

"普拉兹太太现在在哪里？"马克汉问。

"在楼上，一位当地警员陪着她，她的住处在这里。"

"你为何明显地指出十二点三十分这个时间呢？"

"普拉兹说她在十二点三十分曾听见巨响，我想这应该是枪声，现在证实了是枪声——它还成为许多事的证据。"

"我认为我们应该再问一下普拉兹太太，"马克汉建议，"不过前提是，你有没有发现新的可疑物件？"

希兹犹豫了一下，从大衣口袋中掏出一双白色长手套和一个女士提包，他把东西放在检察官前面的桌子上。

"仅仅是这些，"他说，"一位当地警员在壁炉架上发现的。"

快速地检查手套之后，马克汉把提包里的物件统统倒在了桌子上。我走上前去看，万斯却悠闲自得地坐在椅子上吸烟。

手提包是金色网状的，扣绊上镶着小粒的蓝宝石。手提包的容量不大，是女士在晚宴上用的那种。马克汉检查手袋里的东西：一小瓶香水、一个景泰蓝小化妆盒、一个扁扁的烟盒、一支小巧的镶嵌琥珀的滤嘴、一管金色口红、一小块法式绣花麻纱手绢，上面有三个缩写字母"M.ST.C"，和一把钥匙。

"这就是很好的线索嘛，"马克汉指着手帕说，"你肯定仔细检查过这些物件了，巡官？"

希兹点点头："是，这个提包应该隶属于昨天晚上与班森一起外出的女人。班森的管家跟我说，班森昨晚有约会，还穿了正式场合的服装，但是她却没有听见他回家的声音。不论怎么样，我们应该能够很容易地找到这位'M.ST.C'女士。"

马克汉再次拿起烟盒观察，他反过烟盒时，烟草的碎屑撒了一桌子。

希兹忽然站了起来。

"有可能那些烟蒂来自这个烟盒，"他捡起原先的烟蒂仔仔细细地看，"是的，这是女士所抽的烟，她使用滤嘴吸的这烟。"

"原谅我不同意他的观点，探长，"万斯慢悠悠地说，"我应该原谅我这么的。香烟尾端金色滤嘴的部分有口唇的痕迹，虽然不太容易被发现。"

希兹猛地看向万斯，他吃惊得来不及有任何不满的反应，再一次仔细检查烟蒂后他对万斯说："或许你能够从这些烟草碎屑上告诉我们，这些烟是否出自这个烟盒？"语气野蛮带着嘲讽。

"有些人永远学不会。"万斯怠懒地回答。

他轻轻敲打那个烟盒，然后仔细看看内部，一丝不易察觉的微笑爬上他的唇角，他伸指进到盒内，捏出一根细香烟，看起来它应该嵌在烟盒的底层。

"我灵敏的嗅觉现在无用武之地了，"他说，"瞎子都知道这两根烟完全一样，是吗，巡官？"

希兹不觉笑得露出牙齿。"把它给我吧，马克汉先生。"小心谨慎地将香烟和烟蒂一并装进信封内封上了。

"你现在知道这些烟蒂太重要了吧，万斯？"马克汉问。

"我还是不明白，"万斯回答，"这些烟蒂能有什么作用？你又不能去抽。"

"这是证据，我的朋友，"马克汉耐着性子解释，"证明提包的主人昨晚与班森一起回到这里，并且停留了能抽两根烟的时间。"

万斯故作吃惊地挑高眉毛："真的吗？太不可思议了。"

"现在只要找到这个人。"希兹接口道。

"不管怎么说，这应该是一个褐发的女人——如果这个事实可以帮助你早些找到她，"万斯说，"虽然我打破脑袋也想不明白你为何要去找那位女士？我实在不懂。"

"你怎么知道她是褐发？"马克汉问。

"如果她不是，"万斯一屁股坐回椅子上，"那么她应该请美容专家教导她正确的化妆常识。因为她用的粉和深色口红，根本就不可能适合于金发女子。"

"你这个说法很有道理，我赞同，"马克汉笑着说，告诉希兹，"我想我们应该开始着手找这位褐发女士了，巡官。"

"我完全同意。"希兹诙谐地说，我相信此时他已完全不计较万斯撕毁烟蒂的行为。

4. 管家的说辞

六月十四日，星期五，上午十一点。

马克汉提议："现在，我们得再转着看一下。我知道你已经完完全全搜查一遍了，巡官，但是我希望了解一下屋内的格局。等尸体抬走后我要问管家一些问题。"

希兹站起来说："好的，长官，我也可以再看一遍。"

我们四人穿过走廊走到屋子的后面，在房子尽头左边有一扇门可以通往地下室，门被闩上并上了锁。

"地下室现在是个储藏室，"希兹说道，"我们用木板钉死了对着大街的那扇门。普拉兹太太住楼上——班森一个人住在这里，屋内许多房间空着——楼是厨房。"

他打开一扇门，我们走进一个装修现代的厨房，两扇八尺高的大型窗对着后院，窗户全都被锁上并加装了铁栏杆。推开一扇活动门，我们进入客厅后方的餐厅，这里有两扇窗面对天井——一个占地很小，班森家和邻居之间的分隔空气墙——也被锁上了并且装了铁栏杆。

我们回到玄关站在楼梯下。

"马克汉先生你看，"希兹指出，"凶手只能从大门进入，没有可能从其他地方潜入。因为一个人住的缘故，我猜想班森是为了平日严防窃贼潜入。唯一没有装铁栏杆的窗户在客厅后面，但是是锁着的，而且从那里只能通往天井。客厅前面的窗户全被铁栏杆封了，子弹是没有可能从外面射进来的，况且班森是被人从正面击中……由此可以确定凶手只能是从大门进来的。"

"看来的确是这样。"马克汉说。

"我有不同的意见哦，"万斯说，"依我看，是班森开门让他进来的。"

"哦？"希兹反驳，"我们迟早会查个明明白白。"

"噢，那是一定的。"万斯嘲讽地回应。

我们顺着楼梯上楼去了客厅正上方班森的卧室，屋里面的摆设很简单，家具纤尘不染。床铺很整齐，显然昨天晚上没有人睡过。窗帘拉下，班森晚餐时穿的上装和一件白色背心挂在椅子上，黑色领结在床上，很明显是班森昨天晚上回家换衣服时扔在床上的。晚装皮鞋在床脚长凳前；有一杯清水在床头柜上，里面装着一排假牙；梳妆阁上有一顶精致的假发。万斯对这顶假发非常感兴趣，他走上前细细地察看。

"这个挺有意思，"他说，"原来班森戴的是假发，这个你知道吗，马克汉？"

"我也一直觉得奇怪。"

希兹一直站在门口，显得有些不耐烦。

"这层楼还有一间卧室，"他带着大家到走廊另一端，"管家说，那间卧室是间客房。"

我和马克汉从外面向里张望，万斯悠闲地靠着楼梯的顶端，对艾文·班森住所的格局毫无兴趣，所以当我们其他三人爬上三楼时，他一个人下楼去了。我们巡视完下楼时，万斯正站在书柜前思考那些书名。

快到一楼时，有两个人抬着副担架走了进来，社会局的救护车停在外面，他们要将尸体运至停尸间。那两人将班森的尸体装进尸袋，放在担架上，抬出大门放进了汽车后座，我在一旁颤抖不已。万斯正好相反，他仅匆匆瞥了那两人一眼，随即发现一本装订华美的书，封面上美丽的雕刻深深地把他吸引过去了。

"我想现在可以问问普拉兹太太了。"马克汉说。希兹站在楼梯口大声吆喝。

一位男士叼着雪茄陪着普拉兹太太走进客厅。她是一个简单朴素的旧式妇女，面容安静祥和。她浑身上下都表现非常得体，这让我觉得她是位非常能干、脾气温和的女性。

"请坐，普拉兹太太，"马克汉沉稳地说，"我是检察官，想请教你几个问题。"

她在靠门的一张椅子上坐下来，惶恐难安地看着我们，但是马克汉沉稳的口吻让她冷静了下来，她的回答开始变得清晰起来。

十五分钟的问答内容如下：

普拉兹太太给班森当了四年的管家，是家中唯一的用人，住在三楼靠里面的一个房间。

出事的那天下午班森比平时早下班。四点钟左右就回来了，对普拉兹太太说他不会在家用晚餐。之后他一直在客厅待着，直到六点三十分上楼换衣服，这期间大门是关着的。

大约七点的时候他离开家，没有说去哪里，只交代会早一点回来，叫普拉兹太太不必等门——每次他带客人回家都是这样的。这就是她最后一次见到他。当夜他回家时她没有听见任何声音。

那天晚上，大约十点十分她上床睡觉，因为比较热，所以她半开着房门。半夜她被一个巨大的爆炸声音吓醒，十分害怕，遂打开床头灯，这时闹钟显示是十二点半，她静下心来，因为班森如果外出，几乎是在两点以后回家的；加上房子没有任何损坏，她认为吵醒她的是四十九街上汽车引擎逆火的声音，所以又再度睡过去。

第二天早上七点，她跟平常一样开始下楼工作，她到前门把牛奶拿进屋内时，发现了班森的尸体。当时客厅内的窗帘全部都是掩着的。

最开始的时候她以为班森是睡着了，稍后她看见了弹孔，班森满身是血，她注意到灯全被关掉，他已经死了，便立马跑到走廊打电话，请总机接警局报警。班森的哥哥安东尼·班森少校打过电话来，和西四十七街分局的警员们几乎同一时间抵达，他问了她一些简单的问题，和警员们交换了一点意见，在总局大队人马到来前走了。

"普拉兹太太，"马克汉看着手上的记事本说，"近来班森先生的行为有没有异常，会让你觉得他在害怕一些不祥之事？"

"我没有发现这些，先生，"妇人不假思索地回答，"在过去的一个星期里，他心情很好。"

"窗户几乎都装了铁栏杆，他会不会是害怕窃贼？或者曾经有人闯进来过？"

"并不完全是这样，"她迟疑地说，"不过他曾说过警察全都没用——请你原谅，先生——没有人希望自己被劫，这只能靠自己多加防范。"

马克汉转身对希兹笑了笑说："或许你该在报告里特别标明这一段。"他接着问普拉兹太太："班森先生有没有仇人？"

"这个是没有的，先生，"管家强调，"虽然他有些地方不是很正常，不过看起来其他人挺喜欢他的。他常参加宴会，自己也常举办宴会，我实在想不通为什么有人要杀他。"

马克汉又看了一遍手上的记事本："我想我没有问题了……巡官，你还有什么问题吗？"

希兹思考了几秒钟。

"目前没有……不过，普拉兹太太，"他冷冷地说，"你只能待在这个地方，直到被允许离开为止。等一下我们还要问你话，你不可以随便和其他人说话——知道吗？我们会安排两名警员照顾你。"

马克汉问话期间，万斯在他的小记事本的空白页上写了点什么，希兹说话时，万斯把那张纸撕下来给马克汉。马克汉扫了一眼，抿起嘴唇，迟疑了几分钟，再度问管家：

"你说其他人都喜欢班森先生，普拉兹太太，你自己讨厌他吗？"

妇人将目光移到自己膝盖上。

"先生，"她勉强说，"我只是给他当管家罢了，对他没有任何怨言。"

话虽这样说，但她的表情透露出，她要不是非常厌恶他，要不就是不苟同他的作风，但是马克汉并未继续问下去。

"对了，普拉兹太太，班森先生家中有没有任何武器？好比说，左轮手枪。"

妇人第一次在讯问时流露出惊慌的神色。

"我想他有。"她颤惊地回答。

"那枪在什么地方放着呢？"

妇人犹豫了一下抬头，轻轻转着眼珠，好像在考虑要不要说实话。然后她非常轻声地说："藏在长桌中间的暗层里，要按那个铜钮才会弹开。"

希兹跳起来，按下那个铜钮，一个狭长的抽屉弹了出来，里面果真放了把史密斯与威尔森点三八口径珍珠柄左轮手枪。他拿起枪打开枪膛往里瞧。

"子弹一颗不少。"他宣布。

妇人瞬间轻松地吐了一口气。

马克汉站在希兹的身后瞧着这把左轮。

"这件事你来负责，巡官。"他说，"因为我怎么也看不出这把枪和这个案子有什么关系。"

他坐回椅子上，瞅一眼万斯递给他的纸，继续问话。

"再回答我一个问题，普拉兹太太。你说班森先生从回家之后一直到吃完饭前都在这个房间，这段时间有没有人来找他？"

我仔细瞧着妇人的表情，她立即抿了一下嘴，微微坐直身子，然后说："没有。"

"如果有人按门铃，你听见会去开门的，对吧？"马克汉坚持地说。

"的确没人来过。"她重复。

"昨晚你睡后，门铃响过吗？"

"没有，先生。"

"就算你睡着了，你还能听得见门铃？"

"是的，先生，我的房门口装了一个和厨房完全一样的铃，两只铃会一起响。班森先生特意叫人装成这样的。"

马克汉向她说了声谢谢让她走了。她走出去后，马克汉疑惑地看着万斯。

"你让我问的那些问题是什么意思？你有什么考虑？"

"也许我是越俎代庖，但当普拉兹太太说班森先生很受欢迎的时候，我看得出来她根本是夸大其词。她的称赞像是反讽，她对班森应该没有任何好感。"

"可是手枪的问题又怎么解释？"

"这跟装铁栏杆为了防小偷的道理是一样的。如果他担心有人闯进家里，他非常有可能在身边放把枪，对吧？"

"不管怎么说，万斯先生，"希兹插口，"你的好奇心让我们发现了一把可能没有被用过的左轮枪。"

"这个好说，巡官。"万斯不理会对方的揶揄，"你会怎么处理这把精致的小枪？"

希兹以打趣的口吻回答："我会扣押班森先生的这把珍珠柄史密斯与威尔森手枪。"

"佩服之至！"万斯故作钦佩地高呼。

马克汉打断他们之间的笑闹。

"为什么你一定要问访客的事，万斯？很明显没人来过。"

"噢！那只是我的突发奇想。我那时候很渴望知道普拉兹太太的回答是什么。"

万斯这时候让希兹产生了好奇心，原先对万斯的恶劣印象已丝毫不见了。他开始觉察出在这个人玩世不恭的态度下有着他起初没有看到的特质。他并不认同万斯对马克汉给出的解释，想试着自己去发现万斯帮检察官讯问管家的用意。希兹是个机敏、有才干的人，与万斯完全不一样，对他而言，万斯才是个谜。

希兹终于放弃了，将椅子拉到桌旁坐了下来。

"现在，马克汉先生，"他指出，"我们最好列个大纲分几路进行侦查，行动要快。"

马克汉表示完全同意。

"你全权负责调查的事，巡官。我尽可能地在一边协助你。"

"谢了，长官，"希兹回答，"看来我们得全部上阵才行……我想先去查提包的主人，再调查那些班森下班后常碰面的朋友——管家告诉我几个名字，这些人应该是很好的着手点。另外，我要亲自追查那辆凯迪拉克轿车的下落……班森的女友们我们也该调查一下——我相信她们一定不在少数。"

"从少校那里我或许能发现一些线索，"马克汉附加一句，"他不会对我隐瞒丝毫，我还可以顺便了解到班森在生意上的来往。"

"在这方面你是高手，"希兹回应，"我们应当快一点找到有利的线索，以便接着查下去。快点找到和班森一起赴宴的女士，然后将她带回这里，将事情的来龙去脉先弄清楚。"

"搞不好，会成一团糟哦。"万斯嘟哝着说。

希兹抬起头声音变得严厉起来说："我知道你想从这些事件中学到些什么。告诉你，万斯先生，当有大事发生时，从女人下手是不会错的。"

"嗯，"万斯笑笑，"红颜祸水，罗马人深信不疑。"

"话虽如此，"希兹驳斥他，"他们的看法并没有什么不对，不要小瞧它。"

马克汉再度巧妙地打断他们之间的对话。

"我希望很快能知道真相……巡官，如果没有其他的事情，我要先走了。我和班森少校约好一起吃午饭，可能晚上会有一些消息给你。"

"好，"希兹说，"我要再待一会儿，看看有没有漏下什么。我派两名警员在屋内外看着普拉兹太太。然后，向记者透露凯迪拉克和班森先生藏在抽屉暗层里左轮手枪的事情，我想这些消息够他们忙的了。有任何新的发现，我会立刻向你报告。"

他和检察官握手后转向万斯。

"再见，先生，"他愉快地说道，大大出乎我的意料，我肯定马克汉也同样吃惊，"我希望今天早上你收获颇丰。"

"我所知道的东西肯定会令你猜不到的，巡官。"万斯满不在乎地说。

我又一次看到一道稍纵即逝锐利的光从希兹的眼中闪过。

"那就好，我感到非常愉快。"希兹应付地回答。

马克汉、万斯和我三人走了出去，警员替我们拦了一辆出租车。

"原来我们伟大的警察就是这样处理离奇命案的呀？"万斯若有所思地说，"马克汉，亲爱的，这些警员有没有成功地逮捕过任何一名罪犯？"

"你看见的仅是前期工作，"马克汉解释，"他们要遵循很多例行的步骤。"

"但是，天哪——这种水平！"万斯叹了一口气。

"我知道你认为希兹没什么能耐，"马克汉耐着性子说，"但是他是一个十分能干的人，虽然其他人常常会小看了他的能力。"

"我无法认同，"万斯嘟囔着，"无论怎么说，我很感谢你让我参与这桩重大刑案，我真的是大开眼界。在我看来，你们那位法医是一个暴躁冷血的家伙，他对死人没表现出一点怜悯之心。他应该把破案作为任务，而不仅仅是行医。"

马克汉一路上不说话，显得心事重重，他直直地望着车窗外面，直到我们回到万斯家。

"我感觉不好，"他说，"我对这个案子感觉不妙。"

万斯斜看了他一眼。

"马克汉，"他以少有的严肃语气说，"到底谁是凶手？"

马克汉苦笑："真希望我知道。事先预谋的杀人很难破案，这一桩看起来更复杂。"

"可是，"万斯踏出车外时说，"我却觉得这再简单不过了。"

5. 搜集资料

六月十五日，星期六，上午。

艾文・班森命案造成了很大的轰动，街头巷尾的人议论纷纷。悬疑是侦探小说的必要元素，而班森命案正弥漫着一种无法言说的诡异，在任何有力的证据出现以前，各种流言满天飞，民众都非常好奇。

艾文・班森虽然不是一个花花公子，但也是个交际达人，过着丰富多彩的生活。他是纽约有钱人中放荡不羁的代表人物——喜欢运动、赌博豪放、纨绔子弟，他们上流社会人士有许多让人不可思议的事情。他在夜总会和歌厅的踪迹向来是当地媒体大肆报道的对象，成为百老汇经久不衰的谈资。

班森活着的时候和他的哥哥安东尼在华尔街二十号合开了一家"班森＆班森证券公司"，其他华尔街股票经纪人觉得，他们是十分精明的生意人，或许是因为在纽约证券交易法规下，他们有些做法违背了道德。兄弟二人脾气和爱好都有很大的不同，除公事之外他们很少待在一起。艾文·班森空闲时间几乎全用在娱乐上面，经常光顾城中各大高级餐厅；他的哥哥安东尼曾在第二次世界大战期间担任少校，个性严谨保守，晚上经常在私人俱乐部。他们在各自的交际圈中人缘都不错，同时也有着规模不小的客户群。

毕竟事关纽约金融界，各大报对班森命案都很关注，另外，谋杀案现在是大都会媒体煽情报道的重心，不过其他像这样的案子是很少占据着头条的位置的。

现在所有的新闻报道中都出现了灰色凯迪拉克和珍珠柄史密斯与威尔森手枪。有些汽车的图片甚至有钓具从后车厢伸出来以符合麦克劳夫兰的描述；报纸放上了班森家中长桌的照片，还特意放大了抽屉暗层部分。一位制造橱柜的专家甚至被一家杂志聘请撰写了《家具秘密暗格》一文。

班森命案从一开始便非常难办。我和万斯离开凶案现场不到一小时，希兹巡官和他的探员们的系统调查已经有序展开了，他们从里到外再度清查了一遍班森的住宅。他们拆阅了班森所有的私人信件，却没有发现任何线索，除了班森那把左轮之外，没有找到其他的武器；也检查了所有的铁窗，证实的确坚固牢靠，这表示凶手若不是持有住宅钥匙就是班森开门让他进门的。希兹认为后者的可能性不大，尽管普拉兹太太一再强调除了她和班森之外，别人不可能有这间房子的钥匙。

证物就只有手套和提包，对侦讯班森朋友和其他有关人物是唯一可行的事情，希望能够从他们身上找到一些确证，可以使整个案件进入司法审判程序。希兹还希望找到提包的主人；另外一些人开始积极点查班森那晚的行动。警方讯问班森生前的朋友们和他经常去的餐厅，但是没有人在当晚见到过他，也没有人得知他当晚的安排是什么。警方尽全力彻底追查但毫无头绪。看起来并没有人与班森作对，班森也没有与人发生过严重的争执，事业上也顺风顺水。

由于是死者的亲人，探案人员很自然地想到咨询安东尼·班森少校，也因他的关系，检察官在案情发生后立刻参与了调查。马克汉当天和班森少校一起吃午饭，少校也表示愿意合作，就算事实可能损毁他弟弟的名声，不过他说他的帮助可能不大。他向马克汉说明，虽然他弟弟的一些朋友也和他认识，但他实在想不出他们中有谁会下毒手；他也没办法指出谁能帮警方找出真凶。他说他并不清楚他弟弟的个人生活，并对无法提供更多的资料表示歉意，但他指出他弟弟和女人间的关系并不寻常，他大胆揣测从女人着手会是不错的方向。

根据少校不太确定的建议，马克汉马上派两位从警局借来的优秀警员细细地调查和班森交往过的女人，并强调不可与总局的调查行动有冲突。此外，因讯问时万斯对管家的兴趣很高，他也派人调查管家的过去和与人交往的情况。

调查结果显示，普拉兹太太是在宾州一个小镇出生的，她的父母是德国移民，都已经去世，她的丈夫也已经死了十六年了。受雇于班森之前，她曾在另一家工作了十二年，离职原因是女主人决定去住旅店，不再需要管家。前雇主说她曾表示有一个女儿，但从未见过也没任何消息。这些事实对此案几乎分毫无助，马克汉就只做了一份简单的报告。

希兹开始全城搜查那辆灰色凯迪拉克，这部车和凶案的关联有多大，希兹实在无法揣测。媒体上关于这部车的报道引起了广大读者的兴趣。一位清道夫读到新闻后向警方报案，他在中央公园靠近哥伦布圆环的人行道上发现两根绑在一起的钓竿。问题是：这是不是麦克劳夫兰在凯迪拉克车厢见到的钓具呢？这只能确定为车主经过这个地方时故意扔出车外；再不就是别人开车经过这里时不小心掉出来的。之后就没有更进一步的收获了，发现尸体后的第二天上午，案情完全凝固。

那天早晨柯瑞受命于万斯去买回了当天所有的报纸。他用一个小时翻阅关于此案的报道，这个举动显得不寻常，这让我感觉很惊讶。

"不，范，朋友，"他无力地解释，"不是我变得感性或有人情味，人们已经用滥这两个形容词了，更不要说别人眼中认为有人情味的事在我看来却恰恰相反。不过这件案子真的挺有意思，或者就如同记者写的'有吸引力'，多么残忍的字眼！……范，这篇访问希兹的文章，你真应该看看。整篇报道里他只说了'我什么都不知道'。一个无价之友，他变得让我开始喜欢了。"

"也许希兹只能从报上获得案情进展，做做样子罢了。"我说。

"不，"万斯悲伤地摇头，"虚荣心再弱的人也不可能故意在全世界面前表示，自己没有能力将凶手绳之以法，这正是他对这些报社记者表示的。"

"马克汉也许知道一些事，不过没有表示出来。"

万斯低头想了一会儿。

"有这个可能，"他承认，"他从没有接受媒体访问，我想我们得跟他谈谈。"

他拿起电话，接通检察官办公室，我听见他和马克汉约在史杜文生俱乐部一起吃午饭。

"怎么处理在史泰莱兹艺廊看见的那个雕像呢？"我想起了早晨到万斯家的目的。

"今天我没心情管这些事。"他回答，又专心致志地看起报纸来。

如果我用"惊讶"来形容我的感觉可能太轻了，在我和他一起工作的这么多年里，还没有见过他为了另一件事而将对艺术的热情暂且搁置，而且任何与法律有关系的事他绝对不会关心，因此我想他脑中一定在酝酿一些不寻常的念头，所以我不说话了。

马克汉在约定时间之后抵达俱乐部，我和万斯已经在我们最喜欢的角落里等了一会儿了。

万斯欢迎他说："伟大的执法者，除了那些新而有力的证据被发掘对近期内案情将会有重大突破的胡说八道之外，真正的情况到底是怎么样的？"

马克汉笑了起来。

"这表明你每天都在看报纸。你是怎么看这些报道的呢？"

"还有什么可说的呢，老生常谈，"万斯回答，"他们绘声绘色的，在那些有的没有的事件上大做文章，但一个也没抓到重点。"

"哦？"马克汉语气诙谐地说，"可以请教一下吗，你所说的重点是什么？"

"从我这个外行人的角度来看，"万斯说，"我感觉艾文的假发是个再明显不过的重点。"

"班森视它为第二生命，除此之外呢？"

"还有梳妆台上的衣领和领结。"

"另外，"马克汉开玩笑地加上一句，"玻璃杯里的那排假牙，可是不能忽略的呀。"

"太对了！"万斯轻呼，"是的，它们当然也是现场的重点之一，我发誓那位无人可比的希兹根本没有注意到这些，其他的哲学家们也一样忽视了这些。"

"昨天的搜证工作并不能让你满意，我知道。"马克汉说。

"恰恰相反，"万斯说道，"印象深刻到令我惊慌失措，整个程序像是一出搞笑的滑稽剧：重要的证物一个也没被注意，至少有一打的疑点全部指向同一个方向，但所有人都忽略了；他们都忙着做愚蠢的例行工作，检查烟头和窗户。对了，那些窗户——非常精致……是佛罗伦萨制造的。"

马克汉此时真是哭笑不得。

"警察做事还是很仔细的，万斯，"他说，"过不了多久他们就会发现新的线索。"

"我十分佩服你对人性的信任，"万斯咕哝，"请你也同样信赖我。这件案子你还知道什么？"

马克汉犹犹豫豫。"这是不能说的，"终于他开口，"早上在你打电话来之后，我派去调查班森个人生活的探员回来报告，提包和手套的主人已经找到了——手套上缩写字母帮了他很大的忙。他发掘了一些关于她的事情，正如我猜测的，那晚班森的女伴就是她——玛瑞欧·圣·克莱尔，她是音乐剧的女演员。"

"她可真不走运，"万斯吸了一口气，"我希望你的手下还没找到她。我虽无幸结识她，但我会送上一封信安慰她……我想你一定追着她不放吧？"

"她身上有很多疑点，我当然会去讯问，如果你指的是这个。"

马克汉仍旧很多心事的样子，午餐后来的时间里我们交谈很少。

饭后大家在大厅抽烟，垂头丧气地站在附近窗前的班森少校发现马克汉后就走了过来。他大约五十岁，脸很圆，面容严肃，身材倒是很挺拔。

他对万斯和我微微弯腰行礼后便立刻转向马克汉。

"马克汉，昨天吃过午饭后，我便不停地思考，我记起了一个名叫林德·范菲的人和艾文走得很近，可能他那里有一些有用的消息。昨天我没有提到他，是因为他不住在城里，他好像住在长岛市附近，华盛顿港一带。这只是一点小线索，真实情况是我真的无法猜透这件可怕的事是怎么发生的。"

他毅然吸了口气，试着让情绪平静下来。

"这个线索很好，少校。"马克汉说。他将那人的姓名、地址记在一个信封的背后："我马上着手调查这个线索。"

在这段较短的对话中，万斯只是看着窗外，这时转过头来对少校说："那么欧斯川德上校呢？我看见他在你弟弟的公司出现过几次。"

班森少校比了一个反对的手势。

"他们只不过互相认识罢了，完全帮不上忙。"

接着他问马克汉："我想，如果你现在发现了什么是不是太早了？"

马克汉拿开抽着的雪茄，在手指中把玩，想了一会儿，"也不一定，"他说，"我们找到星期四晚上和你弟弟一道用晚餐的人了，并且这个人于午夜时分与他一起回了家。"

他停了下来，像是在思考应不应该继续，然后说道："事实上，我根本不需要更多的证据，审判团根据我手上这些证据已足够起诉了。"

少校黯淡的脸上闪过一丝惊喜。

"太好了，马克汉！"他说，拍拍检察官的肩膀，"放手去做——看在我的面子上！"他催促着说，"如果你有需要我的地方，我随时都在俱乐部。"

他转身走了出去。

"对一个痛失亲人的少校问这么多问题，这样似乎很不人道，"马克汉说，"但是，我们还是得继续查下去。"

万斯打了一个哈欠。

"为什么要奉上帝之名？"他低低自语。

6. 万斯的看法

六月十五日，星期六，下午两点。

我们静静地坐在椅子里抽烟，万斯懒洋洋地望着窗外的麦迪逊广场，马克汉一眼不眨地看着壁炉上方老彼得·史杜文生的油画像。

万斯转过来对着检察官露出一丝嘲讽的微笑。

"在我看来，马克汉，"他慢吞吞地说，"你们这些刑事探员太容易被所谓的证物误导了。一个脚印，一辆停在门口的汽车，或者一条绣了姓名缩写的手帕，都能让你们无休无止地追查。难道你真的不清楚这件案子是不会凭着表面证物和推测的证据就被破解的吗？"

我猜想马克汉对这些毫无来由的批评会感到吃惊，以我们对万斯的了解，他这么说的背后肯定有特别的含意。

"那你是对所有实质的证据毫不在乎吗？"马克汉有些不屑地问。

"没错，"万斯冷静地宣称，"那些东西不但丝毫没有用处，还有可能会很麻烦……脑子里已经有一套固定的模式，是你们在调查一件案子时最大的问题，总是以为嫌犯不是个笨蛋便是大盗。请问你，难道你从没想到过，如果警探能够发现一条线索，嫌犯也同样能注意到，难道他不会销毁证据故意误导你们吗？你没想过，一个聪明的凶手，会故意留下无用线索让你们上当吗？这些警探从不承认明显的证据可能是经过设计的，目的是误导你们办案。"

马克汉反驳道："但如果我们对这些表面证据、有利的状况和接近合理的推论毫不上心，我看案子被破的可能性就不存在了，这些你们局外人是不会懂的。"

"错！而且大错特错，"万斯冷静地说，"局外人还是能够了解的，犯罪就好比一件艺术品，犯罪的过程就像是艺术创作的过程。如果鲁本斯在画安特卫普大教堂那幅《基督下十字架》时中途有事出去了，现在的警探会不会因此而断定那幅画不是鲁本斯本人画的。这种判断结论根本不正确，即使推论合理，但那幅画除了鲁本斯外别人是不可能画出来的，为什么？因为画家独一无二的技巧和天赋是无人能复制的。"

"我不会鉴赏艺术，"马克汉提醒他，"我是一个实事求是的执法者，判断一件罪行时，我更相信确实的证据而不是抽象的假设。"

"你的偏好将会导致许多谬误。"

万斯点上一根烟，冲着天花板吐出一个烟圈。

"就说现在这件案子，你在被误导的情况下派了很多人寻找杀死班森的嫌犯，之后你告诉少校已经有足够的证据起诉。不错，你的确有不少的证据。可事实是，你根本就找错了人，你在侵犯一位可怜的女士，而她和这件案子没有一点关系。"

马克汉尖锐地反击："我让一位可怜的女士即将受虐？现在我和我的助理掌握的一些证据的确对她不利，你倒是说说看，怎么才能证明她是无辜的！"

"非常简单，"万斯说，"真凶还没有出现，是因为此人十分狡猾聪明，知道你和警探还没有找到任何指向他的证据。"

他自信地说出这一段话，让人无法反驳。

马克汉轻蔑地笑了起来："我不相信这个凶手能心思缜密到如此面面俱全。即使再无足轻重的小案件在事件发生前后都会留下一些蛛丝马迹，这是不可辩驳的真理——不论凶手经过多长时间和多么周详的计划——总会留下一些证据，而这些证据在关键时刻便会把他揪出来。"

"一个众所周知的事实？"万斯重复，"不，我亲爱的朋友，'恶有恶报'是无用的迷信，我能够理解普通人这种'法网恢恢，疏而不漏'的传统观念。但是——天哪——你若也这么想，那我可感觉真的不妙！"

"别让它打扰到你的好心情。"马克汉不怀好意地说。

"就拿那些每天警方没有办法侦破的案子来说吧，"万斯不理会他的嘲笑继续说，"这些让全国一流的探员感觉棘手不已的案子，为什么会成这样呢？因为能被破获的案子的凶手全是笨蛋，这就是为什么一个资质一般的人再一次犯案时，能够全身而退，不会又被发现的原因。"

"那些未能侦破的案子主要是因为警员们运气不好，这与什么高超的犯罪技巧无关。"马克汉轻蔑地说。

"运气不好！"万斯提高声音，"那根本就是借口，是'无能'的同义字。一个聪明人不会将一切归咎于运气欠佳。不，亲爱的马克汉，未能侦破的案子根本就是因为凶手本身完美的计划，班森案完全符合这些特点。所以，只是经过数小时的调查，你说已能确定凶手是谁，恕我不敢苟同。"

他停下来，连吸了几口烟。

"你们的方法太容易误导你们了，最后会葬送了那位不幸的年轻女士的自由的。"

一直将愤怒藏在笑容背后的马克汉此时对万斯怒目相向："我却抓住了很多关于你口中那位'不幸的年轻女士'的小辫子。"

万斯不为所动，他淡淡地说："这个女人不可能是凶手。"

我看得出来马克汉非常气愤，他说话时口沫横飞："不可能是那女人做的，是吗？不管证据显示的结果是怎么样的？"

"是的，"万斯平静地回应，"除非她自己亲口承认人是她杀的，并拿出你们所谓'确实的证据'。"

"哼！难道你认为招供都毫无价值？"

"是的，我要让你彻底明白，它们不但毫无用处，还会让整个案情偏离正确的方向。或许偶尔有些证据会像女人的第六感似的被蒙到了，但大部分是不足以令人相信的。"

马克汉不以为然地回应："为什么一个人会招供对自己不利的犯罪行为？除非他以为真相已经大白或快要水落石出。"

"马克汉，你真令我感到惊讶！招供有许多可以推测的动机，或许是害怕，也可能是被威胁，或者仅仅是权宜之计，是心理分析学家所说的错误的自大、自卑感作祟、虚荣心、肤浅，有好多种理由。供词是所有证据中最不能相信的，即使在今天不科学的法律体制下，证词的可信度仍然应该受到质疑，除非另有其他可靠的证据。"

"你真会狡辩，"马克汉说，"如果法律摈弃所有的供词和实质的证物，正如你所建议的那样，那全部法庭和监狱干脆关了得了。"

"典型的法律逻辑！"万斯回答。

"那么请问你：应该如何给嫌犯定罪呢？"

"人类的犯罪行为和责任有一个方法是可以检验出来的，只不过到目前为止，警方既不知道其价值，也不会应用。要找出真相，唯有对犯罪心理的仔细分析，并进一步延伸至个别人物身上。心理才是真正的线索而不是实体。举个例子来说吧，一个德艺双馨的艺术家，不会靠材料或颜料的化学分析报告来鉴赏一幅画。掌握创造者的个人特质，只能从整幅画所呈现的观念和技法着手。他会自问：这件艺术品是否真的具有独特的风格——比方说，鲁本斯、米开朗琪罗、维隆尼斯、提香、丁多列托或其他任何一位艺术家的作品。"

"我想我的思想只达到了注意表面证据的水平，"马克汉承认，"在这个案子里，我掌握着许多这种表面证据，而这些证据全都指向一个目标——这位年轻的女士。"

万斯耸了一下肩："你能不能明确地告诉我，你都掌握了哪些证据？"

"为什么不，"马克汉同意，"首先，子弹射出时，那位女士刚好在现场。"

"老天！她真的在？太让我吃惊了！"

"我非常肯定她就在案发现场，你知道，晚餐时她的手套和提包全部都在班森的客厅。"

"噢！"万斯微笑地低声说，"她不在现场，只是她的手套和提包在现场而已——在我看来的确如此。我这个生性淳良的门外汉实在不能相信这两件事情能混为一谈。如果说我的长裤在干洗店，也就表明我人也在那里？"

马克汉激动地望着他："在你这个外行人看来，是否认为一个女人带了一个晚上的贴身物品，第二天早晨出现在她男伴的家中，这些不能证明什么吗？"

"我认为不能，"万斯平静地表示，"这种指控是无厘头的。"

"这个女士下午就穿着这身晚宴行头，她不可能晚上在班森不在家的情况下造访，更让人难以相信的是她竟避过管家的耳目。所以请问：那天晚上如果不是她自己把这些东西带到班森家，第二天清晨又怎么可能出现在同一个地方呢？"

"天哪，我可不这么认为，"万斯回答，"可以这么说，这位女士本人引发了你的好奇心，但是也可能是其他的原因。比如说，可能我们去世的班森先生把这些东西放在大衣口袋里带回了家——女人都会要求男人替拿东西：'我能不能把这些东西放在你口袋里？'再则，真凶通常有意把东西放在现场误导警方。你知道，女人绝对不会把随身物件整整齐齐地搁在衣帽架和壁炉上，她们一定会往桌子或椅子上随手一扔了事。"

马克汉突然插嘴："难不成，班森把那位女士的烟蒂也一并放在口袋里带回家了？"

"这样的怪事不是没有可能，我并不是特别指这件案子，烟蒂或许是之前会面的证据。"

"连被你深深看不起的希兹，都聪明得查到了管家每天清早都会打扫壁炉。"马克汉揶揄着告诉他。

万斯笑了："真是很聪明啊，但我想问你，这是不是你手里唯一一对这位女士不利的证据？"

"这并不重要，"马克汉重申，"重要的是，不管你多怀疑，它都是非常重要的证据。"

"我不愿看见法庭把无辜的人定罪……请再详细一点。"

马克汉想了一下说："我们目前调查的结果是：首先，班森和这位女士曾在西四十街上一间波西米亚式小餐馆里用了餐；第二，他们吵了架；第三，午夜十二点他俩坐一辆计程车走了，而行凶时间被证实是在十二点三十分，但她的住所是在靠近八十街的河滨大道。这么说来，班森不可能送她回家后返家时被枪杀，所以很明显他们一起回到了班森的家。我们也证实了她的确出现在班森的家，而且我们还查到她午夜一点钟之后才回到自己的住所。更不可思议的是，她回家后忘了拿自己的提包和手套，还是用备份钥匙开的门，她自己说是钥匙丢了。也许你还记得，提包里就有一把钥匙。还有，壁炉里找到的烟蒂和她平常抽的烟是同一个牌子。"

马克汉停顿了一会儿点了支雪茄，"那天晚上发生了很多事。早上我一得知这个女人的身份，马上加派两个警探调查她的个人生活。中午我离开办公室时，他们向我报告：这名女士有个未婚夫叫李寇克，是个陆军上尉，他极可能有把手枪跟杀害班森用的是同一个类型。还有，这位李寇克上尉在命案发生的当天还和这个女人一同吃午餐，并在第二天早上打电话到她公寓。"

马克汉向前倾了倾身子，手指敲了敲座椅上的扶手，加重语气说："现在我们已经掌握了动机、机会和手段，而你居然还要控诉我没有掌握足够的证据。"

"我亲爱的朋友，"万斯平静地断言，"你这种论点，连小学生都糊弄不了，"他摇摇头，"你手上这些所谓的证据将会成为摧残无辜者的凶器！天哪，你让我害怕，有你们这样的检察官，我深为我自身的安全感到担忧。"

马克汉被激怒了："那你倒是说说看，我的设想有什么不合理的地方？"

"很简单，你的推理根本就是放弃了这位女士无辜的可能性，你硬要用一些毫无关联的线索凑出一个结论。我认为这个结论是不正确的，因为它不符合所有的犯罪者的心理。我要说的是：真正的证据通常来自你没注意到的和你认为不可能发生的事。"

他做了一个强调的手势，声音也变得让人不可思议的严肃。

"如果你逮捕任何女子，说她谋杀了艾文·班森，那么你就犯了一项不可饶恕的罪——愚蠢。射杀一个粗鲁如班森之人和毁掉一位无辜女士的名誉，这两件事情相比较，我认为后者更应遭到谴责。"

我相信我看见了马克汉眼中的怒火，但他没说话。请记住：这两个人是好朋友，尽管各方面很不一样，但他们相互了解并且彼此尊敬。他们有时坦白的程度达到骇人听闻的地步，这些是出于尊敬的结果。

经过一阵沉默，马克汉勉强挤出笑容："你令我疑惑不解，"他嘲弄地宣布，但在他轻快的语调之外，我感到他有一半是认真的，"我还没说要逮捕那个女士呢！"

"你表现了令人称赞的约束力，"万斯称许地说，"但是我肯定你已经做好要威胁那位女士的准备了，也可能设计出一两个前后矛盾的供词，让她从嘴里说出来，这是律师的专长，任何精神紧张被当作嫌犯的人，被交叉讯问时都有可能说出前后矛盾的说辞。"

"即便如此，我还是要审讯她，"马克汉看看他的表，"半小时后她会被我的手下带到我的办公室，所以是时候中止这一段愉快并有益处的谈话了。"

"你真觉得审问她可以得知更多的细节吗？"万斯问，"我真想亲眼看看你是怎么羞辱她的，但我猜审讯也是例行公事的一部分吧！"

马克汉早就走到门外了，当他听到万斯的话后却停下来说："如果你真的愿意来，我想这没有什么不可以的。"

我以为他只是想向万斯证明"羞辱"只是他的偏见。可是不久我们就搭计程车前往刑事法庭大楼了。

7. 报告和审讯

六月十五日，星期六，下午三点。

我们走进一栋很旧的大楼，我们径直去了位于四楼的总检察官办公室。跟大楼的气质相吻合，办公室内的布置散发着古老的气息。天花板很高，铜制的吊灯，石灰墙显得昏暗斑驳，南面有四扇狭长窗户，整个楼的建筑风格透露着它的年代久远。

一条肮脏的咖啡色天鹅绒地毯铺在地上，窗户上也挂着咖啡色的窗帘。检察官办公桌对面放了一张橡木长桌，围了数张舒适的座椅。办公桌位于窗户正下方，面向室内；还有另一张橡木桌在高背旋转椅的右手边；另外还有几个装文件的柜子和一只保险箱。东面墙的正中间有一扇皮制黄铜把柄的门，门的另一边是一间狭长的屋子，检察官的秘书和几位职员的办公桌就摆在这里；正对着这扇门的墙上也有一扇门，那里通到检察官的密室；通往走廊的门则面对着那扇窗户。

万斯随意地看了一下室内。

"原来这就是全城正义的温床啊？"他走到窗前向外展望，对面是一栋灰色高塔建筑，"我想那里就是摧残无辜之人的渊薮吧，为的是降低他们在群众间的犯罪力，这实在是个让人不忍卒睹的画面，马克汉。"

检察官那时候正坐着翻阅手上的记事本。

"我马上就要召见我的属下了，"他头抬也不抬地说，"如果你现在坐在那边的椅子上不要讲话，我相信我会更有效率些。"

桌子上有一个按钮他按了一下，一个年轻男子戴着厚镜片出现在门口。"史怀克，叫菲普斯进来，"马克汉命令，"如果斯宾格已吃过午餐，让他知道我待会儿要见他。"

男子走开了，只一会儿一个削肩高大、面孔如鹰的男人笨拙地走进来。

"有什么消息？"马克汉问。

"我刚刚发现一些您可能立即用得上的线索。中午向您报告完毕之后，我自己溜达到李寇克上尉住的地方，本想向门童打听一些消息，没想那时候上尉正准备外出，我就跟着他一直走到那位女士的公寓，他在里面待了一个小时之久，然后满脸悲伤地返回家中。"探员的声音低沉刺耳，听着让人极不舒服。

马克汉想了一下。

"这不是什么重要的事，不过你干得还是不错的。圣·克莱尔就快来了，我想听听她说些什么。今天就先这样……告诉史怀克，让崔西进来。"

崔西和菲普斯刚好相反，他的身材矮胖，不过举止倒是温文尔雅，他的脸孔浑圆而亲切，戴着夹鼻眼镜，衣着非常合宜。

"早上好，长官，"他用温和平静的声音跟马克汉寒暄了一句，"我知道圣·克莱尔下午会在这里应讯，我发现了一些线索或许能帮助您破案。"

他用手调整了眼镜，同时打开手上的一个小本本。

"教她唱歌的老师告诉我不少的事情。这个老师是一个意大利人，曾在大都会歌剧院待过，现在自己组了一个合唱团，专门训练歌舞剧第一女主角的合唱部分。圣·克莱尔是让他骄傲的学生之一，他很愿意和我谈话。看来他对班森挺了解的，班森很多次参观克莱尔的彩排，并且还有几次坐在出租汽车内打电话找她。这个老师叫芮那多，他认为班森非常喜欢她。去年冬天她得到一个小角色，芮那多的后台监督，班森给她送了非常多的花，几乎放了一化妆间。我询问他班森是不是她的'恩客'，但芮那多说不知道，也许是不想说。"崔西合上那个本子抬起头来，"不知道这些有没有用，长官？"

"非常好，"马克汉告诉他，"接着追查，礼拜一的这个时候再来向我汇报。"

崔西行了一个礼就走了，接着秘书就出现了。

他问："斯宾格回来了，长官，要不要让他进来？"

斯宾格是另一个警探，和菲普斯与崔西不太一样。他年龄较大，像个工作谨慎的银行文书，能力非常强，可以完成任何艰难的任务。

马克汉从口袋中取出那个写有班森少校透露了人名的信封："斯宾格，这上面是一个人的地址，我要尽快找到他，他和班森案脱不了干系，你找到他立刻把他带来。如果你能够从电话簿里查到就不用往那儿跑了，他叫林德·范菲，我想他应该住在华盛顿港。"

马克汉把名字写在一张卡片上交给斯宾格。

"今天礼拜六，如果他明天可以进城，告诉他明天下午我会在史杜文生俱乐部等他。"

斯宾格出去后，马克汉按铃叫秘书进来，告诉他圣·克莱尔小姐一到就让她进来。

"希兹巡官来了，"秘书报告，"如果您有时间的话，他想见您。"

门上挂了一个钟表，马克汉看了一眼："我想我还有空儿，让他进来吧！"

在检察官办公室见到万斯与我，希兹表示很惊讶，他和检察官握手后便对万斯微笑说："仍在勤快地学习呀，万斯先生。"

"那怎么敢当,巡官，"万斯回答，"只是我发现一些有趣的谬误……调查的结果如何了？"

希兹忽然很严肃地说："我来这里就是向长官汇报的，这件案子可是非常棘手，我和我的手下查问过十几个班森的好友，竟然什么也问不出来，他们要不是真的一无所知，要不就是刻意隐瞒。每一个人都表现得对枪杀一事惊愕不已，至于他们是否知道为什么或如何发生的，他们斩钉截铁地说他们不知道。你可以想象他们的回答：谁会去射杀这个好人艾文？不可能有人会这么做，除非是一个不认识老好人艾文的混蛋；如果他知道艾文，即使是十足的恶棍也不会对他下毒手……妈的！我真想自己亲手杀掉这些口是心非的伪君子，让他们可以和我们的好人艾文相聚。"

"那部车子，有什么新的发现吗？"马克汉问。

"什么也没有。有意思的是许多报道指出：我们唯一的发现只是钓竿……今早法医送来的验尸报告，那上面所说的事实我们早就知道了。用人话说，班森的死因是头部中枪，内脏器官没有问题。奇怪他们竟然没发现他中了墨西哥豆毒，或被非洲毒蛇咬了一口什么的，让这个案子更纷繁复杂点。"

"想开一点，巡官，"马克汉劝告他，"我的进展要好一点，崔西找到提包的主人，还发现她在案发当日与班森共进晚餐；他和菲普斯另外又找到一些有价值的旁证，我正在等她，听听她怎么解释。"

检察官讲话时，希兹眼中露出一丝愤恨的光，但他很快地压制下来并向马克汉问了一些问题，马克汉什么都告诉他了，并且让他知道了林德·范菲这个人。

"审讯后我会立刻把结果告诉你。"他下了结论。

希兹走后，万斯对着马克汉做了个鬼脸："我担心这个复杂世界的旁枝末节让他不知所措，令他非常失望！当那个戴着厚镜片忙碌不堪的年轻人说他已经到了的时候，我甚至兴奋了一下，以为他是要来告诉你他已经发现了六名班森命案的凶手。"

"你的愿望太荒谬了。"马克汉评论。

"这难道不是正常的吗？头条新闻不是常常这样报道吗？在我的印象里只要一有命案发生，警察就会开始招摇地四处逮人，这样才显得紧张刺激嘛！幻想又破灭了……好失望呀！"他自顾自地说，"我不会谅解我们的希兹，他没有让我满意。"

马克汉的秘书在门口通报圣·克莱尔小姐来了。

我想在场的人都因这位年轻女士的出现而有些许吃惊，她以平稳优雅的姿态慢慢走进室内，头傲慢地微微扬起，个子娇小却十分漂亮，然而"漂亮"二字并不足以形容她的美丽。她就像是卡拉齐兄弟笔下的异国美女，双眸漆黑，鼻梁挺直，额头饱满，双唇线条优美，嘴角绽放谜一般的微笑，自信，泰然自若。但外表的平静并不能掩饰她情绪的激动。她的衣着很适合她，淡雅朴实，她高雅不凡的品位通过那些小饰品衬托出来。

马克汉站起来躬身行礼，把她让在了办公桌前的旧椅子上，她轻轻点头，看了座椅一眼，选了另一张无把手高椅坐下。

"你应该不会介意——"她说，"我自己选座位。"

她的声音低沉有共鸣——嗓音显示受过严格的训练。她说话总是面带微笑，但不是发自于内心，只是敷衍对方。

"圣·克莱尔小姐，你好，"马克汉有礼貌的开场白，"艾文·班森先生被人谋杀一事很明显你脱不了干系，在我采取进一步的行动之前，想先问你一些问题，为了你好，还请你据实以告。"

他停下来，女人嘲讽地望着他："我是该感谢你无私的忠告？"

马克汉皱眉，盯着桌上的文件："你大概知道，班森先生死的第二天上午，我们在他家中发现了你的提包和手套。"

"我知道你能证明那提包是我的，"她说，"但是你有什么证据证明手套也是我的呢？"

马克汉目光警惕地盯着她："你的意思是：手套不是你的？"

"噢，不，"她又给了他一个嘲讽，"我只是奇怪你如何确定那手套是我的？你根本不知道我手有多大以及我喜欢的款式。"

"那你的手套应该是什么样的？"

"我的手套是翠弗丝牌，大小是五又四分之三号，白色小羊皮，到手肘的长度。如果没什么问题，我希望你把它还给我。"

"不好意思，"马克汉说，"现在我必须保留它。"

她轻轻耸了一下肩。

"我能抽根烟吗？"她问。

马克汉马上从抽屉取出一盒班森赫吉斯牌香烟。

"我抽我自己的，谢谢，"她告诉他，"但是我非常想念我的烟嘴，我希望你能将它还给我。"

马克汉非常疑惑。他显然被这个女人的表现所困扰。"目前我可以先借给你。"他让步。伸手拉开另一个抽屉，将烟嘴放在桌子上。

"现在，圣·克莱尔小姐，"马克汉的语气恢复严肃，"能不能请你告诉我，你这些私人物品是如何出现在班森先生家的客厅里的？"

"马克汉先生，你是不会从我嘴里知道的。"她回答。

"你知道拒绝回答会对你很不利吗？"

"我没兴趣知道。"她的语气很是冷漠。

"你最好想明白一点，"马克汉劝告她，"你目前的处境很不乐观，这些你留在班森先生家的私人物品会让你泥足深陷。"

女人询问似的抬头，嘴角再度浮现谜样的微笑："你的证据真的够起诉我吗？"

马克汉不理睬她："你和班森先生交情很不一般吧？"

"我的提包和手套出现在他的居所才会让你们如此推论，对吧？"她回避地作答。

"他是不是很喜欢你？"马克汉追问。

她露出鄙视不屑的表情："是！他让我难以忍受……我被带到这

里，难道是为了告诉你们这位男士对我有多么迷恋？"

马克汉还是不理会她的反应，"圣·克莱尔小姐，昨晚你十二点离开餐馆，半夜一点返家，可是中间这段时间，你人在哪里？"

"你实在是无所不知……好，我只能告诉你那段时间我正在回家的路上。"

"河滨大道四十街到八十一街这段路难道要走上一个小时？"

"差不多，或许只差个几分钟。"

"你是如何计算时间的？"马克汉开始烦躁了。

"我没有算，时间自己会溜走，你知道的，马克汉先生——时光飞逝，日月如梭。"

"你这样只会让你自己更危险，"马克汉警告她，"你难道不知道你目前的处境吗？你跟班森先生一起吃晚餐，十二点一道离开，半夜一点钟才回到自己家中，班森先生在十二点三十分被害，第二天早上你的私人物品出现在杀人现场……"

"听起来我真的很有嫌疑，我清楚，"她承认，态度变得很认真，"我可以告诉你，马克汉先生，如果我可以用意识杀死班森先生的话，他应该死过一百次了。我知道不应该如此蔑视死者，但我真的非常讨厌班森先生。"

"那你又为何与他共进晚餐？"

"这个问题我也问过自己无数次，"她悲哀地承认，"女人实在是情绪化的动物——永远在做不该做的事……我知道你是怎么想的：如果我要杀他，这一切看起来好像很自然。我想可能所有的杀人凶手都会先和被害者一起用餐吧。"

她一边说话一边打开粉盒不停地照镜子，手还不时地梳理额前的刘海儿，用指尖在眉毛上按了按，抬起头来看着镜子左看看右看看。她的举止已经将她的心表露无遗，她要让在场的人注意到，谈话的内容远不及她外在容貌来得重要。

马克汉拉长了脸，这要是在平时，检察官早就施压逼得她乖乖就范；但是马克汉这次显然下决心不用一般检察官对付女嫌犯所用的威逼的手段。假如万斯在俱乐部时没说那番话，马克汉一定会采取强硬的态度，但显然万斯的说法令他迷惑了，这女人闪烁的言辞也使他更加疑惑不解。

一阵沉默后，马克汉厉声问："你曾经在班森的证券公司做过投机买卖？"

听到这句话女士放肆地笑了起来："我知道亲爱的少校又在嚼舌根了……不错，我曾上场大肆赌博，我不是故意的，可能是自己太贪财了。"

"因为输得可不少——班森先生要求你追加保证金，最后卖掉了你的债券，这些应该是真的吧？"

"我希望它不是真的，"她故作悔恨地说，"因此我用卑鄙的手段将班森先生杀掉，或者这只是他身上的报应？"她笑得很顽皮并期待回应，就好像是在玩猜谜。

马克汉问出了下一个问题，眼神瞬间变得冷酷凌厉："菲利浦·李寇克上尉是不是有把军用点四五柯尔特自动手枪，和杀死班森先生的一样？"

听见李寇克的名字时她大吃一惊，屏住了呼吸，双颊绯红，但是瞬间又假装成满不在乎的神情。

"我从来不知道李寇克上尉持有枪械的口径和牌子。"她轻松回答。

马克汉稳了稳声调继续说："凶杀案发生的同一天上午，李寇克上尉去了你的公寓，把手枪借给你，这是不是真的？"

"这就是你的不对了，马克汉先生，"她娇羞地埋怨，"问未婚夫妻如此私密的问题。我想你应该知道我已经是李寇克上尉的人了。"

马克汉站起身，尽量控制自己："你这是拒绝回答任何问题，不管你自己的生死了吗？"

她考虑了一下："是的，"然后缓缓地回答，"我现在是什么都不会说的。"

马克汉双手撑着前倾的身子："你知道你这种态度的后果是什么吗？我手上握有你涉案的相关证据。既然你拒绝申辩，那我必须扣押你了。"

马克汉说话时，我仔细留意她的表情，她的眼皮不由下垂，没有任何反应，只藐视了一眼检察官。

马克汉抬起头，手伸向办公桌底下的按钮，这时他看了万斯一眼，手便不由自主地停住。万斯在脸上表现了不满的谴责，不仅对马克汉的所做感觉吃惊；更重要的是，万斯认为马克汉此举将犯下无可挽救的愚蠢的错误。

室内紧张的气氛顿时高涨，圣·克莱尔小姐气定神闲地拿出粉盒往鼻子上扑粉，镇定地问检察官：

"你是不是现在就要逮捕我？"

马克汉看了她一会儿，没有立即回答，站起来走向窗边，俯视连接刑事法庭大楼和"填墓"监狱的那座桥。

"不，不是现在。"他缓慢地说。

他站在窗前沉思了好大一会儿，最后突然放弃了犹豫，转身面对女人。

"我暂时不会扣押你，不过你也不可以擅自离开纽约，否则我会立刻派人拘捕你，知道吗？"

他按了一下铃，秘书进来了。

"带她下楼给她叫计程车。你可以走了。"

她站起来，对马克汉点了点头。

"你人可真不错，肯把我的烟嘴借给我。"她愉快地说，将烟嘴放回他桌上，转身离开。

门刚合上，马克汉马上按了另一个按钮，通往走廊那扇门开了，门口出现一位中年白发男士。

"班，"马克汉匆忙地下令，"马上跟踪和史怀克一道下楼的女士，二十四小时监视，她不可以离开城里——明白吗？她就是崔西查出的圣·克莱尔小姐。"

男士离开后，马克汉站在那里看着万斯。

"你现在是不是还认为她是无辜的？"语气透着几分胜利后的喏瑟。

"这个女人很了不起，谈笑自若，而她竟要嫁给职业军人！算了……你知道，刚才我真担心你会取出手铐来，如果你这么做了，朋友，你会死不瞑目的。"

马克汉看了他好一会儿，他知道万斯的言语后面有其他的意思，基于这样的了解，使他在扣押女人前改变了主意。

"她的态度很难让人相信她是无辜的，"马克汉指出，"她的表现十分出色，但这只是一个知道自己有罪的聪明女子所要的花招。"

"你难道还没看出来，她根本不在乎你觉得她有没有罪。实际上，你让她走时，她显得非常失望。"万斯说。

"我不能同意你的观点，"马克汉说，"不论有没有罪，不会有人希望自己被拘捕。"

"在艾文被杀的时候，那位幸福的情郎何在？"万斯问。

"你以为我们没有下功夫查吗？"马克汉嗤之以鼻，"那天晚上八点后，李寇克上尉一直在他的公寓里待着没出来。"

"这是真的吗？"万斯反驳，"真是个好青年！"

马克汉再次严酷地瞪他："你的脑子里现在在想些什么谬论。我暂时放走了那位女士，这正是你所想的，而我放弃了自己先前的判断，你最好告诉我你葫芦里卖的什么药？"

"卖药？这个比喻可真粗俗，别人通常以为我是耍杂技的呢！"

万斯这样回答时，多半意味着他不愿直接回答问题，马克汉转移了话题。

"总之，没有如你的愿，看到我修理别人。"

万斯假装惊讶地抬起头："真是太可惜了没有看到。你知道，生命里原本就充满了失望。"

8. 万斯接受挑战

六月十五日，星期六，下午四点。

马克汉打电话告诉了希兹审讯的结果后，我们再次回到史杜文生俱乐部。检察官通常于星期六下午一点下班，但今天因为圣·克莱尔小姐的到访推迟了下班时间。马克汉一路上一句话也不说，直到我们坐在俱乐部的沙发上，他愤愤地说："妈的！我真不应该把她放走……我还是认为她不是无辜的。"

万斯故意装作很崇拜地说："噢，真的！你一定是个通灵者，有与生俱来的特异功能。你的梦是不是都能成真？你想着的人是不是立刻会打电话给你？真是神奇呀，你能不能看手相？……为什么不用那位女士的星座来计算她是不是凶手？"

"只有你的直觉认为她是无辜的。"马克汉反驳。

"不过，"万斯断言，"我肯定她是无辜的，因为不会是女人。"

"你不会愚蠢到以为女人不会使用点四五口径柯尔特自动手枪吧？"

"噢，"万斯耸耸肩，"我根本就不在乎这件案子的实质证据，那些垃圾就全部留给你们这些律师和那些肌肉发达的家伙，我有更好的侦探方法，你冲动地以射杀班森的罪名扣押任何女人都是不可饶恕的错误。"

马克汉愤怒地哑声说："一直到现在，你还拒绝相信一切揭发真相的推论，还要重复那套人类心智运作的信念。"

"这该是信奉基督的人说的话吗？"万斯惊呼，"你真是个老顽固，马克汉。你的原则难道是'只要你不知道的'都不能算数，所以既然你不愿意去弄懂，也不必有所解释。这倒是一个很好的观点，它能够抛弃一切的忧虑和不可知。让你觉得这个世界很美丽。"

马克汉大方地听着他的奚落："吃午饭时，你说有一个绝对可以查出罪犯的正确方法，能否透露一下这个深奥无价的方法，让我这个小小的检察官知道？"

万斯夸张地向他鞠了一躬。

"乐意之至。我将它归为人类性格和心理的科学方法。一个人，你我包括在内，都有自己一套方式去做事。人的行为——无论大小——都是个性的表现。从人的行事可以看出此人的性情，所以音乐家能够从一节乐章上判断作曲者是贝多芬、舒伯特或是肖邦；艺术家可以从风格上看出作画者是柯尔、阿比尼斯，或是林布兰、哈尔斯。世上没有两张一模一样的面孔，也没有两种完全一样的性格，所以当二十位画家坐下来画同一件东西时，每个人表达的效果绝对是不一样的，最后的作品是画家个人直觉的表露……这个道理是不复杂的。"

"你举艺术家这个例子，我很能理解，"马克汉讽刺地说，"但是这种抽象又细腻的技巧，对我这个粗人似乎不起作用。"

"人的心理总是偏向于相信自己想要认为合理的事。"万斯低声叹道。

"因此可以这么说，艺术和犯罪之间还是有不一样的地方。"马克汉同意。

"在精神上，这两者还是很相似的，"万斯指正，"犯罪和艺术都有共同的基本要素——接触、观念、技巧、想象力、下手、方法和组织能力。更为重要的是，犯罪的布局和艺术品很是相似，一桩费尽心力的谋杀和一幅画都强烈地表现个人性格，艺术鉴赏家可以通过分析画的性格而告诉你原画的作者；心理学家也可以从分析一个案件找到凶手是谁——他能看出罪犯行事的特征……我亲爱的马克汉，这就是发掘人类犯罪的科学方法，其他的全都是不科学的猜测，愚蠢而无用。"

解释的过程中，万斯的语调一直保持着轻松，他沉稳肯定的态度使他的分析更显得权威。马克汉饶有兴趣地看着他，或许他没把万斯的理论放在眼里。

"你的理论完全没考虑犯罪动机。"马克汉反驳。

"是的，"万斯答，"不过在我看来犯罪动机是凶杀案中最不相干的因素。亲爱的老友，每个人都会有很合理的动机想杀死一大堆人，一百个人里或许有九十九个人都曾有过这种冲动。一个人被杀了，最少有一打不是凶手的人和真凶有着类似的动机，所以有动机并不表示就杀了人。怀疑一个有动机的人是杀人凶手，就好比怀疑一个人和别人的老婆私奔了只因为他也有两条腿。有的人会当真杀人，有的不会，因个人心理因素及性情而异。还有，如果一个人有着非常强烈的动机，一般他都会掩饰得很好，争取不表露出来，他或许会掩饰个数十年只等那一天的来临；或者突然发现十年前的某些事实，在五分钟内杀机突显……所以你看，一件没有明显动机的案子比有动机的可能还要麻烦。"

"办起案来，想要除去'何人获益'的想法可不简单。"

"我敢说'何人获益'的想法十分愚蠢，因为一个人死亡会有许多人得益。"

"不管怎么样，"马克汉坚持，"动机是犯罪中必不可少的因素，环境和当下状况跟某些人犯罪有密切的关系。""还是这么的没道理，"万斯断言，"想想我们每天有那么多机会杀掉自己讨厌的人！就在前几天的一个晚上，我因为礼貌在公寓里举办一场非常无聊的晚宴，我承认自己极力地控制自己才没在饮料中下砒霜。但你知道柏吉斯和我则完全不一样，如果我决心下毒手，我会像十五世纪意大利足智多谋的贵族那样制造机会——比如产生摩擦了——人可以制造机会或用假造的不在场证明掩盖罪行。以前有这么一个案子，凶手在还没杀人之前打电话报警说他怀疑被害人家中出事了，然后在警察到达前进去将被害人刺杀。"

"那么，什么才能证明案发时，嫌犯的确在现场？"

"你又被误导了，"万斯宣称，"现场的无辜者常被不在场的真凶拿来利用，睿智的罪犯千里之外也能操控案发现场，他狡猾到会制造不在场证明，案发后再返回现场参与讨论。要制造一个不在场的证明，实在易如反掌，但是人们永远无法完全掩盖自己的个性和特质。为什么所有犯罪最后都能归咎于人类心理——完全是基于无法伪装的人自己。"

"按照你所说的，我们干脆撤销大部分的警力，用两部测谎机，这样不就能破案了。"马克汉说。

万斯沉思着抽了一会儿烟。

"我看到了关于测谎机的报道了,真有意思。受测者从那些陈腔滥调转移开去注意法兰克·凯恩博士的球面三角学,谁不会情绪紧张。一个无辜者的身上被插一堆莫名其妙的管线、电流计、电磁体,你再问一堆问题,他情绪紧张一定会影响测试。"

马克汉得意地微笑着。

"你的意思是:有嫌疑的人接受测试应该完全没有反应?"

"噢,不是的,"万斯语气平和,"指针一样会跳——但这并不是因为他犯了罪。如果他很蠢,指针跳动的原因是他讨厌这种看起来好像低劣的虐待方法;如果他很聪明,指针跳动是因为他认为执法者使用如此愚蠢的把戏而强忍嘲讽。"

"你让我很迷糊,我们这些世俗之人一向相信:犯罪行为是脑部缺陷所导致的。"

"这句话是对的,"万斯同意,"但是很不幸,这种缺陷人人都有,有品德的人只是没有勇气利用他们的这种缺陷。但如果是有犯罪倾向的人,那就太糟糕了!记者郎伯叟提出了先天性犯罪一说,拜科学家杜柏斯、皮尔逊、高芮格等人之赐,将他的白痴理论大肆发扬。"

"你的博学打败了我。"马克汉宣告,他唤来服务生又抽了根雪茄,"我通常这么安慰自己,所有的凶手都会自己跑出来。"

万斯安静地抽着手中的烟,眼光落在窗外,六月的天空中有薄雾氤氲开来。

"马克汉,"他终于开口,"现存许多关于犯罪的愚蠢理论实在让人很不舒服，一个神志清醒的人会认为'凶手会自曝身份'这种过时的想法是正确的，实在让我太意外了。事实上，很少有人会这么做，朋友，否则还需要刑事局做什么？又为什么在发现一具尸体时，警察都忙得团团转？你身为伟大的保护者，能叫所有警察待在办公室、俱乐部或理发厅不动，等着谋杀案凶手自己送上门来吗？如果你这样做，你一定会被免职的。"

马克汉忙着修剪和点燃他的雪茄。

"我肯定你们这些人对犯罪还有另一个幻觉，"万斯继续，"那就是凶手肯定会回到凶杀现场，这种奇怪的想法甚至被演绎成另一种神秘的心理因素。但是我可以保证，心理学家绝不使用这么荒谬的教条理论。如果凶手回到被杀者尸体旁，目的不是为了纠正他所犯下的某些错误的话，那么他岂不是让自己变成百货公司橱窗里的展示物……如果这个不切实际的想法是真的，那么对警察而言，办案岂不是太容易了？他们只消坐在凶案现场消遣等凶手返回，再将他逮捕就行了。本能反应是：如果一个人犯下滔天大罪，他会远远地躲开现场。"

"但是就目前这件案子来说，"马克汉提醒他，"我们并没有傻等凶手自曝身份，也没有在客厅里坐着等凶手自动上门。"

"真这么做，破案的概率也要超过你们目前所使用的方法。"万斯说。

"我可没你那种与生俱来的洞察力，"马克汉反驳，"我只能够按照正常人的不睿智的行径来查案。"

"不错，"万斯同情地说，"正是你们所采取的行动让我下了这样的结论：任何一个具有法律逻辑的人，都能不费力气地驳倒你们这种建立在常识之上的愚蠢的攻击。"

马克汉被这句话激怒了:"没有必要为圣·克莱尔这个女人的无辜如此纠缠不休吧? 不管怎么讲,在完全没有其他确实证据的情况下,你必须承认除此之外我没有其他的方向可供调查。"

"我不会承认什么的,"万斯说,"因为我可以告诉你,有一大堆证据指向另一个方向,只是你们没发现而已。"

"你可真能干啊!"万斯太过冷漠的自信终于击垮了马克汉的镇定,"这不错,小子,我现在拒绝听你所有的理论,向你挑战:请举出一个你所说的的确存在的证据出来。"

他的语气刻薄,用一个强烈的手势示意终结这个话题。

万斯有点受伤地说:"你知道的,马克汉,我不是个无理的复仇者,也不是社会尊严的辩护者,我对这两个头衔不感兴趣。"

马克汉高傲地笑了,但并没有回话。

万斯沉默地抽了一阵烟,出人意料地以平静肯定的口吻对马克汉说:"我接受你的挑战,尽管这不符合我平时的行事标准,但你也知道,这件案子十分吸引我,它的困难度就好比鉴定一幅艺术名画,而我在试图找出它真正的作者。"

马克汉吃惊地取下嘴边的雪茄,他所谓的挑战只是随口说说罢了,并非真有此意。他难以置信地看着万斯,而他当时不知道,自己冲口而出的并非极认真的挑战,因万斯悍然接招,竟然让纽约市的犯罪史整个地改写了。

"你打算从哪儿开始?"他问。

万斯摇摇手:"就像拿破仑说的,我必须先参与其中才知道该如何下手，但你一定要答应全力协助我，并且不能用深奥的法律问题刁难我。"

马克汉紧闭着嘴，万斯突如其来的转变弄得他不知如何是好，过了一会儿，他发出自然开怀的笑声，似乎这并不是很严重。

"没问题，我同意，"他说，"然后呢？"

万斯点燃一根烟，懒洋洋地站起来。

"首先，"他宣布，"我能查出凶手的身高，这个发现应该可列为重要证据了吧？"

马克汉怀疑地望着他："上帝啊，这怎么可能呢？"

"用最原始的方法，"他简单地回答，"现在让我们先回到凶案现场。"

他走向门口，马克汉勉强不耐烦地跟着他。

"可是尸体已经搬走了，"马克汉说，"而且我们也已经整理了那个地方。"

"谢天谢地！"万斯低呼，"我对尸体不感兴趣，也厌恶现场像闹市一样人来人往，你知道这会让我非常不舒服。"

我们走到麦迪逊大道上，他当即叫来一辆计程车，示意我们进去。

"你不觉得这很荒唐吗？"车子开往上城，马克汉生气地说，"还有什么线索是你能找的？什么都没有了。"

"亲爱的马克汉，"万斯挖苦地说，"你在哲理方面的知识实在是太匮乏！如果一件东西，就算它再渺小，它要是能完全消失，那么这个世界就不可能存在了——宇宙的问题可以解决，造物者亦会在空无一物的天空上写'这是可以证明的'。我们唯一能够持续这种错觉的便是'生命',真实的谎言在潜意识里是数不过来的,你小时候是否曾试着想要解开一除以三这个题目?或者在整页白纸上写满了'三'?也或许你在写了一万个'三'之后能够解决一除以三的问题,这样一来你的难题就解决了。所以我亲爱的朋友,生命的继续存在就是建立在许多无法除去的事的基础上的。"

他手舞足蹈地强调他的话语,接着独自望着红艳艳的天空。

马克汉安静地坐在车厢一角,用力吸着他的雪茄,我感觉他仍为自己冒失下的战书十分懊恼,但一切已经无法挽回了。就像他在事后跟我说的,当时他感觉好似被人从一张舒适的座椅上强拉起身,去被一个傻瓜支使。

9. 凶手的身高

六月十五日,星期六,下午五点。

我们到达班森住宅时,警卫原本昏昏欲睡斜靠在铁栏杆上,见我们到了立刻惊醒,他看着我和万斯,脸上的神情显然认为我们是检察官带到现场侦讯的嫌犯,最早被派驻在此的刑事探员打开门让我们入内。

马克汉向他点了点头:"一切正常吧?"

"那当然,"那人应答如流,"那位老妇人非常温顺——而且做的菜也好吃得很。"

"不要让人进来打扰我们，史尼芬。"当我们步入客厅时马克汉说。

"那位美食家的名字叫史尼金，而不是史尼芬。"万斯在门合拢后向他强调。

"记性可真不赖。"马克汉粗鲁地嘀咕。

"哪里哪里，"万斯说，"我想你是那种少数奇人之一，你从来不会忘记人的长相的，但你是记不住他们姓名的，对吗？"

马克汉没有心思理会他的嘲弄："好啦，我们在凶案现场了，你葫芦里到底卖的是什么药？"他使劲一挥大手，自己重重摔倒在一张座椅中。

客厅和上一次见到的没什么区别，只不过一切物品都整齐地收好，窗帘也拉了上去，在夕晖晚照下，室内华丽的摆设更加耀眼。

万斯看向他，做了个战栗的表情："我几乎可以走了，很显然这是一个恐怖的室内装潢家施行的谋杀案。"

"我亲爱的艺术家，"马克汉不耐烦地催促，"请你将你的美学偏见暂时弃置一旁，专心解决你的问题。"他加上一个恶意的微笑，"当然，如果你担心找不到答案的话，现在反悔也不是不可以。"

"然后让你把那位无辜的女士送上电椅？"万斯夸张地喊着，"哼，我的教养可不允许我轻言退出，我才不要像亨利王子一样，到头来如此怨天尤人'我真可耻，我怠慢了我的骑士精神。'"

马克汉狠狠地瞪着万斯："我开始相信你说的，每一个人都有谋杀他人的动机，这理论太有道理了。"

"哈哈！"万斯愉快地回答，"现在你的想法跟我相同了！你介意我派遣史尼金先生帮我做一件事吗？"

马克汉耸耸肩："我希望我的抽烟不会影响你的表演。"

万斯到门口唤过来史尼金："麻烦你向普拉兹太太借个测量尺和一条绳子……这些是检察官需要的。"

"你不会拿这些来上吊吧？"马克汉说。

万斯责怪地看着他："允许我用莎翁的《奥赛罗》来唤醒你：'那些没有耐心的人真可悲！如果不是时间，伤口如何痊愈？'或者我再用诗人朗费罗的诗句提醒你：'所有的事情都不会去见那些不肯静心等待之人，耐心是最终的诉求——是束手无策时的良药。'耐心就跟善行美德一样，拥有它的人认为偶尔是一大奖赏，但我也承认，有的时候它毫无用处。"

"这么久了史尼金怎么还不来？"马克汉吼叫。

就在他说话的同时，门打开了，警探把量尺和绳子给了万斯。

"马克汉，这就是你的奖赏。"

万斯把那张大藤椅挪到班森被射杀时的位置上，按着地毯上椅角的印痕。他将绳子穿过椅背上的弹孔，让我拉住绳子一端站到壁板上有弹痕的地方；然后他拉长量尺，从班森陈尸椅上的额头位置上方量出五尺六寸的距离，给绳子打了个结，然后他紧拉壁板到椅背弹孔之间的绳子使之成为一条直线。

"我打上的结，"他解释，"代表结束班森生命的枪口的位置，你明白这其中的原因吗？由弹轨上的两点——就是椅背上的弹孔和壁板上的弹痕——就可以知道，射程的垂线距离从死者头部算起是五尺至六尺，只要量这条拉直后的绳子的长度就知道发射的位置在哪里了。"

"理论上没有错，"马克汉评论，"但是我不明白你大费周章只为了弄清楚这一点是为了什么……你没注意到子弹折射的可能偏差。"

"这我不得不反驳你，"万斯微笑，"昨天上午我向海契杜恩队长请教过，证明了子弹没任何的偏折，海契杜恩在我们抵达前已仔细检查过，这一点他非常肯定。首先，从射杀的角度来看，即使是一把小口径的手枪也不会出现任何的偏斜；另外，杀死班森的是一把大型点四五口径手枪，射速非常快，即使从远处发射，子弹照样直线前进。"

"海契杜恩是怎么知道枪弹的速度的？"马克汉问。

"我自己也因为好奇问过他这一点，"万斯答，"他说他是从子弹大小、特征以及脱开的弹壳这些判断的，所以他肯定那把枪是美军军用柯尔特自动手枪，不是普通的柯尔特自动手枪。这两种枪所用子弹的重量有一点差异，一般的重量是二百公克，军用的重量则在二百三十公克，我相信以海契杜恩如此敏锐的触觉，他应该是立刻就分辨出来的，虽然我还没有机会询问他在生理学上的天才——我一向不怎么爱说话，你知道的……他断言那是一颗军用点四五柯尔特自动手枪，知道子弹初速八百零九尺，力道三百二十九——可以在二十五码外打穿六寸厚的白松……这个队长真是了不起，这些惊人的资料都装在脑袋里！我以前曾怀疑一个人怎么可以终身奉献给低音小提琴，以及找寻那些木栓调弦的，但和一个终身研究子弹特性的人比起来，那简直是小巫见大巫！"

"这个主题并不是那么有趣，"马克汉厌烦地说，"为了避免无谓的争执，我们暂且承认你找到手枪发射时的精确地点了，然后呢？"

"当我把绳子拉直时，"万斯表示，"准确测出地板和绳结之间的高度，那么我就找到答案了。"

马克汉量过之后宣布："四尺八又二分之一寸。"

在绳结下方的地毯上万斯放了一根烟。

"我们现在测出了手枪发射时的离地高度……我想，这个结果够让你知道我这番推演的目的了。"

"是很清楚，没错。"马克汉回答。

万斯再一次走到门口呼唤史尼金："检察官想做个实验，借用一下你的枪。"

史尼金走向马克汉，掏枪时很犹豫："保险没开，长官，需要我打开吗？"

万斯向史尼金借用手枪时，马克汉真的很想阻止。

"没事的，马克汉先生不会真的要开枪——我知道。"

史尼金走后，万斯坐上藤椅，头部对准子弹孔。

"马克汉，"万斯请求，"希望你现在站在凶手的位置，把手枪举在地板香烟的正上方，然后瞄准我的太阳穴……拜托小心，"他笑着警告，"千万别扣扳机，要不然你永远不会知道杀死班森的凶手。"

马克汉勉强照做，他瞄准后，万斯要我测量地板到枪口的距离。

四尺九寸。

"差不多，"他站起来说，"马克汉，你看，你的身高是五尺十一寸，所以杀班森的凶手身高和你差不多——绝对不会低于五尺十寸，这样是不是很清楚？"

他的示范浅显易懂，马克汉若有所思，他的态度渐趋严肃。蹙眉沉思了一会儿之后，马克汉说："非常好，但是有可能凶手举枪的位置比我高。"

"不可能，"万斯回答，"根据我自己的射击经验，知道一个用枪好手瞄准一个小目标时，手臂肯定会向前伸直，肩膀微微耸起，这样眼睛和目标才能够成一直线。正因为这样，从他拿枪的高度就可以知道他本人的身高了。"

"你的论点建立在：假设杀害班森的凶手是一个气度从容精确瞄准小目标的用枪好手？"

"这不是假设，是事实。"万斯澄清，"你想想：假如此人不是好手，他不会选五六尺外的前额为目标，他会选面积较大的目标，譬如前胸。还有，如果他不是好手，他的目标是前胸，那么他射出的子弹可就不只一发。"

马克汉想了想说："我承认你的推理十分合理，但是，凶手也可能高于五尺十寸，因为一个人可以蹲着身子而照样瞄准目标。"

"是的，"万斯同意，"但不要忽略，凶手当时所站的位置很自然这一事实，不然班森不会让他离得这么近而不加防范，他在毫不知情的情况下被射杀就可以证明这一点。当然，可能凶手稍微弯身以免班森必须抬头和他说话……那我们设定凶手的身高介乎五尺十寸至六尺二寸之间，你觉得怎么样？"

马克汉一言不发。

"美丽的圣·克莱尔小姐，"万斯笑着提出，"还没有超过五尺五寸或六寸吧？"

马克汉默默地继续抽着烟。

"李寇克上尉或许是超过六尺的吧？"万斯说。

马克汉的眼睛眯了起来："你怎么会这么认为？"

"你刚刚告诉我的，你忘了吗？"

"我告诉过你！"

"你并没有直说，"万斯指出，"但当我向你透露凶手的身高后，这与你怀疑的那位女士条件不符合，我知道你那活跃的头脑立刻在找寻其他的人。那位女士的情夫嫌疑就很大了，所以我判定你的脑袋已锁定是他了。如果他的身高和我所推断的差不多，你就不会说什么；但如果你坚持那位凶手极有可能弯着腰杀人的话，我就知道上尉的身材不是一般高了……所以在你不说话的时候，我已经和你交流了思想。"

"想不到你还会读懂别人的心思，我等不及要看你后续的精彩表演了。"

他的语气有点怒意，而他恼的是自己不得不相信万斯的剖析，他发现自己被万斯带着走，但又顽固地想坚持自己之前的想法。

"你对我所推断的凶手身高这件事还有疑问吗？"万斯笑容可掬地说。

"没有，表现很好……但，如果真是这么简单，为什么海契杜恩却没有发现？"

"希腊哲学家亚拿萨哥拉说过：有机会使用灯的人，别忘了加灯油。这句话很有意思，马克汉——短短几字却包含着一个伟大的真理。没有油的灯是毫无用处的。警察总是有许多灯，但却没有油，这也是为什么他们除了在大白天从来看不见其他人。"

马克汉的脑子现在开始思考别的了，他站起来开始踱步："一直到现在，我还没有怀疑过李寇克上尉才是杀人的凶手。"

"为什么你没想过是他？是不是因为你的手下告诉你，那天晚上，他像个模范青年一样待在家中？"

"或许吧，"马克汉继续踱来踱去，忽然间转身，"不是这个！是因为有许多真实存在的证据指向圣·克莱尔小姐……万斯，除了你今天在此所作的说明外，你并没有解释为什么那些对她不利的证据会出现在现场。午夜十二点至一点之间她在何方？为何和班森共赴晚餐？她的提包为何在这里出现？壁炉里的烟蒂是怎么回事？我不能说你的剖析完全让我信服，因为我手上还握有这些烟蒂，这是个非常明显的证据。"

"天哪！"万斯叹口气，"你正陷身于一个可怕的推断中，然而，我也许可以解答那令人烦恼的烟蒂问题。"

他再次走到门口，还枪给史尼金："检察官劳烦请你把普拉兹太太带来，我们想跟她聊聊。"

进门来，他和蔼地对着马克汉微笑："如果你不介意，我希望由我一个人来问话。昨天，你讯问普拉兹太太时，可能忽略了一些重要的事情。"

马克汉显得很感兴趣，但也抱持着些许怀疑。

"好的，没问题。"他说。

10. 排除疑犯

六月十五日，星期六，下午五点三十分。

管家走进来时，神情表现得比上回接受马克汉讯问时要镇定，带着恼怒和坚韧的态度准备接受讯问。马克汉朝她轻轻点头致意，万斯立即起身请她坐到靠壁炉面对着前窗的椅子上，她坐在椅沿，两条胳膊搁在两旁的扶手上。

"有一些问题想问问你，普拉兹太太，"万斯凝视着她说，"如果你说实话是对大家好，知道了吗？"

和马克汉共处时古灵精怪、轻松的态度完全没有了，现在的万斯严肃而面无表情地站在管家面前。

她茫然地抬起头来，闭紧双唇，压抑着眼神中隐约露出的忧虑。

万斯等了一小会儿，才开始问问题，字句清晰毫不含糊。

"班森先生被杀的那天，那位女士是在什么时候来到这里的？"

妇人镇定地回望他，瞳孔放大："我不知道有人来。"

"有，一定有人来过，普拉兹太大，"他很肯定地说，"她是几点钟来的？"

"我说过了，没见人来。"她坚持。

万斯暂且停止问话，点一支烟慢慢地抽着，目光一直凝视着她，直到她避开为止。他走到她面前语气坚定地说："如果你说实话，不会有人对你不利，但如果你刻意隐瞒事实，那么你的麻烦就大了。知情不报是违法的，法律不会饶恕你。"

他对马克汉扮了一个鬼脸，后者正饶有兴趣地旁观这一切。

妇人显得不安，她放下双肘，呼吸变得急促起来："我对天发誓，那天没有人来过。"她哑着嗓子显得很激动。

"我们别拉上上帝，"万斯随意地说，"那位女士什么时候来的？"

她紧闭双唇不说话，室内鸦雀无声，万斯安静地抽着烟，马克汉不停地把玩雪茄，等待着。

万斯再次厉声问道："她是什么时候来的？"

妇人不断搓着双手，往前伸了伸头："我告诉你了——我已经发誓——"

万斯做了个手势断然阻止，冷笑着对她说："你的演技真是差劲，我们到这里的目的是查明真相——你最好说实话。"

"实情我已经告诉你们了。"

"你还是让检察官下令扣押你吧。"

"实情我已经告诉你们了。"她重复。

万斯将他的烟按灭在长桌上的烟灰缸里："好，普拉兹太太，既然你不肯透露那位女士那天下午来过这里，那么现在就让我来说出事实吧。"

他是如此自然又嘲弄，妇人不得不以怀疑的眼神打量他。

"班森先生被杀的那天下午门铃响了，班森先生可能已经告诉过你，他正等待一位朋友到访。总之，你打开门将一位美丽迷人的年轻女士迎进客厅……我亲爱的夫人，你现在在想什么？——你现在所坐的椅子就是当天她坐的！"

他停下来意味深长地看着她笑。

"然后，"他继续，"你给班森先生和那位小姐端上茶点，没一会儿她就走了，班森先生上楼换装去赴晚餐……怎么样，普拉兹太太，我说得没错吧。"

他又点了一支烟："你有没有看到那位小姐的长相？如果没有，我现在形容给你听，她个子不高，黑眼睛黑头发，衣服朴素。"

妇人的态度此时大变，两眼发直，两颊苍白，呼吸很急促。

"你现在要说吗，普拉兹太太？"万斯厉声地问她。

她吸了一口气："我没见有人来。"她顽强地回答，语气中透露着惊讶。

万斯思索了一下，马克汉忍不住开了下口，不过最终还是决定旁观妇人的反应。

"我可以理解你的态度，"万斯终于开口，"那位小姐和你有不寻常的关系，所以你有私人的理由不说出她曾来过这里。"

乍听见这些话，她恐慌地坐直了身子。

"我真的没看到过她。"她喊，然后瞬间安静。

"噢！"万斯瞅了她一眼，"你从来没有见过这位小姐？……有可能，但这不重要，我相信她是好女孩，虽然她曾在这里和你的主人共进下午茶。"

"是她告诉你那天她来过这里的吗？"她的声音无精打采。紧绷的情绪过后她的态度便平淡多了。

"也不完全是，"万斯回答，"不用她说，我还是能够知道……她在几点钟到的，普拉兹太太？"

"班森先生回来后大约半小时，"她不再坚持否认，"但是他没有预料到她的到访——因为他没有告诉我将会有客人，我事先也就没有准备茶点。"

马克汉的身子前倾："昨天早上我问你话时，为什么没有告诉我她曾来过？"

妇人的眼光不安地在室内转。

"我认为，"万斯愉快地介入，"普拉兹太太怕你把这位小姐当成凶手。"

她焦急地回应他的话："是的，先生——正是因为这样，我怕你认为是她下的手，她是一个如此文静美丽的女子……这就是我隐瞒的理由，先生。"

"或许吧，"万斯附和她，"不过请你告诉我，当你看见这位文静美丽的女子抽烟时，不觉得震惊吗？"

她有些惊讶："没错，先生，有一点……但是她不是个坏女孩——我能看出来。而且现在许多年轻女孩都抽烟，人们不再像以前那般守旧了。"

"有道理，"万斯同意，"但是她也实在不应该把烟蒂扔到壁炉里，是吧？"

妇人用不确定的眼神看着他，她怀疑他是故意戏弄她。

"她有这样做吗？"她转过身往壁炉里看，"今天早上我没看见任何烟蒂。"

"你当然不可能看见，检察官的手下昨天就把它清理了。"

她诧异地看了马克汉一眼，她还是不能确定万斯所说是不是真的，但他轻松愉快的语调让她不由得放松下来了。

"我们现在了解了，普拉兹太太，"他说，"那位小姐在这里时，你还注意到有什么不寻常的地方吗？如果你告诉我事实，就会很好地帮助她，检察官和我都确信她不是凶手。"

她看着万斯，考虑了很久，好像在判断他的真诚，终于她不再怀疑说出了她所知道的事实。

"我不知道这些是不是有帮助。我送点心进去时，班森先生好像和她有些矛盾，她看起来像在担心即将发生的一些事，并恳求他不要逼她兑现她的承诺，我停留的时间很短，听到的也不多。但当我正要走时，班森先生大笑着说这一切只不过是吓唬她，任何事也不会发生。"

她停顿了一下，焦急地等候回应，生怕她的说辞会害到那个女孩。

"就这样？"万斯以不以为意的语气问她。

妇人犹豫着："我只听见这么多，但是……有一个蓝色的珠宝盒在桌上摆着。"

"天哪———一盒珠宝首饰！那是谁的？"

"不，先生，我不知道，我也从没见过那珠宝盒。"

"那你怎么确定是珠宝盒？"

"班森先生上楼去换衣服，我进去收拾茶具时，它仍摆在桌上。"

万斯笑了："你就像潘多拉，偷看了盒里的东西，是吧？这是本能的举动，我也曾做过类似的事。"

他退后几步，十分有礼地向她鞠了一躬："没有什么问题了，普拉兹太太……你不必替那位小姐担心，我保证她不会有事。"

她走后，马克汉立即俯身向前朝着万斯挥动手上的雪茄："这些你之前为什么没告诉我？"

"亲爱的朋友，"万斯挑了挑眉毛抗议，"你是说哪一项？"

"你如何推断出那天下午圣·克莱尔小姐曾来过这里？"

"我不知道，只是猜测。壁炉内有烟蒂，而且班森被杀时她并不在场，我由此推测她在当天较早时来过这里。班森下午四点以后没再进过办公室，所以我知道，她是在四点钟和班森离家赴宴之间来访……这是很低水平的推论。"

"你怎么知道她不是那天晚上来访的？"

"这件案子就意识层面来说，就像我曾经告诉你的，我知道肯定不是女人干的——这是我抽象的假设，但不重要……昨天早上我站在凶手开枪的位置上，目测班森的头到壁板弹痕的距离，非常明显，嫌犯的身高可是不低啊。"

"很好……但是你怎么知道那天下午她比班森要早离开这里？"

"要不然呢？她怎么换上晚礼服的？你知道女士们在下午从不穿那么裸露的衣服。"

"你的意思是那天夜里是班森自己把提包和手套带回家的吗？"

"总有人这么做——但绝对不是圣·克莱尔小姐。"

"好，"马克汉承认，"那你又是怎么知道她就坐在这把椅子上？"

"只有坐在这张椅子上才可轻易将烟蒂扔进壁炉里。女人射门的命中率一向不高，更何况要从屋子另一端将烟蒂扔入壁炉。"

　　"这个推论非常合理，"马克汉承认，"但除非你曾经私下调查过，不然你怎么知道她在这里喝过茶？"

　　"我确实不太好意思解释，昨天我察看过，煮茶的壶里还有茶袋没有清洗。"

　　马克汉轻蔑地点点头："你貌似犯了藐视法律的大罪。"

　　"因此我才会感到很不好意思……但是，光就精神层面的推论并不能决定存在的事实，只能决定不存在的，我们当然必须考虑到其他的因素。就目前来说，这只茶壶指出了管家已经脱离涉案的嫌疑。"

　　"我承认你这么做是对的，"马克汉说，"但是我想知道，当你指出管家对女孩有某种不一样的感情时，你心里到底在想些什么，这个说法暗示你对目前情势有提前的了解。"

　　万斯的神情十分庄重："马克汉，我向你保证，我根本没有任何其他的想法。我这样指控，心想若是错了，她会反驳，跌入我所设的陷阱里。但是我好像猜中了她的心事，我怎样也想不出来她为什么害怕，这显然没什么。"

　　"也许吧。"马克汉质疑问道，"你怎么看那盒珠宝及班森与圣·克莱尔之间的争执？"

　　"现在还没任何看法，那些好像不重要。"

　　他停了一会儿，以认真的口吻说："马克汉，听我说，不要为这些旁生枝节而烦心，我可以告诉你那位女士与本案无关，如果你放过她，当你老了以后会轻松些。"

　　马克汉愁容满面地坐在那里："我现在确定了一件事——你'认为'你知道的一些事。"

"你明白笛卡尔主张的自然哲学思想，我一直很赞同，它从宇宙中自我怀疑中解脱出来，去追寻自我良心；但他的追随者荷兰哲学家斯宾诺莎的泛神论、伯克利的唯心论都使前辈最擅长的'省略推理法'遭到了误解，无法领略他的逻辑理论。笛卡尔连错误都是了不起的，他的推论方法，给予科学上不准确的事物分析的新含义，若要有效地应用思想，必须将数学的准确无误和天文学的单纯观察力相结合，举例说明，笛卡尔的——"

"没完了，是吧！"马克汉吼叫，"我没有要你卖弄那些知识，为什么要逼我听一个十七世纪哲学家的思想？"

"无论如何你不得不承认，当我解决那些恼人的烟蒂问题后，圣·克莱尔小姐已经被证明是无辜的？"

马克汉并未马上回答，但很明显，在过去一个小时内发生的事情给他留下了深刻的印象。他并未低估万斯，因为他知道在万斯尖刻的言语背后是出奇的认真严肃。马克汉平日对于公理正义有良好素养，虽然有时十分守旧，但绝非顽固不化，他不会拒绝接受任何真相，即使真相与他原意背道而驰。所以，当他终于抬起头来，露出屈服的微笑时，我觉得很正常。

"你说得很正确，我虚心求教，非常感谢你。"

万斯通过窗口向外看："我很高兴你愿意接受这个无懈可击的证据。"我注意很久了，这两人之间的关系是：如果一方慷慨地作出评论，对方则会以不表露情感的态度回应，好像他们不愿意将彼此内心情感表露出来。

马克汉不理睬万斯的冷言冷语。

"除了那些负面的批评以外，你对寻找杀害班森的凶手有没有什么新的意见和指教？"他问。

"有的，"万斯说，"一大堆。"

"能否慷慨赐教？"马克汉模仿他的音调。

"首先我建议你找寻一个人，他个子较高，冷静，枪法绝佳，而且和死者十分接近——并且他知道班森将与圣·克莱尔小姐共进晚餐。"

马克汉望了万斯一阵："我想我清楚……这不失为一个好方法，我会建议希兹立即详细调查李寇克上尉在案子发生当天晚上的所有活动。"

"另外，"万斯说着走向钢琴。马克汉一脸狐疑地望着他。当万斯开始弹奏那首法国歌，并唱着："它们都在葡萄丛里，小麻雀儿。"马克汉张着嘴，却什么也说不出来了。

11. 动机和恐吓

六月十六日，星期日，下午。

第二天是星期天，我们和马克汉在史杜文生俱乐部共进午餐，约会是前一天晚上万斯告诉我的。他对我说，希望到时候林德·范菲能够从长岛市赶来。

"人类故意将一个普通问题变得复杂的作风实在令我非常吃惊，"他曾如此说，"他们对简单明了的事情不由自主地恐惧；现代商业行为其实也没什么，不过是一套迂回复杂的程序而已。在百货公司购买东西，购买的全程印在一张三联复写收据上，至少有一打以上的店员查验，签字再签字，然后盖上五颜六色的印章，最后小心谨慎地放进不锈钢文件柜中。为了避免无谓的浪费，我们的商人开始花大价钱聘请大批专业人士，他们的工作只是令已有的系统更加复杂……现代生活中其他事情也是这样。就拿疯狂流行的高尔夫来说吧，不过是用杆把一个小白球打进洞里去，但是打球之人却花上不计其长的时间和不可估量的心血；他们花二十年时间纠正双腿站立的姿势和学习如何正确地用手指握杆，更不能忍受的是，他们为了讨论这个愚蠢的运动，发明了一些连英文学者也无法弄明白的词汇。"

他憎恶地说着报上的新闻："这件班森命案是一个形式单纯不合逻辑的事件，只要稍微思考就能够在五分钟之内解决；但整个司法机关却拿来大肆宣扬，令全城天翻地覆。"

吃午饭的时候，他并未说起谋杀案，好像大家都有避开这个话题的默契。我们步入餐厅时，马克汉随口说待会儿希兹会来这里见他。

我们回到休息室抽烟，巡官已经等在那里了，他脸上的表情显示情况不甚乐观。

"我曾经说过，马克汉先生，"我们一落座他就开口，"这是件非常棘手的案子……你从圣·克莱尔小姐那里有没有什么新收获？"

马克汉摇头否认："她已经被剔除在嫌犯名单之外了。"说完，他将昨天下午在班森家所发生的事告诉了希兹。

"噢，只要你认同就好，"希兹半信半疑地表示意见，"我没关系啦，但那位李寇克上尉呢？"

"这就是我为什么约你来，"马克汉告诉他，"目前没有直接的证据，但有一些疑点显示他可能涉嫌谋杀。他身高与凶手差不多，而且我们不能忽略他可能拥有一把和射杀班森同型的枪。他和那个女孩马上要结婚了，动机可能是因为班森对她不轨。"

"自从有手枪以来，"希兹补充，"这些军人毫不犹豫地就开枪杀人，他们习以为常看着别人滴血。"

"唯一让人无法理解的是负责调查上尉的菲普斯汇报说，那天晚上八点以后，他都在家里不曾外出。当然可能有一些纰漏，我建议你差人仔细地再调查一次，菲普斯的消息是从门童那里得到的，我认为应该再去讯问那个男孩，对他施点压，如果能够知道李寇克半夜十二点三十分没在家里，我们就能发现凶手了。"

"我亲自去，"希兹说，"今天晚上我亲自去，如果那个男孩知道什么，我一定会从他嘴里得到真相。"

我们继续聊了很短的时间，穿制服的服务生走过来悄声告诉检察官说范菲先生到了。

马克汉请他将客人引进来，然后对希兹说："你最好留下来，听听他是怎么说的。"

林德·范菲看起来是一位高尚整洁的人，踏着自信的步伐走向我们；他的腿十分细长，轻微内弯的膝盖支撑着肥胖的身躯；他的胸向前突出；脸肥肥的，紧扣的衣领上方垂下两堆肥肉；稀疏的金发后梳，两撇细长的八字胡尾端用蜡捏得如针般细，他穿了一套浅灰色夏季西

服，衬衫是蓝绿色的，花色的薄绸领带，脚蹬灰色麂皮便鞋；很浓的
东方香水味的手帕齐齐地在上衣前胸口袋里插着。

他温和有礼地和马克汉打招呼，并在介绍过后傲慢地向我们鞠躬
为礼。服务生招呼他坐下来后，他开始擦拭自己的金边眼镜，然后看
看马克汉，显出哀伤的样子。

"这真是太不幸了。"他忧伤地说。

"我知道你和班森先生要好，"马克汉说，"很抱歉在这个时候
请你来，非常感激你今天来这里。"

范菲做了个表示不赞同的手势，他的手指甲修剪得很平整。他用
难以形容的自满，表示他很高兴能为人民的公仆服务，当然哀伤不可
避免，但他清楚表态说他知道也明了他有责任和上级官员面谈，并且
已经做好准备应对这次会谈。

他洋洋得意看着马克汉，眉角似乎在问："我能做些什么呢？"

"安东尼·班森少校告诉我，"马克汉说，"你和他弟弟十分亲近，
所以希望你能够告诉我一些关于他的社交和私生活方面的事情，也许这
能帮助我们找到新的调查方向。"

范菲悲伤地望着地下："没错，艾文和我十分亲近——事实上我
们是死党，你无法想象当我听说这位亲爱的朋友去世时整个人崩溃的
情形。"听起来他们两人好像是手足之交，"我非常遗憾没能立刻到
纽约来帮忙料理后事。"

"我相信你的这些话能让其他的朋友感到莫大的安慰。"万斯冷
冷地恭维他，"在那种情况下，他们会谅解的。"

范菲懊悔地直眨眼："但是我无法原谅自己——虽然错不在我。

悲剧发生的前一天，我刚好前去卡茨基尔山脉度假，我还曾邀请艾文一起去，但是他太忙了。"范菲不住地摇头，好像埋怨生命中无法解释的嘲讽，"如果那样该多好——如果那样该多好——如果——"

"你只不过走了很短一段时间。"马克汉说，打断了听起来将会是一篇感人至深的演说。

"是的，"范菲承认，"但是我却遭遇了最不幸的意外，"他边擦拭眼镜边说，"我的汽车坏掉了，所以不得不提早回来。"

"你走的是哪条路？"希兹问。

范菲灵巧地调整他的眼镜，不耐烦地对巡官说："阿兹先生，我建议——"

"希兹！"希兹愤愤地纠正他。

"噢，是的，是希兹……如果你打算开车去卡茨基尔，我建议你去美国汽车俱乐部要一张地图，我的路线对你可能不适合。"

他转过身来看着马克汉，表明只想与自己身份同等的人打交道。

"范菲先生，"马克汉问，"班森先生有仇家吗？"

他想了一下："没有，一个也没有，不会有人因仇恨而杀死他的！"

"你暗示还是有人不喜欢他，可以告诉我详细情况吗？"

范菲优雅地用手去摆弄八字胡尖，然后用食指轻敲脸颊，仿佛正努力思考。

"马克汉先生，你的请求致使我想起我一直不想讨论的事情，但是我愿以一位绅士应有的风范来告诉你。艾文，和其他许多令人称羡的男士一样，有——我该怎么说呢，男人的弱点，这么说吧——他与异性交往有些困难。"

他看向马克汉，等待着因道出实情后所应得的嘉奖。

"你知道，"为了回应对方认同的点头示意，他继续，"艾文的外形并不是很好，对女人来说并非深具魅力，艾文知道自己在这方面不足。所以，我相信你会明白我不得不讨论此事的苦衷，艾文用了一些方法和女人们交往，这些方法是你我绝对不屑于做的。我痛心地承认，他常常占女人的便宜，用的都是下流的手段。"

他停住了，明显是被他这位朋友极其可憎的行为和自己揭穿朋友的不仗义感到震撼。

"在你的印象里，有没有这样一个被班森用下流手段占便宜的女人？"马克汉问。

"不仅仅是那个女人，"范菲回答，"还有一个喜欢她的男士。事实上，这位男士曾经要挟过要杀掉艾文，他在公共场合作出过这样的威胁，除我之外，很多人都听见了。"

"哦？"马克汉观察后说。

范菲为了对方的体恤鞠躬致谢。

"那是发生在一个小宴会上，我碰巧是那位不幸的主人。"他道出。

"口出要挟的那人是谁？"马克汉用有礼却坚定的语气问。

"你会谅解我的心情……"他下定决心地将身子往前倾，"如果我不说出那位男士的名字，对艾文是不公平的……就是菲利浦·李寇克上尉。"

他重重地舒了一口气，"我相信你不会让我说出那位女士的名字。"

"这个你放心，"马克汉保证，"但是能不能请你再详细地说明一下？"

范菲耐心地接着说：“艾文对那位女士在态度上有些问题，我不得不承认，她非常讨厌艾文。李寇克上尉憎恨他对她的骚扰，所以在我邀请他和艾文一同参加的晚宴上，双方发生了极大的冲突。我相信这其中有酒精的作用，因为平日艾文非常注意他的社交形象。上尉的脾气火爆，他警告艾文最好远离那位女士，不然将会有性命危险，上尉甚至马上就要拔出他的左轮手枪。”

“那是一把左轮，并且是一把自动手枪？”希兹问。

范菲不置可否地向检察官笑了一下，看都不看一眼。

“原谅我，我没记清楚，不是左轮手枪，我想应该是把军用自动手枪，我实在是没有看清楚。”

“你说还有其他人目击了整件事的经过？”

“有几位我的朋友当时也在现场，”范菲解释，“但请原谅我无法告诉你他们的名字。实际上，我根本没把这件事放在心上。直到我听到艾文的死讯，才忽然想起这件事，我告诉自己：应该向检察官报告。”

“灵活的思想和感人的话语。”万斯咕哝着，他在整个讯问过程中显得十分沉闷无聊。

范菲再次调了调他的眼镜，冷冷地看了万斯一眼：“你这是什么意思？”

万斯毫不在意地笑了：“信口说说，没特别的意思……请问你认识欧斯川德上校吗？”

范菲冷酷地看看他，“认识。”他傲慢地回答。

“欧斯川德上校有没有参加那天的晚宴？”万斯直接问。

"既然你提到了，我就告诉你，他是参加了。"范菲承认，并且因为万斯的多管闲事而故意挑高眉毛。

但是万斯毫无兴趣地望着窗外。

马克汉因为这突如其来的打岔而烦恼，希望能以更温和的态度继续下去；但即使是健谈如范菲，也没有任何新的资料可以提供，他坚持将话题绕回李寇克上尉身上，并认为事件比他所认为的要严重得多。马克汉跟他谈了有一小时，除了这点特指的联想之外没有任何收获。

范菲站起来准备离开时，万斯将视线从窗外收回，温文有礼地向他鞠躬致意，盯着他看。

"你人现在在纽约，为了弥补不能早点赶来的懊恼，你会留在这里等待调查结果的吧？"

范菲故作镇定的态度消失了，取而代之的是满脸惊讶："我没有打算这么做。"

"如果你能够这样是最好不过的了。"马克汉催促着。我相信在万斯提出之前，他没有想到这层。

范菲犹豫着，比了个优雅的手势："那我就留下来，如果有任何我可效劳之处，可在安森尼亚旅馆找到我。"他大声说，并慷慨地给予马克汉一个微笑，但笑容却很假，是标准的"皮笑肉不笑"。

他离开后万斯愉快地看着马克汉："高雅、熟练、言辞掷地有声……但千万别相信一位故弄玄虚之人。老友，我们这位雄辩家朋友可不老实。"

"如果你的意思是说他是个骗子，"希兹说，"我无法苟同。我认为关于上尉曾经出言恐吓这事倒是值得注意。"

"噢，这样啊！当然……你知道吗，马克汉？那位有骑士精神的范菲先生非常失望，因为你没有坚持要他道出圣·克莱尔小姐的名字。"

"他失不失望不要紧，"希兹不耐烦地说，"至少他指给了我们一条追查的线索。"

马克汉同意根据范菲所说的，对李寇克上尉增加实质上有害的证据。

"我想明天上尉应该到我办公室来一趟，我要好好问个清楚。"他说。

班森少校进来了，马克汉邀请他加入。

"我刚刚看见范菲搭出租车离去，"他说，"我想你已经向他了解了关于艾文的私事……有没有线索？"

"会有的，"马克汉好意地说，"对了，少校，你对李寇克上尉知道些什么？"

班森少校惊讶地看着马克汉："你不知道吗？李寇克曾是我队上的顶尖的人物。我想他和艾文应该很熟，但是看上去他们似乎并不喜欢对方……你不会认为是他杀的吧？"

马克汉不理会他的问话："你参加了那次在范菲家所举行的宴会吗？上尉在大庭广众之下恐吓你弟弟？"

"我曾参加过那么两回范菲举办的宴会，"少校说，"我平时不想参加这类聚会，但是艾文一定要我去参加，说这样会对我们的生意有帮助。"

他抬起头往上看，好像在努力回想，"我不记得——对了，我想起来是哪一次了，但是如果我们脑中所想的是同一件事，你们可以忽略它，因为那天夜里大家都醉了。"

"李寇克是否拔枪了？"希兹问。

"我想他似乎是做了这样的动作。"

"你有没有看到枪？"希兹追问。

"没有，我没看见。"

马克汉问了下一个问题："你认为李寇克上尉杀人的可能性大吗？"

"不好说，"班森少校强调，"李寇克并非冷血的人，引起争端的那位女人比他更有动机动手。"

一阵沉默后，万斯开口了：

"少校，你对范菲这位时髦人物了解多少？他看起来好像是一个稀有品种。他过去的历史如何？目前的生活又是怎么个情况？"

"林德·范菲，"少校说，"是典型碌碌无为的现代年轻人——虽说年纪也差不多四十岁了。但从小就被宠上天，物质生活上从不匮乏，因此他变得放荡不羁，追求不同的乐趣直到厌烦为止。因为喜欢打猎，他曾在南非住了两年，回来后出了一本书叙述他的冒险经历，从那次以后好像一件正经事也没做过。数年前和一个有钱悍妇结了婚，我猜是他为了她的钱，但他的岳父大人掌握经济大权，他只靠很少的零用钱度日……范菲是一个懒惰无能之人，而艾文却跟他很谈得来。"

少校不假思索地便说出一连串的话，我们清楚地感觉到他很讨厌范菲。

"性格不怎么讨人喜欢。"万斯说。

"但是，"希兹迷惘地加上一句，"一个有极大的勇气的人才能够猎取大型动物……说到勇气，我在想，射杀你弟弟的凶手才是一个头脑冷静出奇的家伙，他能够在被害人完全清醒的情况下从正面下手，并且楼上还有一位管家，这需要的勇气实在是很大。"

"巡官，你说得实在太棒了！"万斯大呼。

12. 手枪的主人

六月十七日，星期一，上午。

万斯和我于第二天早晨九点左右抵达检察官办公室，上尉已经到了二十分钟，马克汉命史怀克立即带他进来。

菲利浦·李寇克上尉是标准的军人，身高足足六尺二寸，整洁、挺直和颀长，他的表情严肃，伫立在检察官面前好像士兵安静地等候长官下达命令。

"坐吧，上尉，"马克汉说，"我想你可能知道你来此的目的。有些你和艾文·班森之间的问题想问你，看你是怎么解释的。"

"难道我被怀疑与这起谋杀案有关？"李寇克有一点南方口音。

"目前来看的确如此，"马克汉冷冷地回答，"我就是想搞明白这一点。"

上尉坐在椅子上等候着。

马克汉盯着他看："我知道之前你曾威胁要取艾文·班森先生的命。"

李寇克非常吃惊，双手紧紧抓住膝盖，在他尚未开口前，马克汉又继续说："我可以告诉你这是在哪里发生的——是在林德·范菲先生所举办的宴会上。"

李寇克显得很犹豫，然后伸直下巴："长官，我承认曾经出言恐吓。班森很下流，他该死……那天晚上他比平时更让人讨厌，他喝了很多酒，我也喝了很多。"

他的笑容显得很扭曲，眼光越过检察官落在后面的窗户上，"但是我没有杀他，长官，我是第二天看到报纸才知道他死了。"

"他是被一把军用的柯尔特手枪杀死的——你们作战时用的同型手枪。"马克汉看着他说。

"我知道，报纸上报道过了。"李寇克回答。

"你有一把同型号的手枪，是吗，上尉？"

男人再一次犹豫着："我没有，长官。"声音低得不能再低。

"怎么回事？"

他瞅了马克汉一眼便马上移开目光："我——我在法国时弄丢了。"

马克汉冷笑："范菲先生在你出言威胁那天晚上曾亲眼见过那把枪，这怎么解释？"

"他见过？"他茫然地望着检察官。

"是的，他见过那把枪，并且认出那是军用的手枪，"马克汉用平稳的声调逼近，"此外，班森少校也看见你似乎拔枪了。"

李寇克吃力地吸了一口气，顽固地说："我说过，长官，我没有枪……在法国时遗失了。"

"或许你根本没弄丢，也许你借给别人了。"

"不可能，长官！"他矢口否认。

"昨天你去了河滨大道……或许你把枪也一起带去了。"

万斯一直认真地聆听每一句话。

"噢——聪明过头了。"他在我耳边低声说。

李寇克上尉躁动地扭动身躯，棕色的脸看上去非常苍白，他不敢正视问话的人，眼光一直落在室内的家具上。他说话时声音急促坚决："我没有带枪……更没有把枪借给别人。"

马克汉用手支撑着下巴，从办公桌后探出身子："也许是在那天上午之前你已经把枪借给某人了。"

"之前？"李寇克快速地抬头，似乎在想"某人"是指何人。

马克汉抓住他的为难窘困追问："你从法国回来之后，有没有把枪借给别人？"

"不，我从来不曾借给任何人——"他开始说，忽然住口，急切地加上，"我怎么可能借给别人？我刚才跟你说过，长官——"

"忘了你刚才所说的！"马克汉打断他，"你有过一把枪，是吧，上尉？那把枪在哪儿？"

李寇克张嘴准备说话，但立刻又闭上了。

马克汉放松地靠在椅背上："你是知道的，班森一直在骚扰圣·克莱尔小姐。"

一听见这女孩的名字，上尉的身体马上变得僵硬，面孔憋得通红，严肃地望着检察官，一字一句缓慢有力地从齿缝中蹦出："不要把圣·克莱尔小姐拖下水。"看起来他好像要扑向马克汉。

"很不幸，这是不可能的，"马克汉以同情却坚定的口吻说，"有太多证据显示她涉嫌此案。案发的第二天早上，我们在班森家中发现了她的提包。"

"不可能，长官！"

马克汉不理会他的大吼。

"圣·克莱尔小姐已经供认了，"上尉要开口时，马克汉举手示意他别说话，"不要曲解我的意思，我并非指控圣·克莱尔小姐是嫌犯，我正在努力寻找你和此案的联系。"

上尉质疑地看着马克汉，最后他下定决心说：

"关于这点我无话可说，长官。"

"你知道圣·克莱尔小姐在班森被杀那晚曾与他一起吃晚饭，对不对？"马克汉继续说。

"你说什么？"李寇克不快地反问。

"你应该清楚他们午夜十二点离开餐馆，圣·克莱尔小姐半夜一点钟才到的家。"

一丝奇怪的神色在他眼中闪现，他伸直颈项，大力吸了一口气，但是他并未看向马克汉也没有开口说话。

"当然，你是知道的，"马克汉单调无变化的声音继续追问，"班森在午夜十二点半就被枪杀了。"

他等待着对方的回答。大约有一分钟时间室内毫无声音。

"你不说点什么吗，上尉？"终于他开了口，"没有任何辩解？"

李寇克不回答，坐在那里双目直视，明显决定不再开口。

马克汉站了起来："既然如此，我们就先在这里结束吧。"

李寇克上尉一走，马克汉立刻按铃叫人："跟踪此人，查明他的去处、做了些什么，今天晚上到史杜文生俱乐部汇报给我。"

只剩下我们三个时，万斯用半嘲讽半钦佩的眼神看着马克汉："机智但缺乏巧妙……你那些关于那位女士的问题实在不甚高明。"

"是的，"马克汉说，"但照目前情况看来，我们已经找到了正确的方向，李寇克并未让人觉得他是无罪的。"

"哦？"万斯反问，"那么他有罪的证据是什么？"

"当我质问他手枪在哪里时，你亲眼看见他的脸色变为苍白，精神状态到了几近崩溃的边缘——他被吓得够呛。"

"你的观念真是异常牢固呀，马克汉！你难道不知道，一个无辜者被怀疑时的反应会比真正的罪犯更手足无措吗？因为罪犯有足够犯罪的勇气，他知道只要稍露紧张神色，一定会被你们这些专家怀疑。如果你拍任何一个无辜者的肩头，告诉他'你被捕了'，他的反应一定是瞳孔放大、全身冒冷汗、面孔涨红、发抖且呼吸困难，万一他再有心脏病什么的，可能早已昏迷不醒了。当一个有罪之人被人拍肩膀时，他会挑高眉毛用难以置信的语气说：'你开玩笑的吧？来，抽根雪茄。'"

"那些罪大恶极的罪犯可能会有如你所描述的反应，"马克汉承认，"但无辜者被指控时，不可能全面崩溃。"

万斯失望地摇头："恐惧的表现完全由肾上腺分泌所产生的结果

控制——除此之外别无他由。它们只能证明此人的甲状腺有缺憾或副肾上腺低于正常水平。一个人被指控为凶手，或是看见杀人用的带血凶器，不是冷静地傻笑，就是歇斯底里、尖叫或昏倒——完全要看他荷尔蒙的分泌及对罪行的反应。如果所有人内在的不同类型分泌物没有区别的话，那么你的理论便能够成立，但是每一个人都不同……你不能因为一个人的内分泌问题便将他定义为罪人。"

马克汉还没有开口回答前，史怀克出现在门口报告说希兹来了。

巡官神情满足而愉快地冲进来，生平第一次忘记和在场的人握手："看来我们掌握了一些有效的证据。昨天晚上我去了李寇克的公寓，把事情全部弄清楚了。十三日晚上他的确在家，但午夜十二点过后不久就出门了，向西而去——这是重点——直到午夜一点一刻才回到家。"

"门童原来的说辞又是怎么一回事呢？"马克汉问。

"最不可思议的地方就在这里，李寇克收买了他，所以他坚持说那天晚上李寇克不曾出去过。你怎么说，马克汉先生？我吓唬了那个男孩一下，他便不敢再替李寇克隐瞒此事了。"希兹笑了起来。

马克汉缓慢地点头："巡官，根据刚才你说的，证实了今天早上我和李寇克上尉谈话后的一些判断，我已派人跟踪他，今晚会有消息，明天将会有更进一步的了解。明早我会跟你联系，如果要采取任何行动，你全权处理。"

希兹走后，马克汉双手枕在脑后靠在椅子里。

"我想我已经知道真相了。女孩和班森吃完晚饭后回到他的住所，上尉怀疑他们两人在一起就外出寻找，发现了她果然跟班森在一起，故而射杀了班森，这不仅解释了提包和手套的由来，也解释了为什么从餐馆回她家所用去的时间那么长，同时更印证了她在星期六应讯时的态度，加上有上尉对手枪一事所作的隐瞒，所以我相信这就是真相，我可以宣布破案，上尉不在场的证词已经被推翻了。"

"噢，差不多，"万斯轻快地说，"在胜利的翅膀上跳起来吧。"

马克汉盯着他看了一会儿："你为什么总是不愿意承认人类的理智是达成决议最好的方法呢？我们现在有已经确确实实证明了的恐吓、动机、时间、地点、机会、行为和犯人。"

"这些话听起来很熟悉，"万斯微笑，"那位小姐不是也完全符合这些条件吗？……你根本还没找到真正的罪犯，但是我敢肯定他正在城中某处活动——这是个提示。"

"目前我谁也没有逮捕，"马克汉反驳，"但是有一个精明干练的人二十四小时盯着他，李寇克没有任何机会去丢弃凶枪。"

万斯不置可否地耸耸肩。"如果一切都这么简单就好了。"万斯劝他，"我卑微的意见是——你们仅仅揭穿了一个阴谋。"

"阴谋？老天！什么阴谋？"

"环境因素造成的阴谋。"

"我很庆幸它和国际政治没有联系。"马克汉回敬他。

他看了一眼时间。

"你不介意我现在上班吧？我还有一大堆会要开，一大堆人要见……你可以到走道对面找班·汉伦谈一谈，十二点三十分再来这里如何？我们一起去银行家俱乐部吃午餐。班是我们国际犯罪的专家，终他一生大部分时间都在全世界追查逃犯，将他们逮捕归案，他会好好跟你探讨的。"

"多么吸引人啊！"万斯打了一个大哈欠。

他并未采纳建议，反而踱至窗前点了一根烟。他站在那里抽了几口，将烟夹在指间转动，并细致地观察。

"你知道吗，马克汉？我们所处的这个时代，所有的东西都会毁坏，全是拜愚蠢的民主政治之赐，连贵族都在逐渐堕落衰退。这种牌子的烟也是一样，用不了多久，那些有权有势的贵族就会拒绝吸质量如此低劣的烟草。"

马克汉笑了笑："你有什么要求就直说吧！"

"要求？这跟衰退没落的欧洲贵族政治有何干系？"

"我知道你每次想提出无礼的要求时，一定会从公然指责皇室贵族开始。"

"细致入微的家伙。"万斯冷冷地评论，然后他也笑了，"你不介意我邀请欧斯川德上校和我们共进午餐吧？"

马克汉以锐利的眼光看向他："你是说毕斯比·欧斯川德上校？……你过去两年不是不停地向人打听他吗？"

"一位老朋友，不过他自大骄傲，或许现在有些改进。他是班森那一票人的领头者，对所有宴会了若指掌，一个标准的万花筒。"

"可以，让他来吧。"马克汉同意。

他拿起话筒。

"现在我要通知班，你将和他聊一个小时。"

13. 灰色凯迪拉克

六月十七日，星期一，中午十二点三十分。

我们三人于中午十二点半走进银行家俱乐部牛排馆时，欧斯川德上校已经在酒吧内等着了。万斯在离开检察官办公室之前打电话给他，请他到俱乐部跟我们吃饭，看来他非常乐意。

"他是全纽约最快乐的小人，"万斯向马克汉这样介绍，"一个标准的享乐主义的信徒。每天不到中午是不会起床的，午餐前绝对不订任何约会，今天我是用你检察官的大帽子要挟他，他才会这么早出来。"

"希望能够帮得上你们，"上校夸张地对马克汉说，"这是个令人震惊的事件！当我看到报上的新闻时简直不敢置信。事实上——我不介意这么说——我有一些想法，本来应该主动打电话给您的，长官。"

我们一坐下，万斯便单刀直入地说：

"你认识所有与班森有交往的人，请告诉我们：李寇克上尉这个人怎么样？"

"哈！原来你们在怀疑那位勇敢的上尉。"欧斯川德上校用手扯着八字胡，他面色红润，蓝色小眼睛上丛丛浓密的睫毛，举止态度自大傲慢。

"这倒不失为一个好猜测，可能真是他做的。一个脾气暴躁的家伙，疯狂爱上圣·克莱尔小姐，那是个好女孩，班森也很迷恋她。如果我比现在年轻二十岁，我也可能——"

"上校，你又离题千里了，"万斯打断他，"请告诉我们你对上尉的看法。"

"噢，是的——上尉，乔治亚州人，参加过战役，还得过勋章，他非常不喜欢班森，是个单纯易怒的人，也很善妒，将女士们看得高高在上——我的意思并非认为她们配不上，但是他是那种为了女人名誉不惜自己坐牢之人，一个女人的保护者，重感情的动物，充满骑士精神；他正是那种顷刻间即可将对手脑袋轰掉的家伙，惹上他十分危险。班森这个笨蛋，明知那女孩跟李寇克已经订了婚还去招惹她。有几回我真想警告他，但是这是他们之间的私事与我无关，我不想插手，真是失策。"

"李寇克上尉和班森是否熟识？"万斯问，"我的意思是：他们彼此亲近的程度。"

"完全不熟。"上校回答。

他做出个否定的手势，补充道："我想应该是不大熟，他们偶尔会在社交场合碰面，我和他们两人都很熟，也常邀请他们到我家去。"

"你认为上尉是一个很好的赌徒吗？"

"赌徒——哈！"上校不屑一顾，"是我所见过最菜的，扑克打得比女人还糟，太容易兴奋——完全不善于隐藏自己的情绪。总而言之，他是个易怒冲动之人。"

过了一会儿后，他惊呼："老天！我知道你们瞄准的目标了……完全正确。他就是那种会干掉所有碍眼人的莽撞年轻人。"

"在我听来，你所说的上尉的为人和你的朋友林德·范菲所叙述的有天壤之别。"万斯说。

"差不多！"他下了决心，"范菲是一个冷静的赌徒，曾在长岛市开过赌场——轮盘、扑克、百家乐等，还曾在非洲猎过狮子，但他也有感情用事的时候，曾冒险押注在对他丝毫无利的赌盘上，不是个科学的赌徒，全凭自己冲动行事。我不怕明说，他很可能射杀一个人，然后在五分钟之后便忘得一干二净，但是他必须是气愤到极点才会如此做……他正是这种人——只是你看不出来。"

"范菲和班森亲近吗？"

"异常亲近。只要范菲来纽约，两人就待在一起，他们相识多年，在范菲结婚前他们是室友。范菲的老婆是个厉害角色，管他管得很严，但她是一个很有钱的女人。"

"谈到女人，"万斯问，"班森和圣·克莱尔小姐之间的关系究竟如何？"

"谁知道？"上校快速地答道："但是她对班森极不友好是可以确定的，女人真是奇怪。"

"是令人很难以理解，"万斯附和，"我不是想深究她和班森之间的私人关系，她内心对他真正的态度，我想你也许知道？"

"我知道了，你想知道她有没有可能对他采取激烈的手段？……我打赌有可能！"

上校解释他的看法。

"圣·克莱尔的个性非常刚烈，她用心经营她的艺术生涯，她是个歌手——一个极佳的歌手，前途不可限量，独立而且愿意接受任何机会，为了成功可以不择手段。"

他点头，"女人很奇怪，常常有出人意料的行为，最冷静的女人也可能杀人。"

他突然之间坐直身子，那双蓝色的小眼睛发出闪烁的如瓷器般的亮光："天哪！她在班森被杀那天曾单独和他进餐——那天，我在餐馆遇见他们两人。"

"谢谢你的提醒，"万斯无精打采地咕哝着，"我想我们都该吃饭了，那你自己和班森有多熟呢？"

上校似乎吃了一惊，不过万斯平和的态度令他的疑虑消除了："我？老友！我和班森认识十五年了——可能还更久。在这个城市的面貌尚未改变前我便带他游览全城，那时候这地方是多么生气蓬勃，真是黄金年代，天亮才会回家——"

万斯再度提醒他："你和班森少校的交情如何？"

"少校？我们'道不同不相为谋'，根本很少见面。"

他觉得应该作出更详细的解释，所以在万斯开口前，他又说："正如你所知，少校从来不跟我们这帮人在一起，他反对吃喝玩乐，认为艾文和我太轻浮，他是个很正经的家伙。"

万斯安静地吃着午餐，突然问道：

"你在'班森＆班森'投资了多少钱？"

这时上校不知如何回答，不住地用餐巾擦着嘴巴。

"噢——玩得很小，"他终于故作轻松地承认，"但是运气不大好……我们总是偶尔到'班森&班森'去跟机会女神碰面。"

午餐时万斯不断地朝这方面发问，但没有收获。欧斯川德上校虽是口若悬河，但流畅得模糊而且条理不清，内容前后不连贯，又信口开河地大抒己见，实在不容易从中取得任何资讯。

万斯看起来倒一点也不泄气，他对李寇克上尉的性格以及他和班森之间的关系非常感兴趣；范菲嗜赌的癖好也让他好奇，他还问了一些与班森其他朋友有关的问题，但对上校的答复却不在乎。

整个谈话过程给我的印象是对案情毫无帮助，我不禁怀疑万斯的用意，我相信马克汉一样摸不着头绪。上校冗长沉闷的谈话中，马克汉不时有礼貌地点头附和，但我看见他有几回闲散地四处观望，并且用谴责的眼神瞪了万斯一眼。然而，毫无疑问的，这位欧斯川德上校倒是十分熟识这些人。

当这位多话的客人被我们送到地铁入口后，我们再次回到检察官办公室。万斯满意地把身子掷入一张舒适的沙发里："有意思吧？如果想要找出嫌犯，上校的看法倒是很好。"

"找到嫌犯？"马克汉吼叫，"幸好他和警方没有来往，否则全城中至少有一半的人会以射杀班森的罪名被怀疑。"

"他是有点嗜杀，"万斯承认，"决定有人要为这件案子入狱。"

"根据那个上校的话，班森所属的社交圈里的人都有嫌疑——还有那些女人。在他说话时，我无法阻止自己有这样的念头：他认为班森没有在多年前被人杀死实在是很遗憾。"

"你没注意到上校话中最精彩的部分。"万斯批评。

"有精彩的地方吗？"马克汉反问，"我完全没有察觉。"

"你从他的话中没有得到任何信息？"

"只有在他向我告别时，分手毫不让我伤心……但是他针对李寇克所说的那番话可以证实上尉是这件谋杀案的重要嫌犯。"

万斯嘲讽地说："是啊，那么他针对圣·克莱尔小姐的那番话也证明了她是重要嫌犯，还有，他针对范菲的那一番话，而你如果刚好又怀疑此人的话——"

万斯刚说完，史怀克就进来报告说希兹派刑事局的探员艾米力来见检察官。

那位在班森家壁炉里找到烟蒂的人就是他。

很快地看了万斯和我一眼，他马上向马克汉报告："长官，我们找到那辆灰色凯迪拉克了，希兹探长认为应该立即向您汇报。是在七十四街靠近阿姆斯特丹街口一间小型修车厂内找到的，停在那里已经三天了。一位隶属六十八街分局的同僚发现后立刻通知总局，我马上赶了过去，就是它，因为钓鱼用具也在，除了钓竿。我想在中央公园找到的那些钓竿肯定是从这辆车上掉出来的。上星期五中午一个家伙将车开往修理厂，给了老板二十块钱封他的嘴，修车厂的主人是意大利人，根本不看报纸，在我的逼问下立刻全盘托出。"

探员取出一本笔记本，"我记下了车牌号码，车主是林德·范菲，他住在长岛华盛顿港榆木路四十二号。"

马克汉因为这个突如其来的消息感到非常困惑。他草草打发艾米力走后，坐在办公桌后不停地轻敲桌面。

万斯微笑地望着他："这里可不是疯人院，你是知道的。"他安慰地说，"如果上校的一席话未能引起你任何兴趣，那么现在你应知道，班森被射杀的当儿，范菲刚好在那附近徘徊。"

"去你的上校！"马克汉说，"目前对我来说，最重要的是将这个新发现合理地安插进整个案情里。"

"严丝合缝，"万斯告诉他，"难道你因为发现那辆神秘车的车主是范菲而疑惑吗？"

"我没有你那种预知的能力，我承认我很困惑。"马克汉点燃一根雪茄——他心里有所担忧时通常都会这样。

"你，"他讽刺地加上一句，"当然早在艾米力还没汇报之前就知道车是范菲的。"

"我不知道，"万斯修正，"我只是很怀疑。范菲告诉我们他听到噩耗后崩溃的表现实在太夸张了，而当希兹问他前往卡茨基尔的行车路线时他又紧张得不得了，他傲慢的表现简直荒唐透顶。"

"你的后见之明真棒！"

马克汉缄默地抽了一会儿雪茄："我想我会仔细调查此事。"

他叫来史怀克："打电话到安森尼亚旅馆，"他愤怒地交代，"找到范菲，命令他到史杜文生俱乐部见我，告诉他必须去。"

史怀克走后，马克汉说："我认为汽车一事非常不寻常。很明显的，案发当日范菲人在纽约市，但不知何故他不想让人知道，到底为什么？他故意提及李寇克威胁班森一事，并强烈暗示我们要照此追查下去，可能是为了报复李寇克从他朋友手中夺走圣·克莱尔小姐，他想替班森出气。如果说当晚范菲曾出现在班森家中，他非常可能有现场的资料。现在我们知道车主是他本人，我想他应该告诉我们真相。"

"他肯定会告诉你一些事，"万斯说，"他是天生的大说谎家，只要能有利于他，他会告诉你任何事。"

"我想你知道他会告诉我什么。"

"我想他会告诉你当天晚上在班森家中看见怒气滔天的上尉。"

马克汉笑了："可能如此，你一定希望亲耳听到。"

"当然。"

万斯走到门口已经准备走了，忽然转身对马克汉说："我还有一个小小的要求，好好调查一下范菲，派几个警察到华盛顿港去查他的底细和社交习惯，告诉你的特务注意一下他与异性的交往……我保证你绝对大有收获。"

我看得出来马克汉对此要求又疑惑不解，几乎要马上拒绝。经过几秒钟的考虑后，他还是按了一下办公桌旁的铃。

"好吧，"他说，"我现在就派人去。"

14. 证据中的一环

六月十七日，星期一，下午六点。

这天下午，我和万斯在安德生艺廊转了大约一小时，鉴赏次日将公开拍卖的一批壁毯，随后我们去"雪莉"喝了下午茶，六点前抵达史杜文生俱乐部，马克汉和范菲前后脚进来，我们立即进入会议室。

范菲和第一次会谈时一样优雅高尚，穿了套猎装，脚上一双原色麻制高筒靴，一身的香水味。

"这么快就和各位第二次见面实在是我的荣幸。"他问候我们。

马克汉情绪不是很好，粗鲁地向他致意。万斯轻轻点头，坐在一旁沉郁地看着范菲，好像在试图为此人的存在找借口，不过徒劳无功。

马克汉没有绕什么弯子，开口便说："范菲先生，你星期五中午将自己的车驶往一家修理厂，还给那人二十块美金封他的嘴。"

范菲受伤地抬起头："真是大错特错，"他悲哀地说，"我给了他五十块。"

"我很高兴你承认了，"马克汉说，"你也知道报上曾报道：班森被杀那晚你的那辆车停在他家门口。"

"否则我又为什么要这么慷慨付钱堵人的嘴，还不愿让人发现我曾出现在纽约呢？"他的话中流露着对那人的埋怨。

"既然这样，你又为何把车留在纽约？"马克汉问，"你可以把车开回长岛市。"

范菲无奈地摇了摇头，露出怜悯的眼光，他耐心和蔼地向前探出身子：表示他要帮助这位笨拙迟钝的检察官，就像老师帮助愚蠢的学生一样，努力尝试着带他走出无知的黑暗。

"我已经结婚了，马克汉先生。星期四晚餐后，我起程赴卡茨基尔，计划在纽约停留一日和住在此地的朋友告别，我到达纽约时已经很晚——过了午夜——决定去敲艾文的门。我到那里时，屋内一片漆黑，所以我根本没有按门铃。我走路到位于四十三街的'派屈'酒吧想喝杯酒——我之前存了一瓶酒在店里——很不巧，酒吧已经关门了，我只好回去开车，可能可怜的艾文就在我走开的这段期间被人枪杀了。"

他停了下来擦他的眼镜，"遗憾的是……我根本没想到这位亲爱的老友会发生什么不幸。我开车去了土耳其浴室，在那里过了一夜。第二天早上我才在报上看到了谋杀案的消息，还提到我的车，我开始担心。不！'担心'是一个会令人误解的词，这样说吧，我明白了自己在不恰当的时间出现在不恰当的地方，所以只好把车开到修理厂付钱请那人保密，以免它的出现打扰你们查找艾文真正的死因。"

从他叙述的声调、注视马克汉时自以为是的神情，你会认为他封修车工人的嘴完全是为检察官和警方考虑。

"你为什么不直接前往你的目的地？"马克汉问，"这么一来发现你车子的机会就更小了。"

范菲有些生气地说："在我最亲爱的朋友被杀之后，我怎么可能还有心情度假？……我回到家中，告诉内人我的车在路上出故障了。"

"在我看来，你还是可以把车开回家的。"马克汉说。

范菲看着对方用了极大的忍耐，深深叹口气表示他的感触：即便他无法为世人所了解，但起码会为此感到难过。

"如果我留在不会有资讯的卡茨基尔——就是我妻子以为我要去的地方——可能要很久才会得知艾文的死讯。我没有告诉她我曾在纽约停留一夜，马克汉先生，我有理由不希望内人知道我来过纽约。如果我立即打道回府，我敢说她一定会怀疑我是故意中断旅程，所以我选择了看上去最简单的理由。"

马克汉显得对他非常厌烦，停了一会儿，突然问："你的车在案发当晚曾出现在班森家门口一事，和你费尽心机将矛头指向李寇克上尉有无关系？"

范菲受伤地提起眉毛，做了一个抗议的手势："亲爱的先生！"他的声音因不公平的控诉而十分气恼，"如果昨天我所说的话令你有所曲解，或许是因为在那天夜里我开车至艾文家时，曾看见上尉在班森家门口出现过。"

马克汉好奇地看了万斯一眼，然后对范菲说："你确定你看见李寇克了？"

"我确实看见他在那里，如果不是因为我想隐瞒自己的行踪，昨天我就告诉你了。"

"告诉我会什么样？"马克汉诘问，"这是一个非常重要的信息，今天早上我本可以派上用场。然而你为了自身的利益而不顾法律上的审讯，你这么做将使自己当夜的行为变得更加可疑。"

"你当然可以这么想，先生，"范菲自怜地说，"但是谁让我处于不利的位置上，还不得不接受您的批评责难。"

"你知不知道若遇上其他的检察官，被你这样耍，准会以涉嫌谋杀的罪名立刻扣押你？"马克汉继续说道。

"那我只能说，"他彬彬有礼地回应，"我非常幸运遇上了您。"

马克汉站起身："今天就这样吧，范菲先生。但是你必须留在纽约一直到有我准许才能够返家，否则我肯定会以重要证人名义扣押你。"

范菲对如此苛刻的命令故作吃惊状，并且慎重地祝我们有个快乐的午后时光。

只剩下我们三个时，马克汉严肃地看着万斯："你的预言准了，虽然我并不奢望一切这么顺利。范菲的证词将再次证明李寇克上尉与此案有关联。"

万斯无力地抽着烟："我承认你对付犯罪的手段十分高明，但是心理上的矛盾之处依然存在。所有的证据都吻合，只除了上尉，他完全不符合……我知道你会认为这是胡说八道，但如果他真是杀班森的凶手，那太阳就只能打西边出来了。"

"在其他时候，"马克汉回答，"我会佩服你那套迷人的理论，但是现在我手中已掌握无数对李寇克不利的证据，'他没有罪，因为他的头发中分，用餐时还把餐巾塞进领口'这种话对我符合法律逻辑的思想而言，简直是无理透顶。"

"我承认你的逻辑是很缜密的——所有逻辑都是如此。无疑的，你可能因为这些绝对的理由而让许多无辜者身陷囹圄。"

万斯疲倦地伸了伸腰："我们去吃东西吧！那个烦人的范菲把我搞得累死了。"

在史杜文生俱乐部天台餐室我们见到班森少校独自一人，马克汉就邀请他加入。

"我这儿有好消息，少校。"点过菜后他说，"我有信心已经找到凶手了，所有矛头都针对他，我觉得明天就能够结案了。"

少校怀疑地看着马克汉："我不大明白，前几天你说涉案的可能是个女人。"

马克汉避开万斯的目光笑得很尴尬："最近几天又有许多突破性的进展，"他说，"那个女人在我们调查过后已经洗清嫌疑，在接下来的调查过程中，我们将目标锁定在这名男子身上，原先还不敢确定他是不是有罪，但今天早上我已有十足把握。一位可靠的目击证人在你弟弟被杀几分钟之后亲眼目睹这个人在他家门口出现。"

"我能知道是谁吗？"少校仍然难以置信。

"可以，反正明天全城的人都会知道了……是李寇克上尉。"

班森少校不相信地瞪着他："这怎么可能？我不信！那小子跟了我三年，我非常了解他，一定有什么地方搞错了……"他很快地加上一句，"警方搞错方向了。"

"与警方无关，"马克汉告诉他，"是我调查的结果，我认为是上尉干的。"

少校没有说话，但他的沉默表示了他的怀疑。

"你知道吗？"万斯接口，"我对上尉涉案一事和你有相同的看法。上校，我想从一个熟识李寇克为人的口中证实一些信息。"

"李寇克上尉为什么会在案发时出现在屋外？"马克汉不悦地逼问。

"他有可能当时在班森窗户下唱歌。"万斯说。

马克汉还没来得及说话，侍者过来递给他一张名片，他看的时候发出隐约的啧啧声，吩咐将来人立刻带进来。他对我们说：

"或许有新发现，我正在等他，希金波翰，他是今晨我派去跟踪李寇克的探员。"

希金波翰是一个面容白皙、瘦长挺拔的年轻人，看起来伶俐机警，他走近时犹豫地垂手站到检察官面前。

"你坐下来说吧，"马克汉下令，"他们和我一起参与调查这个案子。"

　　"我从他搭乘电梯开始跟踪，"他说，"他坐地铁去了七十九街和百老汇大道交口，走路经由八十街至河滨大道九十四号一幢公寓，没有向门房通报姓名便径直进入电梯，在楼上停留了大约两小时，于一点二十分下楼坐上计程车。我紧跟着，他从河滨大道往七十二街开去，经过中央公园朝五十九街向东驶去在 A 街下车，走上昆士波若桥，站在桥中央的铁缆前大约五六分钟，之后，从口袋里掏出一个小包扔入河中。"

　　"那包东西有多大？"马克汉着急地问。

　　希金波翰用手比出大小尺寸。

　　"厚度呢？"

　　"大约一寸左右。"

　　马克汉探出身体来："可能是一把柯尔特自动手枪吗？"

　　"有可能，大小尺寸差不多，而且分量不轻——我从他拿着那包东西和投掷的动作可以看出来。"

　　"很好，"马克汉十分满意，"还有别的吗？"

　　"没有了，长官，他丢了枪之后便直接回家，没有再出来过，然后我就离开了。"

　　希金波翰离去后，马克汉洋洋自得地对万斯点点头："这就是你口中的刑事探员……你还有什么疑问吗？"

　　"噢，有很多。"万斯慢吞吞地说。

　　班森少校困惑地望着他。

　　"我不知道为何李寇克要到河滨大道去取他的枪？"

　　"我觉得，"马克汉说，"他杀了人之后，为了安全起见，把枪藏在圣·克莱尔小姐那里，他可不希望枪从自己家中被搜查出来。"

"可能在命案发生前枪就已经被他放在那里了呢？"

"我清楚你的意思，"马克汉回答，"我也曾持有这个看法，但一些证据显示她不可能是凶手。"

"在这一点上你肯定完全让自己确信，"少校回答，声音仍然透露着质疑，"可是我不认为李寇克会杀死艾文。"

他停下来，手放在检察官手臂上，"我无意僭越，也并非不感激你所做的一切，但我真心希望你能仔细考虑，再小心谨慎的正直人也会犯下错误，事实有时可能也是一种谎言。我不相信目前的证据会蒙蔽你的眼睛。"

很明显，马克汉为他老友的请求而深深感动，但是他因职业需要拒绝了对方。

"我必须根据自己的信念做事，少校。"他用温和的语气坚定地说。

15."范菲——私人文件"

六月十八日，星期二，上午九点。

第二天，也就是案发后第四天，对解决艾文·班森被谋杀这个难题是非常重要的一天，虽然我们并未掌握确切的证据，但新的发现已让凶手无从遮掩。

和班森少校吃过晚饭后，在与马克汉分手前，万斯提出第二天早上到检察官办公室拜会的要求。马克汉为他罕见的认真感到困惑并且感动，就应允了他的请求，虽然我认为他宁愿下令逮捕李寇克，也不愿见到因万斯的反对所带来的困扰。听了希金波翰的报告之后，马克汉已决心将上尉逮捕归案，为提交大审判团而开始着手准备。

我和万斯在上午九点抵达检察官办公室时，马克汉正拿起听筒要求和希兹巡官讲话。

万斯做了一个令人吃惊的举动。他走到检察官办公桌前，从马克汉手中夺去了听筒，放回电话机座上，然后挪开电话，双手搁在对方肩上。马克汉惊讶得来不及有所反应，万斯已经用平和低沉的声音说道：

"我不能让你逮捕李寇克——这就是我今早为什么来这里。只要我在这里，会尽一切所能阻止你下达拘捕的命令，除非你叫警察强行押我出去。我建议你多找些人手，因为我不是那么容易屈服的。"

万斯的威胁并非空言，马克汉知道他是认真的。

"如果你派你的手下来，"他继续下去，"你将成为这个星期内全市最大的笑柄，因为届时他们会知道谁才是杀害班森的真凶，而我也会因公然反对检察官并拯救真理和正义而被人们称为英雄。"

电话铃响了，万斯拿起听筒："不必了。"他简短地交代后马上挂断，倒退数步交叠双臂站住了。

一阵沉默过后，马克汉颤声说："如果你不立刻离开，干涉我的公务的话，我除了叫警察进来没有其他的办法。"

万斯笑了，他知道马克汉只是说说，毕竟他们两人的交情深厚，以至于万斯的要挟虽然严重但绝不会对他有所伤害。

马克汉剑拔弩张的态度消失殆尽，取而代之的是困惑与不解："你为什么对李寇克这么偏袒？又为什么一直坚持让此人逍遥法外？"

"你这个愚蠢的老浑蛋！"万斯尽可能地保持风度，"你以为我在乎的是一个上尉吗？这个世界上有成千上万个李寇克——宽肩、方领、全身纽扣的衣服、好勇斗狠的性情，只有他们的母亲才能够分辨出谁是谁……我在乎的只是你！我不希望你作出任何伤害自己的错误决定，李寇克这件事就是其一。"

马克汉的眼神温柔下来，他知道万斯的出发点，也原谅了对方的无理。但是他仍然深信上尉有罪。他沉思了一会儿，好像作出了决定。他按铃叫来史怀克，让他叫菲普斯进来。

"我计划紧密追查此事，"他说，"结果一定会令你无言以对，万斯。"

菲普斯来了后，马克汉下达指示："立刻去见圣·克莱尔小姐，审问她昨天下午李寇克上尉从她家中取走然后掷入东河的那包东西到底是什么。命她必须说实话，告诉她你已经知道那就是杀害班森的凶枪，她也许会拒绝回答并让你滚开，你下楼等候事情发展。如果她打电话，你从总机窃听；如果她送出纸条，拦截它；如果她外出——我不认为她会这么做——就跟踪她；只要有消息立马向我报告。"

"我知道，长官。"显然菲普斯十分乐意接受这项任务，他愉快地离去。

"你的职业道德允许你用这么卑鄙的手法吗？"万斯问，"这实在不像你日常的作风。"

马克汉望着天花板的吊灯靠在椅背上："个人行事方法与此无关，就算是有，也是为了伸张正义的理由而得以让步。社会需要保障，纽约郡的百姓视我为打击犯罪的保护者，这是我的职责，有时必须做出与本身性格相违背的行为，我没有权利坚持自己的行事方法而让整个社会陷于不利的处境……你应该知道，除非有针对个人犯罪的明确证据，否则我不会滥用职权，但若属实，为了社会大众好，我这么做也是合理的。"

"就算你有理，"万斯打了一个哈欠，"但是我对社会大众不感兴趣。对我而言，正直的行为比公理要重要百倍。"

他刚说完，史怀克进来报告班森少校求见。

一位年约二十二岁有头金色短发的年轻女子陪同少校前来，她穿了一件简单美丽的蓝色绉纱裙，年轻娇柔的外表下，透着一股精明能干的态度，让人不能怀疑她的能力。

班森少校介绍这是他的秘书，马克汉请她在办公桌对面的一张椅子上坐下。

"郝芙曼小姐刚才对我说了一些事，我认为或许对你有所帮助，"少校说，"所以我带她来告诉你。"

他显得非常严肃，双眼流露怀疑的目光："郝芙曼小姐，请把刚才你告诉我的话对检察官先生重复一遍。"

女孩优雅地抬起头，以不快不慢的声音道出："大约一星期前——上星期三——范菲先生到艾文·班森先生私人办公室来找他。我就坐在旁边，两个房间中间只隔了一道玻璃墙，如果有人在班森先生房里大声讲话，我听得清清楚楚。五分钟后，范菲先生和班森先生开始大声争吵，我觉得很好笑，因为他们两人非常要好，所以我没在意地继续打字，但他们的声音实在太大，所以我不由得听到他们的谈话内容。今晨班森少校问我他们吵架的内容，我想或许你应该知道，他们的话题围绕在期票上，有一两次提到支票，我听到好几次'岳父'这个字，还有一次班森先生说'我不干了'，然后班森先生叫我进去，让我到保险柜取出上面写着'范菲——私人文件'的信封，我替他拿出来后，簿记员就有事找我，走了之后我就没有再听到他们之间的谈话。十五分钟后范菲先生才离开，班森先生叮嘱我将信封再放回原处，他告诉我，如果范菲下次再来，除非班森先生在办公室内，否则在任何情况下不允许他进来，他还交代不可以将信封交给任何人——即使是书面的请求……就是这些了，马克汉先生。"

她讲话的时候，我对万斯的反应比她话中内容更感兴趣。当她步入办公室后，万斯不经意的一瞥马上变为兴奋的注意。马克汉请她坐下后，万斯起身去够放在她附近桌面上的一本书，他的身体与她非常接近，在我看来是他为了察看她头颈侧面。在她说话过程中，万斯当然是不住地观察她，我知道他又在思考别的了。

她一讲完，班森少校从口袋掏出一个长信封放在马克汉的办公桌上，"就是这个，"他说，"郝芙曼小姐告诉我这件事后，我马上就请她把信封取了出来。"

马克汉迟疑地拿起来，不清楚该不该窥探他人隐私。

"你最好看看，"少校提议，"这个信封的内容或许与这个案子有莫大关系。"

马克汉拆开信封，平摊了里面的东西在面前。三样东西：一张艾文·班森开给林德·范菲已经兑现的面额一万元支票，一张范菲开给班森的一万元期票和一张范菲所写的字迹承认支票是伪造的。支票上的日期是今年三月二十日，字条和期票上的日期是两日后，期票为期九天，将于六月二十一日兑现，也就是大后天。

马克汉仔细地研读这些文件长达五分钟，它们的突然出现令他愈加困惑，直到他将它们放回信封后，心中的疑惑只增未减。

他仔细地询问女孩，要她讲明白一些细节，但是帮助不大。终于，他对少校说："如果可以，我希望将信封留下来，不过目前看不出来有什么价值，但我希望能进一步作研究。"

少校和秘书离开后，万斯站起来伸伸腿："好了，所有的事物都在运行：太阳和月亮，早晨、中午和下午，夜晚和它的星星们——我们现在可以出击了。"

"你又在胡说什么？"关于范菲的新发现让马克汉发起怒来。

"这个郝芙曼是一个有趣的年轻女士，你同意吗？"万斯答非所问，"她对已死的班森完全不关心，还非常憎恨浑身香水味的林德。范菲一定曾向她诉苦，说范菲夫人不了解他，并且曾伺机邀她外出。"

"她长得很漂亮，"马克汉下结论，"班森也许对她有非分之想，所以她才不喜欢他。"

"噢，是的，"万斯想了一下，"但不完全如此。她是个很有野心的女孩，有能力，也知道自己在做些什么。她可不是一只花瓶，她有条顿民族血液中的诚实坚强基因，我预感到她还会来找你。"

"你又在未卜先知了，啊？"马克汉咕哝着。

"当然不是！"万斯懒洋洋地看着窗外，"但是我沉浸在头盖骨的谜思里。"

"我注意到你一直饱含深情地望着她，"马克汉说，"或许是因短发的缘故她没有将帽子拿下，你又是怎么分析她的头骨的呢？"

"我可不是哥尔德史密斯笔下的牧师，"万斯反驳，"不过我相信头盖骨会因时代、种族和遗传而有区别，对此我是保守达尔文学说的信徒。每一个小孩都能够分辨皮尔丹人的头骨和古石器时代欧洲原始人之头骨；甚至连一个律师也能够分辨印欧语系人类的头壳和乌拉阿尔泰语族人类头壳之不同处。根据遗传学定律，所有的相似处均有迹可循……我想这些学问对你而言是太深奥了。所以尽管她留着短发又戴了帽子，我仍然看得出她头壳的轮廓及脸孔的线条，甚至还察看出了她耳朵的形状。"

"由此你推论她会再来找我。"马克汉轻蔑地说。

"间接地说——是的，"万斯承认，停顿一下他接着说，"听了郝芙曼小姐的说辞，你没对昨天下午欧斯川德上校所作的评论有所察觉吗？"

"听着！"马克汉不耐烦地说，"别再废话，直接说重点。"

万斯将目光从窗外抽回，忧愁地望着他："马克汉，范菲制造了假的签字支票、悔过书和短期期票等，这不是除掉班森最强烈的动机吗？"

马克汉立马坐直了身子："你怀疑范菲？"

"这是能令人信服的经过：很明显，范菲用班森的名义签了一张支票并且将事情告诉了班森，出乎他意料的是他的老友竟然逼他开了一张同额的期票，并且命他写下悔过书以防他再报复。我们来看看旁证：首先，范菲在一星期前来找班森，两人大吵一架并且提到‘支票’一事。也许范菲请求推迟期票兑现的期限，但班森告诉他‘不可以’；第二，班森两天后被杀，距离期票兑现日期不到一星期；第三，范菲在凶案发生时曾在班森家门口出现，他不但隐瞒这个事实，还封了修车厂主人的嘴，要求不要提起他的车；第四，当他被逮到时，他的解释十分牵强，不要忘记最初那一段卡茨基尔的孤独之旅，一切都十分不合情理；第五，他是一个冲动的投机型赌徒，在南非那一段经历使他对枪弹的操作非常熟练；第六，他急切想拖李寇克下水，甚至卑鄙地告诉你他曾在凶案发生时的现场见到过上尉；第七——你怎么显得没力气？我不是正提供你一直所引以为贵的事实吗？——动机、时间、地点、机会和推论出凶手的必要条件。是不是因为上尉的手枪仍在东河河底，所以你仍然觉得他有嫌疑？”

马克汉仔细聆听万斯的分析，缄默地注视着办公桌面。

“在你决定拘捕上尉前，为什么不再找范菲谈一谈？”万斯提议。

“我接受你的建议。”经过了几分钟考虑后，马克汉缓慢地回答。他拿起话筒，“不知道他现在还在不在旅馆？”

“噢，他肯定在，”万斯说，“观察，等待，伺机行动。”

范菲在旅馆，马克汉请他马上到办公室来一趟。

“我有另一件事想请你帮忙，”万斯告诉他，“实际上，我迫切地想知道在班森身亡的那个钟头内，大家都在做什么——十三日午夜至第二天的凌晨那段时间。”

马克汉吃惊地看着他。

"听起来很蠢，是吗？"万斯很轻松地继续说，"但你是个完全相信不在场证明的人——虽然它们往往令人失望。假如李寇克的门童坚持替他守密，你对上尉也没有办法。你容易相信别人……为什么不进一步调查，看看其他人当时都在做什么？范菲和上尉都出现在班森住所，他们是你锁定的仅有目标；当晚或许还有其他人出现在班森身边。你知道，一个正常的晚宴总会遇上好几个朋友……调查这事能够让巡官不再长吁短叹。"

马克汉和我都清楚，应该是有重大的理由，否则万斯不会这么建议，马克汉专心盯着万斯的脸部表情，想发现他背后真正的动机。

"你所谓的'其他人'都有谁呢？"他拿起铅笔准备记下来。

"所有的人，"万斯回答，"圣·克莱尔小姐、李寇克上尉、少校、范菲、郝芙曼小姐。"

"郝芙曼小姐！"

"是，每一个人……你记下郝芙曼小姐了吗？还有欧斯川德上校。"

"听着，"马克汉阻止他。

"——或者到时候再加上一些人，但从这些人开始就行了。"

马克汉还没来得及提出意见，史怀克进来报告说希兹已经在外面等候。

"长官，怎么处理我们的朋友李寇克？"这是巡官的第一个问题。

"推迟一两天，"马克汉解释，"在我下令展开拘捕行动之前，我希望再和范菲谈一次。"他将班森少校和郝芙曼小姐所说的告诉了希兹。

希兹看了一下信封和封口，将它交回给马克汉，"我看不出这有什么意义，"他说，"在我看来，这只不过是班森和范菲之间的私人交易。李寇克就是我们要找的凶手，越早拘捕他到案越好。"

"或许就是明天，"马克汉鼓励他，"巡官，不要为了这一点拖延沮丧……你还在监视上尉吧？"

"没错。"希兹露齿而笑。

万斯对马克汉说："你记下来的要交给巡官的名单呢？"他巧妙地问，"我可没忘你说过不在场证明什么的。"

马克汉有些迟疑，然后他交给希兹一张万斯所提出的名单，"为了小心谨慎起见，巡官，"他悻悻然地说，"我希望你查清楚这些人在凶案发生时的不在场证明，或许对我们有很大助益，同时再确认一下你已知道的那些，比方说范菲；完事尽快向我报告。"

希兹离开后，马克汉异常愤怒地对着万斯说："在所有麻烦的捣蛋鬼中——"

万斯打断他："你这个忘恩负义的家伙！你知不知道，我是你的守护神，是圣母派来引导你的天使。"

16. 坦承和隐瞒

六月十八日，星期二，下午。

一小时后，马克汉派遣的前往河滨大道九十四号打探消息的菲普斯带着自豪的神情回来了。

"或许我带回了你想要的消息。"他的声音流露出胜利的喜悦，"我到圣·克莱尔的公寓，她自己开的门，我直接提出问题，跟猜测的一样，她拒绝回答，当我告诉她我早已知道包裹中的物品是杀班森的凶枪时，她大笑着把门打开说：'马上滚蛋，你这个痞子。'"

他笑着继续说下去，"我立刻下楼，等我赶到总机接线的地方时，她的电话指示灯已经在闪了，我让总机替她接通，偷听她和李寇克通话，她第一句说的就是：'他们已经知道你把昨天从这里拿走的枪丢到河里。'他肯定震惊极了，很长一段时间没有说话，然后他用冷静温柔的声音对她说：'别担心，玛瑞欧，今天不要对任何人提起，明天一早我会想办法搞定。'他要她答应今天保持沉默，最后便说了再见。"

马克汉坐在那里思考这段话的内容："你对他们之间的对话有何想法？"

"假如你问我，长官，"探员回答，"我认为李寇克是有罪的，而那个女人知道他有罪。"

马克汉谢谢他然后让他离去。

"这个人实在令人反感，"万斯评论，"不是到了该和优雅的林德进行警民对话的时间了吗？"

正说话间，范菲像以前般风度翩翩地走进来，但他温文尔雅的态度却掩不住忐忑不安的心情。

"请坐吧，范菲先生，"马克汉不客气地指出，"看来你还有一些事不得不向我解释清楚。"

他拿出信封来，将里面的文件摆放在对方面前，"能不能请你告诉我这是什么？"

"当然乐意。"他说，声音不再自信，泰然自若的神态也不见了踪迹。当他点烟时，从他点火的姿势可以看得出他的不安。

"我应该早些让您知道的。"他挥了挥手，表示这些文件微不足道。

他用手肘支撑着身体往前探，讲话时烟在双唇之间不停地弹动。

"这件事说来让我非常伤心，"他开始说，"但是它与事情的真相有关，所以我不会有任何抱怨。我的生活并不是十分愉快，我的岳父毫无理由地讨厌我，他最高兴做的事便是在经济方面对我的剥夺和控制，即使那些钱是属于我太太的，他也不愿意把它们交给我。数月前我使用了一笔款项——正确地说是一万元——后来我才知道这笔钱并不属于我。我岳父抓住了我的小辫子，为了避免和我妻子引起误会，我必须如数归还那笔款项——你知道误会会让她非常不舒服。我非常失误地冒用艾文的名签了一张支票，但是事后我立刻向他道歉，又开了一张期票写了一封悔过书……所有的经过就如以上我所说的，马克汉先生。"

"上星期你和他在争吵什么？"

范菲不满地看了他一眼："噢，你知道我和他之间这宗尴尬事了？是的，我们起了一些小争执，大部分是为了期票。"

"班森是否一定要求你在到期之日兑现？"

"不——并不完全是，"范菲狡诈地说，"我求求你，先生，不要逼我说出和艾文之间私人的谈话内容，我保证与目前情况没有任何关联。"他笑了，"我承认在艾文被杀的当晚去他家是希望和他谈支票一事。但是，你们已经知道了，当我发现屋内漆黑一片，就去了土耳其浴室过夜。"

"对不起，范菲先生，"万斯开口了，"我想知道，班森先生在无抵押品的情况下收了你的期票？"

"当然！"范菲斥责地说，"我已经告诉过你们，艾文是我最亲密的朋友。"

"不过，就算是最亲密的朋友也可能因借款数目巨大而要求抵押，班森怎么知道你有没有偿还的能力？"万斯指出。

"我只能说他清楚地知道。"范菲慢慢地答道。

万斯仍然怀疑："也可能是因为你写下了悔过书。"

范菲称许地看着他："你现在倒是知道了。"

万斯不再发问，马克汉追着问了大约半小时但毫无收获。范菲坚持他的说辞，有礼貌地拒绝深入解释和班森争吵一事。他坚持与此案无关，最后他被允许走了。

"没多大帮助，"马克汉说，"我开始同意希兹的看法，范菲的财务状况是一个看似重要却实际没有价值的发现。"

"除了你自己之外，你谁也不信，对不对？"万斯悲哀地说，"范菲刚刚给了你这整个调查中第一条有价值的线索——而你竟然说他的帮助不大！请注意听我说，范菲所说他伪造班森的签名，用支票冒领了一万元这点绝对是真的，但我不相信除了悔过书之外无任何抵押品。班森不是这种人——不管是不是朋友——金额如此庞大，他绝对不可能不要求任何抵押。他不会让范菲坐牢，但是也希望把钱拿回来，这就是我问他是否有抵押品的原因，范菲否认，但是当我问到班森如何知道他一定会如期还款时，他却答不上来。我认为那张悔过书是个合理的解释，表示他另有企图，他回复我问题的反应让我肯定了我的推论。"

"那到底是什么？"马克汉不耐烦地问。

"你不觉得整件事情背后还有别人吗？此人与抵押一事有关。否则范菲为了把自己撇干净，早就告诉你他们为了什么起争执，他拒绝透露那天在班森办公室所发生的事……范菲在保护一个人——而他却并不是个有骑士精神的人，所以我才要问：为什么？"

他望着天花板靠在椅背上："我有预感，当我们找到提供抵押的人时，也就会找到凶手。"

这个时候，电话铃响了，交谈时马克汉的眼中闪着惊奇的光芒，他和对方约定下午五点半见面，挂上听筒后马上对万斯笑着说：

"你对听觉的研究已经证明是对的了，郝芙曼小姐刚才从外面打公用电话，说她有一些需要补充的地方，约了五点半来这里。"

万斯并不在意："我宁可相信她是利用午餐时间给你打的电话。"

马克汉再一次仔细打量他："这其中肯定有什么可疑之处。"

"没错，"万斯愉快地回答，"比你想象的更可疑。"

马克汉花了大概十五至二十分钟努力哄他说出实情，而万斯就是不为所动，最后激怒了马克汉。

"我不得不得出一个结论，"他说，"你肯定已经知道杀害班森的凶手是谁，不然的话就是个了不起的猜测家。"

"也可能是另一个原因——"万斯回答，"我那些审美学理论和抽象的假设开始派上用场了呢？"

在我们准备外出午餐前几分钟，史怀克说崔西刚从长岛市回来有事汇报。

"他不就是你派去调查范菲风流私事的那位探员吗？"万斯问马克汉，"如果是他，我当真急切地想见他。"

"是的……让他进来，史怀克。"

崔西带着笑进入办公室，一手拿着记事本，另一只手上拿着他的夹鼻眼镜。

"要打听范菲十分方便，"他说，"他是华盛顿港的名人，很容易听到他的风流韵事。"

他小心调整眼镜，查看手上的记事本，"他和霍桑小姐于一九一〇年结婚，她十分有钱，但范菲并未得到什么好处，因为她父亲掌管所有钱财——"

"崔西先生，"万斯打断他，"忽略霍桑小姐和她的爸爸，范菲先生已经将他的悲剧婚姻统统说给我们了，可否请你告诉我们范菲是否有出轨行为？"

崔西疑惑地望着马克汉，他不能确定万斯的身份，马克汉点头首肯后，他将记事本翻过去一页开始说：

"我打听到有一个女人，住在纽约，经常打电话到范菲家附近的药房留话给他，他用同一支电话给她回电话。他和药房主人有某种协定，但我还是得到了她的电话号码，一回到城里就查到她的背景。她名叫宝拉·班宁，寡居，住西七十五街二六八号的一间公寓。"

崔西详细叙述调查的结果后就出去了。马克汉坦率地笑着对万斯说："他提供的消息只有这些。"

"天哪！我认为他的成绩太好了，"万斯说，"他发掘到我们一直想要的资料。"

"我们想要的？"马克汉重复他的话，"我有比范菲的情人重要百倍的事情去做。"

"可是你知道吗？范菲这位情人将告诉我们谁是杀害班森的真凶。"万斯说完就不再出声了。

下午有一大堆公事要处理，有太多的人要约见，马克汉决定留在办公室内吃午餐，万斯和我也就走了。

用过午餐后，我们去了画廊参观法国印象派点画法画展，之后到艾欧连音乐厅聆听旧金山弦乐四重奏演奏莫扎特的作品。五点半之前我们又去了检察官办公室，除了马克汉，所有人都下班了。

我们到达后一会儿，郝芙曼小姐出现了，以公事公办的口吻补充她先前的说辞。

"早上我没有说出全部，"她说，"除非你保证不泄露只字片语，否则我还是不会说，因为这会让我失去工作。"

"我答应，"马克汉保证，"我保证保密。"

她迟疑了一下说："今天早上我告诉班森少校关于范菲先生和他弟弟之间的事情后，他说我应该立刻随他来见你，但在来这里的途中，他建议我保留一些情节，他并不是要我刻意瞒骗，只是说这段事实与案情无关，怕混淆了你，我听从了他的建议。我回到办公室后仔细想想，发现班森先生之死是这么严重的事，所以我决定无论如何也要把这些也告诉你，万一这件事与案情有关，我不愿意让自己成为知情不报的人。"

她仿佛怀疑这个决定是不是明智的，"我希望自己没有做出蠢事。班森先生和范菲先生吵架那天，我从保险柜中取了信封还有另外的一件东西——一个非常沉重的正方形包裹，上面和信封一样写着'范菲——私人物品'，而班森先生和范菲先生争吵的主要原因正是为了这个包裹。"

"今天早上你去保险柜中将信封取出来交给少校时，那个包裹还在吗？"万斯问。

"不在了，上个礼拜范菲先生走后，我将它和信封一起锁进保险柜里，可是班森先生在上星期四——他被杀的那一天——把它带回家去了。"

马克汉对她所说的事非常感兴趣，正打算再进一步讯问时，万斯说话了。

"郝芙曼小姐，非常感谢你如此细心地将包裹之事告诉我们，趁你还在这里，我有一两个问题想请教你……班森少校和艾文·班森先生两兄弟的关系如何？"

她以好奇的笑意盯着万斯："他们并不亲厚，两人个性天差地别。艾文·班森先生不是一个讨人喜欢的人，为人不够诚恳，你绝对不会相信他们是亲兄弟，他们常常为生意之事起争执，而且彼此相互怀疑。"

"这一点也不奇怪，"万斯评论，"他们两人的性情是如此的不同……对了，他们怀疑对方的程度达到何等地步？"

"他们有的时候会互相窥探。你知道，他们的办公室是挨着的，他们会在门边偷听对方讲话，我是他们两位的秘书，常常看见他们彼此偷听，有几次还向我打探彼此的消息。"

万斯感激地对她微笑："这真是让你很为难。"

"噢，我不介意，"她也笑了，"我只是觉得很搞笑。"

"他们其中一人最后一次偷听是什么时候？"他问。

女孩马上严肃起来："艾文·班森先生在世的最后一天。我见少校站在门边，那时有位小姐拜访班森先生，少校好像对她很感兴趣，那是下午时分，班森先生在那位小姐走后大约半小时下班走了，比平时早下班。过了不久，她又回来找他，当然他已不在办公室，我告诉她他已经走了。"

"你知道那位女士是谁吗？"万斯问她。

"哦，我不知道，"她说，"她没有告诉我她是谁。"

万斯又问了一些问题，之后我们一起送郝芙曼小姐到了二十三街的地铁站。

马克汉一路上一句话也不说，万斯也不表示任何评论，一直到我们在史杜文生俱乐部大厅舒适地安顿好自己，他才懒洋洋地点起一根烟说："你现在知道是我对人类心理的敏感让我知道郝芙曼小姐肯定会再出现了吧，马克汉？我知道艾文绝不会在没有抵押的情况下就兑现那张伪造签名的支票，我还知道他们之间的争吵肯定与抵押品有关，范菲多变的性格在乎的并不是会不会坐牢，他是希望在期票到期前能将抵押品取回，但被告知说'不行'……还有，也许那位秘书小姐是个不错的女孩，但以女人的天性来说，隔壁房间有两个无赖在大声吵架，她不可能不竖起耳朵听，我确信她听到的比说出来的要多。所以我问自己：她在顾忌什么呢？唯一合理的解释就是：少校强迫她如此说。因为日耳曼民族直率坦白的天性使然，我大胆推测当她的指导员离开后，为了保证日后不至于祸及自身，她一定会回来把全部实情告诉我们……解释之后就没什么神秘可言了，是吧？"

"不错，"马克汉焦躁地承认，"可是这些对案情有什么用呢？"

"不好意思，我对后续发展没法预测。"

万斯安静地抽了一阵子烟："不难推测那个包裹就是抵押品。"

"看来的确如此，"马克汉承认，"但这个结果并没有让我觉得吃惊——如果这是你所希望的。"

"没错，"万斯说，"你接受过严格推论训练的法律思维已经得出结论：那是普拉兹太太在班森先生被杀那天下午在桌上看见的珠宝盒。"

马克汉突然坐起，耸耸肩又靠回了椅背："就算是那只珠宝盒又怎样？肯定是少校知道它和这件案子无关，不然他不会建议他的秘书故意隐瞒。"

"噢，假如少校知道包裹与案情无关，那么就表示他一定知道一些与案情相关的事？否则他又是怎么分辨哪些有关哪些无关呢？我一直认为他知道的比所承认的要多。不要忘记，是他引导我们追查范菲，而且他坚持相信李寇克上尉是无辜的。"

马克汉沉思了一会儿。

"我开始清楚你的意思了，"他缓缓地说，"那些珠宝极可能是本案非常重要的证物……我想我得再找班森少校谈一谈。"

在史杜文生俱乐部用过晚餐后，在我们抽烟的当儿，班森少校走进来，马克汉立刻招呼他："少校，可否再请你帮个忙？"

对方锐利地凝视着他，应对着马克汉突如其来的问题。

"当然了，我不希望你在调查途中有任何阻碍，"他小心措辞，"我愿竭尽所能地帮助你，但目前有些事情我不方便告诉你……如果要顾虑的只有我自己一人，"他说，"那对我来说就不这么困难了。"

"你在怀疑一个人？"万斯问道。

"可以说——是这样的，我无意中听见艾文办公室内的一段谈话，在他过世后更让我觉得这不寻常。"

"你不应该只讲义气的，"马克汉催他，"如果你的猜测没有说出来，最后事实还是会证明一切。"

"但是当我不知道真相时，最好不要作危险的臆测，"少校断言，"我想我最好置身事外。"

不论马克汉如何强求，他都不肯再告诉我们什么，不久他便向我们道别离去了。

马克汉十分郁闷，不安地抽着烟，手指不住地轻敲座椅扶手："似乎所有人知道的都比警察和检察官多。"

"他们有没有如此可疑的隐瞒，对你们应该没有太大的阻碍，"万斯愉快地补充，"最令人感动的是他们好像都在保护他人。普拉兹太太不承认那天下午有任何人拜访班森，因为不希望将他下午茶的伴侣圣·克莱尔小姐牵涉进来，很明显，除去这位年轻小姐之外，她并不认为其他人有嫌疑；上尉听你暗示他未婚妻有嫌疑后便不说话；甚至连林德都因为害怕牵连他人而不顾自己不利的处境；现在又是少校。真麻烦！不过，能和这些高贵无私的灵魂打交道倒是件令人欣慰的事。"

"走开!"马克汉放下雪茄站起来,"这个案子让我很不安,今晚我要带着它上床睡觉,明天早上醒过来就会有解决的方法。"

"用睡眠时间来解决问题的说法实在荒谬,"当我们进入麦迪逊大道时,万斯说,"这是那些头脑混乱的人所相信的传闻,什么疗伤止痛、柔软的神经、可以制药的曼陀罗花、童年往事、疲倦体力重建这一类的东西,真是愚蠢的想法。脑子清醒时,活动力比昏迷状态的睡眠可强得太多了,睡眠是缓和情绪——而不是刺激它。"

"那好吧,那你就坐着慢慢想好了。"马克汉愤怒地表示意见。

"我正打算这么做,"万斯愉快地回答,"但我不是去想班森命案,因为早在四天前我已经想清楚了全部。"

17. 伪造支票

六月十九日,星期三,上午。

翌日早晨我们和马克汉一起搭车进城,即便是九点前就抵达检察官办公室了,但希兹早等在那里了。他看上去坐立不宁,说话的语气透露着对检察官的不满与谴责。

"你打算怎么处理李寇克,马克汉先生?"他问道,"我认为要尽快逮捕他。我们已经跟踪他一段时日,有些奇怪的事情发生。昨天早上他去了银行，在出纳主任办公室里一直待了半个小时，之后去了他的律师那里，又待了一个小时，再回到银行停留了半小时。他到艾斯特牛排馆，可是什么也没吃，只是坐在桌边。两点钟左右，他去拜访他所住的公寓的房地产经纪人。等他走后，我们打听到他要求从明天起将他所住的公寓转租出去，他在打了六通电话给朋友后就回家了。吃过晚饭后，我的手下敲他的房门，假装找错人，李寇克正在整理行李……看样子他准备畏罪潜逃了。"

马克汉紧锁眉头，很明显，希兹的报告令他很烦恼。在他尚未开口前，万斯说话了。

"为什么要这么紧张呢，巡官？我相信上尉在你严密的监管下无处可逃。"

马克汉看了万斯一会儿，对希兹说："如果上尉打算跑掉，立刻逮捕他。"

希兹郁闷不已地离开。

"对了，马克汉，"万斯说，"今天中午十二点半你不要有其他的约会了，因为你已经跟一位女士约好了。"

马克汉放下笔不解地瞪着他："这又是怎么回事？"

"我帮你约了她，今天一大早打电话给她，她是被我吵醒的。"

马克汉气得大声反对。

万斯温和地举起一只手："你必须赴约，因为我告诉她是你要约她的，如果你不露面，她一定觉得很不解……我保证你不会后悔见到她。昨晚所有事情乱成一团，我不想再看你受罪，所以安排你和宝拉·班宁夫人见上一面，她就是范菲的情人。我敢打包票她一定能够化解你那万千愁绪。"

"你听着，万斯！"马克汉怒吼，"这里我是老大！"他忽然住口，知道了对方是出于一番好意，更重要的是，他也希望能够和宝拉·班宁夫人约见一面。他的愤怒转瞬消失，当他开始讲话时，就用平和的声调说："你说服了我，我会去见她的。但是我希望范菲事前没有接触她。不然，他总是出其不意地冒出来。"

"真巧，"万斯嘟囔着，"我也有相同的想法……所以我昨天晚上打电话告诉他今天可以回长岛市一趟。"

"你给他打电话！"

"确实是对不起，"万斯道歉，"但是昨晚你已经就寝，睡眠会帮助你解开所有纠缠错乱的思绪，所以我无论如何也不愿打扰你……范菲非常感激你，他说他的太太也会感谢你，他十分思念范菲夫人，但我恐怕他需要施展他的辩才来说明这几日的行踪。"

"我没在的这段时间，你又替我作了什么其他的安排？"马克汉厉声问。

"只有这个。"万斯站起来踱到窗口，沉默地抽着烟。当他转身回到室内时，原先那股嘲弄的态度不见了，他坐在了马克汉的对面。

"少校实际上已经承认他所知道的比告诉我们的要多，"他说，"鉴于他正直诚恳的态度，你不可能逼他说什么，但他并不会阻止你自己去发掘——这是他昨天晚上所表明的态度。现在，我有一个既不违背他的原则，又能查明事实的办法……你还记得郝芙曼小姐提到过关于'偷听'一事；也记得她曾听到一段对班森被谋杀一事非常重要的谈话。少校知道的事与公司业务或者其中一位客户有关。"

万斯不紧不慢地又点燃了一根烟，"我的建议是：打电话给少校，请他准许你派人去查公司账本和买卖记录，告诉他你要调查一位客户的交易记录，你随便暗示那人是圣·克莱尔小姐或范菲。我有强烈的预感，这么做能够发现他究竟要保护谁。我还有一个预感，他会非常喜欢你去查他的账。"

马克汉并不觉得这么做妥当。很明显，他不愿去麻烦班森少校，但万斯坚持己见，马克汉不得不同意。

"他很欢迎我派人过去，"马克汉挂上电话后说，"事实上，他好像急切地想协助我。"

"我想他会邀请你这么做，"万斯说，"如果你能自行发现他所怀疑的人，那么他就不用为说出秘密而背黑锅了。"

马克汉按铃叫来史怀克："打电话给史提，要他在中午以前来见我，我有要事交代他马上去办。"

"史提，"马克汉告诉我们，"是纽约人寿大楼一间公设会计机构的负责人，我常借用他的专才去处理这类事情。"

史提在中午前到达，他是一个老成持重的年轻人，有张精明的脸和永远皱在一起的眉心，能为检察官效力是他的荣幸。

马克汉简单解释自己希望怎么做，大略说明了一下案情，使他能够有所了解，那人迅速地熟悉状况，在一张废纸背面写下摘要。

在面授状况这段时间里，万斯坐下来在一张纸上快速地写着什么。

马克汉站起来拿他的帽子。

"我现在得去赴你为我订的约会，"他对万斯说，"走吧，史提，我带你搭法官专用电梯下去。"

"如果没关系的话，"万斯打岔，"史提和我愿意放弃这项荣幸，我们搭一般公用电梯，在楼下见。"

他拉着会计师的手臂走出会客室，但一直过了十分钟才再度和我们会合。

我们乘坐地下铁到七十二街，然后步行至位于西缘大道和七十五街转角的宝拉·班宁夫人的公寓房子。在我们按过门铃等候时，一股浓烈的中国香味道扑面而来。

"噢！这下简单多了，"万斯吸鼻说，"烧香的女士们通常都比较深情。"

班宁夫人身材较高，体态略为丰满，头发淡黄，面颊粉白；她脸上的表情天真无邪，但一看即知不是真的。一双蓝色的眼睛十分锐利，颧骨处的浮肿透露出她这些年过的是放纵和无所事事的生活。她并不能算是迷人，但是很有活力、耀眼动人，当她带引我们进入那间装潢华丽的客厅时，态度平易近人。

大家坐下之后，马克汉表示抱歉打扰她，万斯立刻扮演起访问者的角色。他先小心地说了一些赞美话，仿佛想试探用什么方法才能得到他想了解的消息。

双方说了几句后，他请问能否抽烟，并且向班宁夫人献上一根自己的烟。她接受了，他感激地对她笑，舒适地靠在椅子里，一副不管她说什么他都会同情她的态度。

"范菲先生用尽全身力气不让你受到任何牵连，"万斯说，"我们为他的细心而感动。但是有一些涉及班森先生之死的事不小心地将你扯进来，如果你能告之我们想知道的事，并且相信我们的判断能力，那么对我们、对你、尤其对范菲先生都有益处。"

他特别强调范菲的名字，女人不安地望着地下，她的忧虑是可以预见的，她终于抬起头，注视着万斯的眼睛，心里想：他到底知道多少详情呢？

"我不知道你想要我说什么，"她故作惊讶地问，"你知道安迪那晚不在纽约，他第二天早上九点才到的。"

"你在报纸上没有看到有关于停在班森家门口那辆灰色凯迪拉克的新闻吗？"万斯模仿她吃惊的语气反问。

她自信地笑出来："那不是安迪的车。他搭第二天清晨八点的火车进城，还告诉我幸好他搭的是火车，因为前晚在班森家门口停的那辆车和他那辆一模一样。"

她以肯定的语气道出这一切，很明显，范菲在这一点上对她说了谎。

万斯没有提醒她，事实上他要她相信他接受了她的解释——在谋杀之夜范菲根本不在纽约。

"当我提到你和范菲先生与案子有关系时，我想到的是你们和班森先生之间的私人关系。"

她淡淡地笑了笑，"我恐怕你又弄错了，"她平淡地说，"班森先生与我根本算不上是朋友，事实上我跟他一点也不熟。"

她的否认别有企图——在她漠不关心的态度下，有一丝迫切渴望被相信的期待。

"即使是公事上的来往也有私底下的一面，"万斯提醒她，"尤其当中间人和买卖双方均有交往时。"

"我不知道你这话是什么意思，"她突然大声说，面容霎时不再天真无邪，变得深沉难测，"你该不是以为我和班森之间有生意来往吧？"

"并非直接的，"万斯回答，"但范菲先生一定跟他有生意上的来往，他们之中有人牵连到你。"

"牵连到我？"她轻蔑地笑了，笑声十分勉强。

"我想那是个可怜的交易，"万斯继续说，"不幸的是，范菲先生必须和班森先生发生交易；更不幸的是，他不得不将你拉了进来。"

他的态度非常肯定，女人感到此时不适宜展示她的轻视与嘲讽，装傻可能比较有效，所以她用讶异不相信的态度问：

"你是怎么知道的？"

"上帝！我可不是听来的，"万斯以同样的态度回答，"这就是我为什么前来叨扰的原因，我愚蠢地指望你会同情我的愚昧无知而告诉我真相。"

"我并不想这么做，"她说，"即使这个神秘交易早已终止了。"

"天哪！"万斯长叹一声，"真让人失望……看来我必须先告诉你我所知道的一点点消息，但愿你会可怜我而给予下一步引导。"

不管万斯话中藏了多少机关，他的轻率稳定了她的焦虑不安。她觉得他很友善，虽然他好像知道非常多的事。

"如果我告诉你范菲先生曾假造班森先生签名开了一张一万元的支票，你会觉得这新奇吗？"他问。

她犹豫着，衡量回答的后果："不，不是新闻，安迪告诉过我了。"

"你清楚，当班森先生被告知这件事时十分不悦——事实上，他要求抵押和悔过书才愿意将支票兑现？"

女人的眼神怒火中烧："是的，我知道。安迪曾帮他那么多的忙！如果有人活该被人杀死，那人就是艾文·班森，他简直不是人，还装作是安迪最好的朋友。想想看——不写悔过书就拒绝借钱给他！……你不会以为那是交易吧？那是个卑鄙、肮脏、阴险的手段。"

她彻底怒了，原先那张有教养随和的面具已经脱落，她不假思索口出逊言诽谤班森，这种情形让人难以相信两人只是交情不深。

在她长篇大论的时候，万斯不住地点头。

"我很可怜你。"似乎想与她建立和睦的关系。

停了一会儿，他友善地对她笑笑："如果班森没有另外要求抵押的话，大家会原谅他扣留悔过书的举动。"

"你说什么抵押？"

万斯快速察觉到她音调的转变，利用她愤怒的情绪，在她将卸下伪装时突然提到抵押一事，她害怕且不自然的质问告诉他时机成熟了。在她尚未恢复平静前，他从容不迫地说："班森先生被杀那天，从办公室带了一盒珠宝回家。"

她恢复正常，没有明显的情绪起伏："你觉得是他偷来的？"

问题一说出来，她就知道自己弄巧成拙，一般人会以为事实的答案和问题正好相反，但从万斯脸上的笑容来看，她清楚地知道了他视之为招供。

"你善良地将珠宝借给范菲先生当期票的担保。"

她吃力地抬起头来，脸色苍白："你说我把珠宝借给安迪？我发誓——"

万斯抬手不让她否认，她知道他的本意是为了保护她，以免往后因曾作出这样的声明而难堪。虽然他是敌手，但他亲切的举动让她信任他。

她回身靠着椅背，双手放松："你怎么会觉得是我把珠宝借给安迪的？"

她的声音平淡，但万斯知道其中含意，她不再玩欺骗的伎俩，双方都如释重负地松了一口气，接下来所说的全都是真的。

"安迪需要那些珠宝，"她说，"不然班森会让他坐牢。"听起来她仿佛要为一无是处的范菲豁出去，"如果班森不这么做，或拒绝兑现支票，他的岳父也会这么做……安迪实在太粗心了，他做事从来不考虑后果，我总是提醒他……我可以肯定的是——这件事让他得到很大的教训。"

我感觉到如果在世界上有事情能让范菲好好上一课，就是这个女人对他的愚忠。

"你清楚上星期三他和班森先生为了什么事吵架吗？"万斯问。

"那全部是我的错，"她悲伤地解释，"期票的日期就快到了，我知道安迪没有足够的钱，所以我请求他去见班森先生，给他所有的钱，看看能不能够把珠宝拿回来……但他被拒绝了。"

万斯同情地看着她，"我实在不愿意再增加你的忧愁，"他说，"何不告诉我你先前讨厌班森先生的真正原因？"

她佩服地点点头："你说对了——我有很好的理由讨厌他，"她眼睛不高兴地眯了起来，"他在拒绝还安迪珠宝的第二天下午打过电话给我，约我隔天早上去他家与他一起吃早餐，他说珠宝目前在他家中，暗示我或许可以将它们取回，他就是这样的变态！……我打电话到华盛顿港告诉安迪，他说隔天上午他到纽约来，大约九点钟到达，我们那时才在报上看到班森前夜被人枪杀的新闻。"

万斯沉默了很长一段时间，然后他站起身向她致谢："你帮了我们很大的忙。马克汉先生是班森少校的朋友，现在支票和悔过书都在我们手上，我会请他用他的能力，说服班森少校让我们尽快毁掉这些东西。"

18. 认罪

六月十九日，星期三，下午一点。

当我们走出去时，马克汉问："你怎么知道是她提供珠宝饰品帮助范菲的？"

"还不又是我那令人着迷的抽象理论，你不知道吗？"万斯回答，"我告诉过你，班森绝不是个大方慷慨的利他主义者，不可能在无抵押的情况下借钱出去。穷哈哈的范菲凑不出一万元，否则他就不会伪造签名支票，因此，一定有人借给他抵押品。除了盲目被他所吸引的多情女子之外，还有谁会信任范菲，并情愿借出等值的抵押品？当他说他经过纽约的目的是向某人道别时，我就觉得在他生活中另有其人，从范菲拒绝透露此人的性别可以断定那是一个女人。因此，我建议你派人到华盛顿港探听他的婚姻状况，我确定一定可以打听到他有个情妇。当那个明显是抵押品的神秘包裹和好奇的管家见到的珠宝盒不谋而合时，我对自己说：'啊！那位爱上林德的女士将她珍贵的东西借给他，助他脱离地牢的虎口。'而且我并未忽视当他解释支票一事时曾刻意保护某人，所以当崔西查出这位女士的姓名和住址，我立刻给你们准备了约会……"

我们继续往前走，万斯边走边说："我第一眼见到班宁夫人时，就知道自己的预感是正确的。她是一个多情的人，一定会将自己的珠宝首饰借给她的情人。我们去拜访她时，她全身上下没有一件首饰——女人初次与人见面时，为了留给对方好印象，一定会戴些珠宝饰品。况且，她是那种即使家中无隔宿之粮也不能没有珠宝的女人，所以我仅仅问了一个问题就让她全盘托出了。"

"你做得非常好。"马克汉称赞他。

万斯谦虚地对他鞠躬："你实在是太客气了，请告诉我，我和那位女士的谈话，是否为你晦暗的思维带来一丝光明？"

"当然，"马克汉说，"我又不是完全愚蠢无知。她不自觉地落入我们的圈套，相信范菲在谋杀发生第二天早上才抵达纽约，城市告诉我们，她曾打电话给范菲告知他珠宝在班森家中。目前的情况是：范菲知道珠宝在班森家里，而案发时他正好在门外出现。然后，珠宝消失了，而范菲又刻意隐藏自己的行踪。"

万斯失望地叹气："马克汉，这件案子里有太多的树挡住了你的眼，以至于你看不到整座森林。"

"你可能忙于搜索那棵特别的树而忽略了其他。"

万斯脸上闪过一丝阴霾："我希望你是对的。"

大约一点半钟了，所以我们进入安森尼亚旅馆餐厅吃午餐，马克汉在进餐过程中忙碌不堪。餐后当我们行至地下铁车站时，他不安地看着手表。

"我想在回办公室前先去华尔街找少校谈一谈，我不明白他为什么要郝芙曼小姐不要提包裹一事……也许那里面压根儿没有珠宝。"

"你是否想过，"万斯回应，"艾文会告诉少校关于包裹的事吗？那不是个正当交易，少校很可能什么也不知道。"

班森少校的解释证明了万斯的猜测。马克汉详述与宝拉·班宁谈话的内容，还特别强调珠宝一事，希望少校会主动提到包裹，但由于他承诺过郝芙曼小姐不向人提起此事，所以他不承认。

少校惊讶地听着，眼中的怒意逐渐升起。"我想艾文蒙骗了我，"他说，眼睛向前方注视了一会儿，表情温柔下来，"他已经不在了，我不希望再去想这件事。事实上，今天早上郝芙曼小姐告诉我关于信封之事时，还提到艾文私人保险箱中还有一个小包裹，我知道那是班宁夫人的珠宝。但我想：假如说出来，事情只会变得更复杂。艾文告诉我班宁夫人即将面临审判，在开庭前范菲将她的珠宝带来，要求暂时存放在艾文的保险箱里。"

在我们返回刑事法庭大楼中途，马克汉拉着万斯的手臂对他笑着说："看来你猜测的本领已经不灵了。"

"是的！"万斯同意，"看起来已死的艾文注定死在支吾其词的阴沟里。"

"不管怎么说，"马克汉回答，"一连串对范菲的不利证据上又多了一环。"

"你好像对收集环圈很有兴趣，"万斯冷冷地批评，"你打算如何处理你认为有嫌疑的圣·克莱尔小姐和李寇克？"

"他们仍然没有洗清罪嫌——如果这是你想问的。"马克汉严肃地回答。

我们到办公室时，希兹巡官笑脸迎人地说："破案了，马克汉先生。"他宣布，"今天中午你离开后，李寇克曾到这里找你，当他发现你不在时，打电话给总局。他们让我跟他讲话，他说有要事必须见我，所以我马上赶来。他在会客室里，见到我便说：'我来投案，是我杀了班森。'我请史怀克替他做笔录，他在上面签了名……这里。"他将一张打字报告递给马克汉。

马克汉疲惫地坐在椅子里，过去几天紧张压力下的后遗症开始出现了，他重重地叹了一口气："感谢上帝！我们的困惑已经解决了。"

万斯犯愁地看着他，对他摇头，慢吞吞地说："我的看法正好相反，你的困难才刚开始。"

马克汉看完后将自白书交给万斯，万斯越看越惊讶："你知道，这份文件根本不合法，任何一个够资格的法官都会将它扔出法庭。它太简单了，开头没有敬语，甚至没有提到半句他是如何作案、在哪里作案；对'自由意愿''神经正常''记忆所及'不着一字，上尉从未自称为'当事人'。巡官，如果我是你，我坚决不接受这份自白书。"

希兹还在得意之际，难以接受批评，他宽宏大量地笑说："你觉得很好笑，是吗，万斯先生？"

"巡官，如果你知道这份自白书是多么可笑的话，一定会抓狂的。"

万斯转向马克汉："实际上，不要太相信这份自白书。而它可能是真相大白的第一步，我很高兴上尉能写出这篇文章。握有这篇无稽之作，我们或许能够让少校抛开顾忌对我们畅所欲言，我的猜想也许是错的，但总得试一试。"

他走到检察官办公桌前，用好听的话哄着马克汉，"我尚未引导你入正轨呢，亲爱的老友，我还有一个建议：打电话给少校，请他立刻过来，告诉他已经有人投案自首——但是千万不要让他知道是谁，随便暗示他是圣·克莱尔小姐、范菲或任何人，催他立刻赶到，告诉他你希望在正式起诉前能和他聊一聊。"

"我看不出为什么要这么做。"马克汉反对，"今天晚上我一定会在俱乐部碰到他，到那个时候再告诉他。"

"那就不灵了，"万斯坚持，"希兹巡官一定希望亲耳听见少校指点我们一条光明大道。"

"我不需要任何指导。"希兹插嘴说。

万斯崇拜地望着他，惊奇道："多么伟大的人物！即使大文学家歌德都常高呼求助无门，而你竟已到了豁然开朗什么都知道的境界……了不起呀！"

"听着，朋友，"马克汉说，"为什么要将事情搞得更复杂？我认为要求少校来讨论李寇克的自白不但不合常理还浪费时间，况且我们现在不再需要他的证词了。"

他粗率的反驳显示出他的疑虑，虽然他断然拒绝了万斯的请求，但过去数日的经验告诉他万斯的这个举动必有其目的。

万斯感觉到对方的犹豫，说："我绝不是因闲着无聊想看少校兴奋得发红的双颊才提出这个建议。我认真地告诉你，他立刻出现对这个事件有很大的帮助。"

马克汉思虑再三，为此不断争辩，终于，万斯的坚持令他聪明地接受了建议。

希兹露出厌恶的表情，沉默地坐下来猛抽雪茄安慰自己。

班森少校马不停蹄地赶来，强忍住自己急切的心绪。马克汉将自白书拿给他，他边看面色逐渐转暗，眼睛露出疑惑不解的神色。

他抬起了头："我实在不大清楚。我必须承认事情完全出乎我的意料，李寇克实在不像是杀害艾文的凶手……当然，可能我是错的。"

他失望地将自白书放在马克汉办公桌上，坐了下来，"你满意吗？"他问。

"看不出有什么不对的地方，"马克汉说，"如果他是无辜的，为什么要自动投案认罪？其实目前有许多对他不利的证据，前两天我就打算逮捕他了。"

"肯定是他干的，"希兹插口，"从一开始我就怀疑是他——"

班森少校没有马上回答，看起来他正在斟酌他的措辞，"也许——我的意思是——李寇克的认罪可能有不得已的苦衷。"

我们听出他话中别有含意。

"我不否认，"马克汉同意，"最初我认为凶手是圣·克莱尔小姐，也曾以此暗示李寇克，但后来我确信她并未直接杀害班森先生。"

"李寇克知道吗？"少校立刻问。

马克汉思考了一下："不，我想他不知道。事实上，他仍然以为我在怀疑她。"

"噢！"少校非常不情愿地慨叹一声。

"这些事与他自首有什么关系？"希兹急躁地说："你认为他会为了她的名誉而自动上电椅？——去他的！那种情节只会出现在电影里，现实生活中没有一个男人会这么做。"

"我可不敢这么肯定，巡官。"万斯慢吞吞地说："女人通常都头脑清醒，不可能做这种傻事；但当男人是白痴时向来是难以估计的。"

他玩味地看着班森少校："告诉我们，为什么你相信李寇克是在演英雄救美？"

少校不置可否，甚至不想讨论最初暗示上尉此举的真正原因，万斯多次尝试，但他始终保持沉默。

希兹终于忍不住，开口道："你没法用争辩的方法替李寇克脱罪。万斯先生，看看所有的证据吧！他曾威胁过班森不可再与那位小姐见面，否则便会要他的命；班森再度与她外出，结果被杀了。之后李寇克把枪暗藏在她的家中，等到事情闹大，他把枪取走丢进河中；还贿赂门童替他说谎，制造不在场的证明，而他本人在当晚十二点半时曾在班森家门外出现……如果这都不足以证明他是凶手的话，那我就是只乌龟。"

"所有事情看来都十分具有说服力，"少校承认，"但可不可能还有其他隐情？"

希兹根本不想回答他的问题。"我的看法是，"他继续说，"李寇克在午夜时分开始起疑，拿了枪出门，他当场看到班森和那女孩在一起，进屋内射杀了他，如果你问我，我认为他们两人都有份，开枪的是李寇克，现在他也供认了……全国任何一个陪审员都会认为他有罪。"

"噢！执法人员可都是由你指派的。"万斯咕哝着。

史怀克出现在门外："记者们在外面不断地吵闹。"他的面孔难看。

"他们知道有人投案了吗？"马克汉问希兹。

"不知道，到目前为止我没有说出任何消息——我想这就是他们吵闹的原因，只要你一句话，我现在就去告诉他们。"

马克汉点点头，希兹开始往门外走，万斯快步挡在他面前。

"可不可以请你在明天之前暂时保密，马克汉？"他问。

马克汉十分烦躁："如果我愿意当然可以，但是我为什么要这么做？"

"就算不为其他的原因，也为了你自己。你的战利品已经安全到手，请暂时控制你的虚荣心，只要整整一天。现在只有少校和我知道李寇克是无辜的，等到明日这个时候，全国的人都会知道。"

双方再一次起争执，如同先前的争吵一样，结果是可以预期的。马克汉了解万斯有绝对的理由坚持自己的看法，我怀疑他反对万斯是为了套出对方心中理念；当他身体向前倾，神情严肃地准备向公众宣布上尉认罪的事情时，我的想法更为坚定了。

万斯到目前为止不肯说出只字片语，但是他坚定的决心说明了他的立场，马克汉要求希兹将记者会延至第二天，少校颔首赞许这项决定。

"你可以对那些记者仁兄们说，"万斯建议，"明天会有爆炸性大新闻告知。"

希兹怒气冲天失望地走了。

"巡官真是耐不住性子——太轻举妄动了。"

万斯再次拿起自白书来研读："马克汉，我希望你现在将你的犯人带来，让他坐面向窗户的那张椅子，给他一根你留给有影响力的政客享用的雪茄，然后集中注意力听我礼貌地问话……我相信少校一定愿意一起来。"

"这个请求我可以没有任何异议地准许，"马克汉笑了，"我本来也想和李寇克谈一谈。"

他按了一下铃，一位职员立马就出现了。

"给我拿一张提调李寇克上尉的申请表格。"他下令。

他在申请表上签了名："把这个交给班，告诉他要赶快。"

职员快步消失在走廊的方向。

十分钟后，一位坟墓监狱狱警押着被告走了进来。

19. 万斯交叉讯问

六月十九日，星期三，下午三点三十分。

李寇克上尉毫无精气神地走进室内，他双肩下垂，双臂无力，两眼好似数日未眠，憔悴不堪。看见班森少校后，他稍微挺直身子走上前来，伸出双手，很明显，虽然他不喜欢艾文·班森，但仍认为少校是他的朋友，但他忽然间明白了自己的处境，尴尬地把手缩了回去。

少校快速走向他，拍拍他的手臂，"没关系的，李寇克，"他温柔地说，"我不信你会真的杀了艾文。"

上尉用忧愁的眼神望着他，"是我杀了他，"他的声音平稳，"我要挟过他，我会这么做。"

万斯上前指着一张椅子说："坐吧，上尉，检察官想听听你杀人的故事。你知道，在没有确凿的证据之下，法律不会相信你的认罪。以目前这件案子看来，有其他人涉嫌比你更为严重，所以请你回答几个问题证实你有罪，否则我们必须继续追查那些涉嫌更严重的人。"

他面对李寇克坐下，拿起自白书。"你认为班森先生对你不友善，所以在十三日凌晨十二点半去了他家……你所谓的不友善，是不是指他对圣·克莱尔小姐的骚扰？"

李寇克脸上出现暴怒的表情："我为了什么杀他不重要，你能不能不要牵连到圣·克莱尔小姐？"

"没问题，"万斯同意，"我答应你不把她扯进来，但我们必须知道你杀人的动机。"

经过短暂沉默，李寇克说："好吧，正合我意。"

"你是如何知道那天圣·克莱尔小姐和班森一起出外晚餐的？"

"我一直跟着他们到餐馆。"

"然后你就走了？"

"是的。"

"后来你去班森先生家又是为了干什么？"

"我越想越生气，就拿了我那把柯尔特手枪出去，决定要把他杀了。"

他的声音充满厌恶与激动，很难令人相信他说的不是实话。

万斯再次说到自白书上，"你说：'我走到西四十八街八十七号，从大门走入屋内……'你按了门铃吗？还是大门没有锁？"

李寇克正打算回答，又突然住口。显然他记起报上曾登载管家的证词，证明当晚没人按门铃。

"有什么关系吗？"他突然发问。

"我们只是想弄明白，"万斯告诉他，"但不急。"

"好，如果这对你如此重要——我没有按门铃，大门上了锁，"他的踌躇消失了，"我抵达的时候，班森刚好乘坐计程车回来——"

"稍等，你有没有注意到当时有一辆车刚好停在屋子前面？一辆灰色的凯迪拉克？"

"为什么——有。"

"你认出坐在车里的人了吗？"

又一阵沉默："我不大确定，我想那应该是范菲。"

"他和班森先生同时出现在外面，之后呢？"

李寇克眉头紧锁："不——不是同时。当我到达时，屋外什么人也没有……直到数分钟后我出来才看见范菲。"

"你进了屋子后，他才开车到达的——对吗？"

"肯定是这样。"

"我清楚了……现在我们再回顾一下：班森乘坐计程车回来，然后呢？"

"我走过去，告诉他想跟他聊聊，他请我到屋子里。我们一起进去，他用钥匙开门。"

"上尉，现在请你告诉我，你和班森进屋后的情况。"

"他把帽子和手杖放上衣帽架，我们进入客厅，他在长桌边坐下，我面对着他说了我想说的话，然后就拔枪把他杀了。"

万斯仔细地观察他，马克汉特别用心地倾听。

"为什么当时他在看书呢？"

"我说话时，他拿起一本书……我想他是故意装出对我的话不感兴趣。"

"你们一到屋内，你和班森先生是从玄关直接进入客厅？"

"没错。"

"上尉，那你如何解释，班森先生被杀害时穿的是拖鞋和便服？"

李寇克紧张地望着室内，他用舌头舔了一下嘴唇，"我现在想起来了，班森先生到楼上去了一会儿……我想可能是我太紧张了，"他努力想挽回，"一下子要回忆这么多事情。"

"这是很正常的，"万斯同情地说："他下楼时，你有没有在意他的头发？"

李寇克疑惑地抬起头来："他的头发？我——不清楚你的意思。"

"我是说头发的颜色，班森先生在你面前坐下来时，你有没有注意到他的头发有什么不一样的地方？"

那人闭上眼睛，好像在用力回想当时的情景："不——我不记得了。"

"这不重要，"万斯接着说，"班森下楼后，他说话的语气是不是有些奇怪？我的意思是比较模糊。"

李寇克一头雾水："我不知道你在说什么，他说话跟平时没两样。"

"你有没有看到桌上有个蓝色珠宝盒？"

"我没在意。"

万斯静静地抽了一会儿烟："你杀了班森先生后，在离开前，是不是随手将所有的灯都熄灭了？"

在还没得到想要的答案前，万斯接下去说，"你一定这么做了，因为范菲先生说他开车到达时屋内一片漆黑。"

李寇克立刻肯定地点头表示赞同："是的，我一下子想不起来。"

"现在你想起来了，你又是怎么关灯的呢？"

"我——"他停下来，然后才说道，"关掉电灯开关。"

"开关在哪里，上尉？"

"我想不起来了。"

"再好好想想，你一定记得的。"

"靠近玄关门边的地方，我想。"

"在门的哪一边呢？"

"我不知道，"李寇克可怜兮兮地说："我当时太紧张了……我想应该在门的右边。"

"是进门还是出门的右边？"

"出去时。"

"那就是在书架附近？"

"是的。"

万斯看起来非常满意。

"现在有一个关于枪的问题，"他说，"你为何把它交给圣·克莱尔小姐？”

“我太懦弱，”上尉回答，“我怕他们会在我的公寓里找到这把枪，却从没想过会连累她被怀疑。”

“因此当她被警方怀疑时，你立刻从她家中取走手枪掷入东河？”

“没错。”

“弹匣里少了一颗子弹——更令人起疑。”

“我也如此想，所以才把枪扔掉。”

万斯皱眉说：“那就奇怪了，一定是有两把枪。我们在河里捞获一把柯尔特自动手枪，弹匣是满的……上尉，你肯定从圣·克莱尔小姐家中取走扔进河里那把枪是你的吗？”

我知道压根儿没有从河中寻获手枪这档子事，我不明白万斯是否想将女孩牵扯进来，马克汉也是一脸疑惑。

李寇克并没回答，过了一会儿，他固执地说：“不可能有两把枪，你们找到的那把是我的……我又将弹匣装满了。”

“噢，那就没有问题，”万斯的声音愉快且安心，“还有一个问题：上尉，你今天为什么来自首并认罪？”

李寇克伸出下颌，在整个交叉讯问过程中双眼首度露出光芒：“为何？因为这是唯一能做的事，你们没有理由地怀疑一个无辜之人，我不希望再有人受苦。”

讯问终止了，马克汉没有提出问题，狱警将上尉押走。

门在他身后关上，异样的沉寂笼罩室内，马克汉怒气冲天地坐在那里，双手枕在脑后，两眼盯着天花板。少校坐回原来的椅子上，满意地看着万斯；万斯用眼角斜睨马克汉，嘴角含笑。三个人的表情明显地表达了对讯问后的反应：马克汉苦恼，少校欣慰，而万斯怀疑。

万斯终于打破沉默，以淡淡的口吻说："你现在知道认罪是多么不可靠了吧？我们单纯高贵的上尉实在不是一个编故事的高手，全世界没有人比他更不会说谎，他的愚蠢连要模仿都很困难，他竟然指望我们相信他有罪，真令人感动！他大概以为你会将自白书插在他衬衫的口袋送他上绞架。你注意到了，他连那晚进入班森屋子里的方式都搞不明白，范菲承认曾在屋外出现的事实几乎破坏了他和预定受害人一同进屋的即席解释。他完全不记得班森的服装不整，当我提醒他时，他必须自圆其说，所以马上让班森快跑上楼迅速更衣。还好报上没有提到班森的假发，所以当我问班森换好衣服下楼，头发颜色是不是不同时，他根本不知道我在说什么……对了，少校，你弟弟脱下假牙后说话是否比较含糊？"

"相当明显，"少校回答，"如果那天晚上艾文将整排假牙取下——上尉绝对能够注意到。"

"还有很多事情他都没注意到，"万斯说，"比方说，电灯开关和珠宝盒的位置。"

"这一点他错得太严重，"少校插口，"艾文的房子是旧式建筑，仅有的开关是吊灯下的垂饰。"

"是的，"万斯说，"然而，最大的漏洞出在枪上面，他完全语无伦次，他原先说因为少了一颗子弹故将枪扔进河里。当我告诉他弹匣是满的时，他又解释说自己将它填满，要我认定那把枪是他的……整件事十分明显，他以为圣·克莱尔小姐有罪，所以想尽办法揽过所有罪责。"

"我也是这么认为。"班森少校说。

"不过，"万斯若有所思地说："我对上尉的态度有一丝不解，他无疑与谋杀案有某些关联，不然不会在第二天将手枪藏在圣·克莱尔小姐住处。他是那种只要有人对他未婚妻起邪念就会发威的笨家伙，很显然，他问心有愧，但又是为了什么呢？绝不是为了杀人。这是桩精心策划的谋杀案，上尉不是个中能手，他的个性固执，好打抱不平，有勇无谋，据理力争，完全是标准的骑士精神，他要所有的人看到他英雄的风采。这种人不屑当风流倜傥的唐璜，心中理念十分单纯。若真是上尉杀的，他不会对爱人的手套与提包视而不见，他会将它们一并带走。实际上，他杀班森的可能性和没有杀相等，就像琥珀中的小昆虫一样或有或无。即使他真的想杀死班森，也肯定不是用这种方式。"

他点起一根烟，望着袅袅上升的烟说道："如果我猜得没错的话，我推测在他准备动手时，才发现已经被人先下手为强。这个说法非常合理，解释了范菲在门外见到他和他第二天将枪藏匿在圣·克莱尔小姐家的证词。"

电话铃响了，欧斯川德上校希望能和检察官讲话，马克汉交谈了一会儿，不悦地对万斯说："你那位嗜杀的朋友问我逮捕了什么人没有，如果我还没动手，他愿意无条件提供无价的珍贵意见。"

"我听见你虚伪地向他道谢，你为何不直接告诉他你心里的想法？"

"我仍是猜不透其中的道理。"马克汉的回答伴随着无奈疲倦的微笑，表示他已排除李寇克上尉有罪的想法。

少校走上前去，伸出手，"我清楚你的感受，这是件令人十分沮丧的事，但宁可放过一个有罪之人，也不可让无辜之人受牵连……不要工作过度，也别让这些失望的事搅乱你，你很快就能够破案，到那时候——"他的声音由齿缝中蹦出，"——我不会再跟你对着干，我会协助你了结此案。"

他冲马克汉露齿一笑，拿起帽子："我现在必须回办公室一趟，如果有需要我的地方，请告诉我，或许晚一点我可以帮得上忙。"

他善意地向万斯躬身为礼便走了出去。

马克汉什么也不说地坐在那里数分钟之久，"妈的，万斯！"他生气地说，"这个案子越来越麻烦，我感到疲惫了。"

"你不应该把它看得如此重，亲爱的老友，"万斯轻松地忠告，"为琐碎之事伤脑筋是无益的，常言道：'太阳底下无新事，天下本无事，庸人自扰之。'战争中有几百万人丧生，也没见你为了这个事实侵蚀损坏你的脑细胞；现在一个无耻之人在你的管区内被好心人杀死了，你就整夜不寐彻夜不眠，我的老天！你真是个表里不一的人。"

"表里不一——"马克汉正准备反驳，万斯立刻打断他。

"不要背诵爱默生的名句给我听，我喜欢另一位文艺复兴运动领导者伊拉斯谟斯的作品，你实在应该看一看，它会令你全身舒畅，这位荷兰籍教授绝对不会因艾文这种人被毁灭而伤悲。"

"我跟你不一样，"马克汉大声说，"是老百姓投票选我担任这项职务的——"

"没错——'至高无上的荣誉'，"万斯说，"但是不必神经过敏，就算上尉无罪释放，你至少还有五位可疑嫌犯：普拉兹太太、欧斯川德上校、范菲、郝芙曼小姐和班宁夫人。对了，你为什么不将他们全部逮捕，让他们一一认罪，希兹会因为这样而兴奋得发狂。"

马克汉没有心情理会他的嘲讽，万斯轻松的语气好像给他莫大的安慰。

"如果你想知道，"他说，"我正决定这么做，只是我不能确定要先逮捕哪一个。"

"固执的家伙！"万斯接着问，"你打算如何处置上尉？如果你释放他，他一定非常难过。"

"我肯定他一定要伤心了，"马克汉拿起电话，"我现在就下令。"

"不！"万斯伸手阻止他，"先别结束他所享受的折磨，至少让他再多快乐一天。我有个想法：把他独自关在牢里对我们最有好处。"

马克汉不作声地放下电话，我注意到他越来越信任万斯，并非因为他的困惑无助，而是他认为万斯知道的比说出来的要多得多。

"你有没有试着弄明白范菲和他的情人在这个案子中所扮演的角色？"万斯问。

"和其他数千个难题一样——有的，"对方暴躁地回答，"但是我越试着想解决，事情反而变得更难懂。"

"大体上看来，亲爱的马克汉，"万斯谴责他，"人类所面临的事并没有任何奥秘，只有难题，而所有人类的难题都可以从他人身上得到答案；这需要人类思想得到的知识，再将此知识延伸至行为上，就是如此简单。"

他看了一眼时钟，"不知道史提查班森账簿的情况如何，我有些忍不住想听听他的报告。"

马克汉受不了了，万斯的暗示和嘲讽终于击溃了他的自我控制，他挥拳用力捶打桌面，"我真是受够了你这种骄傲自大的态度，"他大声抗议，"你一定知道一些事情，要不然就是一无所知。如果你一无所知，拜托你不要再作这些迂回的暗示，算是帮我的忙。如果你知道一些事情，你最好说出来。自从班森被杀死之后，你就不断地作模模糊糊的暗示。"

他坐回椅子上拿出一根雪茄，在他剪断雪茄和点着的这段时间里，他的头一次也没有抬起来过，我想他是为了自己的大发雷霆感到尴尬。

万斯若无其事地坐在一旁，终于他伸了伸腿，深有意味地看着马克汉。

"马克汉，我一点也不想怪你，整件事情实在是令人愤恨，但是现在是该将此案了结的时候了。你知道，我从来没有戏弄之心，事实上，我有一些有意思的主意。"

他站起来打了一个哈欠，"今天天气真是太热了，但是该做的事还是要做。你知道我是一个高贵的年轻人，你又是正义的化身，我真希望能在凉爽的天气下做这些事。"

他把马克汉的帽子递过去，"来吧，凡事都有定数，万物皆有定时，请知会史怀克，你今天办公时间到此为止，我们将去看望一位女士——圣·克莱尔小姐。"

马克汉明白万斯戏谑的态度不过是一种伪装，背后有他正经的目的；他也知道万斯会按照自己的方式将已知和存疑之事告诉他，不论实情是多么含蓄间接和不合情理。再者，自从揭穿了李寇克上尉纯属虚构的自白后，只要能够找到真凶，他愿意接受任何意见，所以他立刻唤来史怀克，告诉他下班的消息。

十分钟后，我们已经在搭地铁前往河滨大道的途中。

20. 女士的解释

六月十九日，星期三，下午四点三十分。

"我们现在所进行的探索行动或许有些冗长沉闷，"在我们进城途中，万斯说，"但是你必须和我一起坚持下去，你无法想象我手中的工作多么难以处理和乏味，我尽管未到自怜自艾的年纪，但我差点想让犯人逍遥法外。"

"可否告诉我，我们为何要去拜访圣·克莱尔小姐？"马克汉认命地问道。

万斯急切地回答："当然可以。我认为你最好澄清一下与这位女士相关的几项疑点。首先是手套和提包，你应该记得郝芙曼小姐说过，在班森被杀当日，曾有一位小姐去拜访过他，少校还偷听他们的谈话，我怀疑那人就是圣·克莱尔小姐。我很奇怪地想知道那天他们在办公室内到底谈了什么，为何她不久后又返回。还有，为什么她当天下午又赴班森府上喝下午茶？在谈话过程之中，珠宝盒扮演了什么样的角色？还有其他的，譬如：上尉为什么把枪藏在她家？他为什么相信是她杀了班森——他真的这么认为，你知道的。她又为何从开始就确定他有罪？"

马克汉怀疑地看着他："你确定她会说吗？"

"希望很大。"万斯回答，"她的爱人英雄因自认杀人而入狱，她应该会卸下心理的重担……但是你不可以吓唬她；警方所用的那套交叉讯问手法，我敢打包票对她无效。"

"你要怎么样引出你所要的资料？"

"像画家一样按部就班，但必须更优雅更有礼貌。"

马克汉考虑了一下："我想我还是不说话，让你们单独进行苏格拉底式的对谈。"

"聪明的决定。"万斯说。

我们到达时，马克汉在对讲机里说明有重要事情找她，圣·克莱尔小姐不假思索地开了门，我猜想她正为了李寇克上尉而焦躁不安。

我们在她的小客厅内坐下，这里可以俯瞰哈德孙河。她坐我们对面，脸色苍白，双手虽然交握但仍轻轻颤抖，她先前的自持已不见了，双目显出睡眠不足的迹象。

万斯直接切入主题，语气轻率无礼，却立刻缓解了紧张的气氛，为我们的来访平添一些无理。

"我很遗憾地告诉你，李寇克上尉已经笨得承认是他杀了班森先生，但是我们并不十分满意他的诚意，我们没办法知道他究竟是个十恶不赦的恶棍还是个具骑士精神的情圣。他的供词在某些重要的细节上交代不明，最让人不能理解的是——他将班森那间丑陋的客厅内的全部电灯关熄，用的却是个不存在的开关。所以我怀疑他虚构这些情节的目的是为了保护一个他认为有罪的人。"

他头部稍微转向马克汉："检察官同意我的看法，但是你知道，一旦法律观念深植脑中，是几乎不可动摇的。你应该记得，只因为你是班森死前最后一个见到他的人，另外还有其他几个不相干的理由，马克汉先生就认定你与班森先生之死有关。"

他恶作剧地对马克汉指责地一笑，继续说道："圣·克莱尔小姐，你是唯一能够令李寇克上尉奋不顾身保护之人，而我认为你没有罪，所以你愿意帮助我们澄清一些你与班森先生交往情形的疑点吗？这些消息不会带给你和上尉任何伤害，却很可能帮助马克汉先生弄清楚上尉是否无辜一事。"

万斯的态度对女人起了很大的镇定作用。我看得出马克汉虽然没有说话，但内心却因万斯的责难愤恨不已。

圣·克莱尔小姐盯着万斯看了几分钟，"我不知道为何应该相信你，"她坦白地说，"但既然李寇克上尉已经认罪——当他上回跟我通话时，我就有预感——我看不出有任何拒绝回答你问题的理由……你真的认为他是无罪的吗？"

这个问题好像一个发自内心的呐喊，她的感情击溃了理智。

"我确实相信，"万斯严肃地承认，"马克汉先生可以告诉你，当我们离开他办公室前，我曾为了释放李寇克上尉与他争吵，只有你的解释能够说服他这不是明智之举，所以我请求他一起来。"

这段话的语气和态度激励了她的信心，"你想让我告诉你什么？"她问。

万斯再度谴责地看了马克汉一眼，后者正努力地压抑心中怒火，万斯回过头来对女人说："首先，请你解释一下你的手套和提包为何会出现在班森家中？这是检察官心里怎么也想不通的事。"

她坦白直接地看向马克汉："我应班森先生之邀和他共进晚餐，我们闹得非常不愉快。回家途中，我对他的厌恶到了极点，所以在经过时代广场时，我要司机停车，独自一个人返家。因着我的愤怒，就忘了拿手套和提包，等班森先生车子开走后，我才发现自己的失误，我只好身无分文走路回家。既然我的东西在他家出现，肯定是他带回家了。"

"我一直都是这么认为的，"万斯说，"老天！——这简直是一大段长路呢！"

他转向马克汉，嘲弄地笑着说："真的，圣·克莱尔小姐没可能在一点钟以前回到这里。"

马克汉笑了笑，并没回答。

"现在，"万斯继续说，"我希望知道晚餐之约是在怎样的情况下进行的。"

她的面色一沉，声音仍保持镇定，"我在班森的证券公司赔了很多钱，我的直觉忽然告诉我，他故意看着我赔钱，如果他愿意，可以帮我再赚回来，"她的眼睛看着地面，"他骚扰我已经有一段时日，我从没对他采取过任何下流的手段。我去他的办公室，直接告诉他我的怀疑，他说如果当晚我能够与他一起吃饭的话，到时可以详谈。我知道他的意图，但我已经绝望得顾不了一切，于是我下决心赴约，盼望他能够放过我。"

"你告诉过班森先生晚餐约会必须在几点前结束吗？"

她吃惊地看着万斯，毫不犹豫地回答，"他说要尽情欢乐一晚，但是我告诉他——十分坚决——如果我前去，一定在午夜十二点离去，这是我参加所有宴会的惯例……"她加上，"你知道，我很下功夫地学唱歌，不论是何种场合，我一定在午夜前回家，这是我对自己的承诺和要求。"

"令人赞赏的原则！"万斯评道，"你所熟悉的人是否都知道你这个习惯？"

"知道，大家还给我起了一个外号叫'灰姑娘'。"

"欧斯川德上校和范菲两人也清楚？"

"是的。"

万斯思考了一会儿："如果那天晚上你和班森先生约好共进晚餐，你为何又去他家喝下午茶呢？"

她的脸上泛起红潮，"这并没什么大不了，"她宣称，"那天我离开他办公室后，忽然后悔答应他的晚餐邀约，我曾回去找过他，但他已下班，所以我就去他家，请求他不要逼我履行承诺。他大笑着，坚持让我先喝下午茶，再让一辆计程车送我回家更衣，他大约七点半钟来接我。"

"当你请求他不要勉强你履行承诺时，你以为李寇克上尉先前的威胁吓阻了他，结果他告诉你上尉不过是吓唬他罢了。"

女人明显吃了一惊。

"是的。"她低声说。

万斯温柔地对她一笑："欧斯川德上校说他曾在餐厅遇见你和班森先生。"

"没错，我觉得很尴尬，他清楚班森先生的为人，几天前还警告过我。"

"我一直以为上校和班森先生是好朋友。"

"他们以前是——直到一星期前。上校在班森先生最近主导的股票投资计划中损失比我还要惨重，他强烈地提醒我，班森先生为了自身的利益，故意误导我们。那晚在餐厅里，他甚至没有跟班森先生说什么。"

"那些陪伴你和班森先生喝下午茶的珠宝又是怎么回事？"

"贿赂。"她答，不屑的笑容比声色俱厉的指责更道出对班森的不屑与不满，"这位先生想利用它们改变我的心意，他拿出一串珍珠项链给我晚餐时佩戴，但我拒绝了。我还被告知，如果我表现良好，就能拥有像这些一样值钱的珠宝，或者在二十一日那天可以得到现有的这一批。"

"哦——二十一日，"万斯笑了，"马克汉，你听到了吗？林德的期票二十一日到期，如果付不出钱来，这批珠宝就会被没收。"

他再次对圣·克莱尔小姐说："班森先生有没有拿着珠宝去吃晚餐？"

"没有！我想我拒绝了珍珠项链挫了他的锐气。"

万斯稍停了一会儿，用讨好的口吻说："告诉我关于枪的情节——"

她根本不怕被连累："谋杀发生后第二天早上，李寇克上尉来告诉我他曾在前夜十二点三十分时去过班森的家，打算杀了他，但是他瞧见范菲先生在门外，所以打消念头返回家中。我怕范菲先生见到他，所以我要他把手枪拿到我家来，如果有人问起，就说在法国弄丢了……我真的以为是他杀了班森先生，为了怕我担心所以对我说谎。后来，当他从我这儿把枪取回并丢入河中时，我就愈加肯定了。"

她微弱地对马克汉笑了："这就是我为何拒绝回答你问题的原因，我希望你以为是我下的手，这样你就不会针对李寇克上尉了。"

"不过他根本没说谎。"万斯说。

"我现在知道了，我应该早就发现的，如果他真杀了人，他不会把枪交给我的。"

她两眼含泪："可怜的人！他去认罪是因为他认为是我干的。"

"这就是整个事件的来龙去脉，"万斯点头，"但是他觉得你的武器会是从哪里得来的呢？"

"我熟识许多军人——上尉和班森少校的朋友，去年夏天我曾因好玩，在山上练习过射击，这个条件已经够了。"

万斯站起身谦恭有礼地向她行礼："感谢你的慷慨和帮助。你知道，马克汉先生对这件谋杀案有多种不同的推测，第一，我相信他认为你是唯一的凶手；第二，是你和上尉共谋行凶；第三，上尉扣动扳机。一个法律头脑竟能够同时相信几种彼此矛盾的推论？目前这个案子最不乐观的是，马克汉先生依然相信你们两人是有罪的，不论是个人单独行动或是共谋。在我们来这里之前，我曾企图说服他，但失败了。所以我坚持要他亲耳听见由你迷人的嘴中说出来的真相。"

他走到紧抿双唇瞪着他看的马克汉面前，"如何，老家伙，"他愉快地说，"你不再坚持圣·克莱尔小姐或李寇克上尉其中一人是凶手了吧？……你会同意我的请求释放上尉吗？"

他戏剧性地伸手请求。

马克汉的怒火几乎要立马爆发，但他从容地站起身来走向那位女士并伸出手。

"圣·克莱尔小姐，"他大度地说道，我再度被他的泱泱大度折服，"我向你保证，万斯先生口中所形容的那个僵化固执的我，已经完全打消了你和李寇克上尉涉案的念头……我原谅他的口不择言，是他阻止了我对你的不公正待遇，我保证尽快签署释放文件送上尉回到你的身边。"

当我们走到河滨大道时，马克汉对着万斯吼叫："我让你那位尊贵的上尉进监狱，你又恳求我释放他，真是岂有此理！你明明知道我已经知道他们两人是无辜的——你——你这个痞子！"

万斯叹口气，"天哪，难道你不希望为这个案子尽一些绵薄之力？"他悲哀地说。

"你在那位女士前把我说得那么差劲对你又有什么好处？"马克汉口沫四溅，"我看不出你的愚蠢举动会带给你任何好处。"

"什么！"万斯大吃一惊，"今天你所听见的证词对找到真凶有莫大的助益。我们弄清楚了手套和提包的来龙去脉，出现在班森办公室的女子是何许人，圣·克莱尔小姐在午夜十二点至凌晨一点又做了些什么，还有她为什么单独和班森用餐，又为什么先和他共进下午茶，珠宝又怎么会出现在现场，上尉为何把枪交给她之后又取走，他为什么认罪……我的老天！难道这些信息对你一点用处也没有吗？它清除了许多没价值的障碍。"

他停下来点了根烟："这位女士告诉我们最重要的一点是：她的

朋友们全部知道她晚上外出时必定于午夜十二时离去。不要忘记这一点，老友，这是绝对有关的。我早就告诉过你，射杀班森之人知道在当天晚上她和他一起外出吃晚餐。"

"接下来你就要告诉我谁是凶手。"马克汉嘲笑着说。

万斯吐了一个烟圈："我一直都知道是谁杀了那个浑蛋。"

马克汉嗤之以鼻。

"天哪！这个天机又是在何时让你得知的呢？"

"噢，在我第一天早晨踏进班森家里五分钟之内。"

"好！好！为什么瞒着我？让我们省掉这么多麻烦。"

"不可能的，"万斯幽默地回答，"你当时无法接受我这些未经证实的歪论，所以我必须耐着性子牵引你，让你从黑暗的森林与泥沼中走出来，你不知道，你是多么缺乏想象力。"

他拦住一辆计程车，"西四十八街八十七号。"他告诉司机。

他信心满满地拉着马克汉的手臂："现在我们再去和普拉兹太太小谈一下，然后——我会将所有的秘密全部告诉你。"

21. 天衣无缝的启示

六月十九日，星期三，下午五点三十分。

管家对我们这天下午的到访表现得非常别扭，尽管她身形高大健壮，但是看上去好像已经丧失了力气，脸上频频浮现烦躁难安的神色。我们进去时史尼金告诉我们，她细读了报上有关这桩命案的所有报道，不断向他询问是否有更进一步的消息。

她对我们的出现感到非常意外，坐在万斯指定的椅子上，内心恐惧但又无法逃避。当万斯锐利地盯着她时，她恐惧地看了他一眼后立刻转移视线，仿佛当他们目光相遇的刹那，她一直小心隐瞒的秘密已经被他发现了。

万斯单刀直入地问她："普拉兹太太，班森先生会不会很在意他的假发——我的意思是，他会不会经常不戴假发会见客人？"

妇人似乎松了一口气。

"噢，不，他没这么做过，先生。"

"普拉兹太太，请你认真回想一下，班森先生是不是在没有戴假发时见过人？"

她想了一下，眉头蹙了起来："有一回我看见他脱下假发给欧斯川德上校看，但那是常常来这里找他的老朋友，他跟我说他俩过去曾住在一起。"

"没有别人了？"

她再一次陷入思考当中，几分钟后她说："没有。"

"他的顾客们呢？"

"他对他们特别上心……还有陌生人，"她补充说，"有时天气太热，他坐在这里脱下假发时，一定会把那扇窗的窗帘拉上，"她指着靠玄关的一扇窗，"你可以从台阶上看进来。"

"我很高兴你告诉我这一点，"万斯说，"如果有人站在台阶上轻敲窗户或铁栏杆，屋内的人能不能听到？"

"当然了，先生，肯定听得到，有一回我外出时忘了带钥匙，就这样做过一次。"

"你是否认为杀班森的凶手就是用这种方式进屋的？"

"会的，先生。"她急切地回应。

"这个人一定和班森先生极为熟悉，才会敲窗而不直接按电铃。你同意我的观点吗，普拉兹太太？"

"是的——先生。"她的声音有一些迟缓，这个问题显然越出她的能力范围。

"如果是一位不认识的人敲窗，班森先生可不可能不戴假发便迎接他入内？"

"不——他不会让不认识的人进来的。"

"你肯定当晚电铃没有响过？"

"非常肯定，先生。"回答得斩钉截铁。

"门口的台阶上是否有灯？"

"没有，先生。"

"如果班森先生向窗外看到底是谁在敲窗户，在晚上，他能不能认得出那人来？"

妇人迟疑着："我不知道——我想不行。"

"如果你不打开大门，能从屋里看清楚是谁站在外面吗？"

"不能，先生，有时我真希望能这样。"

"因此，如果那人敲窗，班森先生一定认识他的声音？"

"看来是这样的，先生。"

"你肯定没有人能够不用钥匙进来？"

"怎么可能进得来？门是自动上锁的。"

"是那种自动弹簧锁，是吗？"

"是的，先生。"

"那么一定有一个可以关上的锁孔，即使门锁上后也能够从两边打开。"

"是有这样一个锁孔，"她大声说，"但是班森先生叫人来把它弄失灵了，他说这个东西太危险——我很可能没锁好门就出去了。"

万斯走到玄关处，我听到他开门关门的声音。

"你说得很正确，普拉兹太太，"他检查回来后说，"现在请告诉我：你肯定其他人都没有家里的钥匙？"

"除了我和班森先生之外，不会有人有钥匙。"

万斯点头接受她的解释："你说在班森先生被杀那晚你没有关上卧室的门……你平时都打开的吗？"

"不，我平常都关上的，但那天夜里实在太热了。"

"那么你将门打开是非常不寻常的？"

"可以这样说。"

"如果房门和平常一般地关上，你想你可能听得见枪声吗？"

"如果我清醒时，或许；但如果我睡着了就听不到，这种老房子的门都是很厚的，先生。"

"而且都很精致美丽。"万斯赞叹。

他羡慕地看着通往玄关的两扇高大的桃花心木门："你知道吗，马克汉？我们所谓的文明就是不断破坏一切固有美丽实用的东西，然后设计一些廉价低级的替代品。所有现代文明的退步史可以从木料工艺品上得知，你看那扇古老的门，它的斜角嵌板、厚实的木料和精美的雕工，与现代成千上万机器制造的又平又薄的木板相比之下，就知我说的不假了。"

他用了不少时间察看那扇门，然后突然转身问正好奇望着他的普拉兹太太："班森先生外出吃晚餐时，是怎么处理那个珠宝盒的？"

"什么也没做，先生，"她紧张地回答，"他把它放在那张桌子上。"

"他离开后，你看见那个珠宝盒了吗？"

"是的，我本想把它收起来，后来想最好还是不要去动。"

"班森先生走后，有没有人到过门口或进屋里来过？"

"没有，先生。"

"你肯定？"

"十分确定，先生。"

他起身在室内走了几步。当他走过妇人面前时，忽然止步面对着她。

"你娘家本姓是郝芙曼吧，普拉兹太太？"

她最恐惧的事情发生了，她的脸变得毫无血色，双眼睁得特别大，张口结舌。

万斯和善地立在她面前，在她还没有恢复正常前说："最近我很荣幸见到了你漂亮的女儿。"

"我的女儿？"妇人变得结巴。

"郝芙曼小姐，你知道吧——那位金发迷人的年轻小姐——班森先生的秘书。"

妇人坐直身子，艰难地从齿缝中蹦出："她不是我女儿。"

"等等，普拉兹太太，"万斯好像对一个孩子般地指责她，"为什么要蠢笨地欺骗我们呢？你记得当我指控你对和班森先生喝下午茶的小姐有某种私人情感时，你是多么紧张吗？你怕我以为她是郝芙曼小姐……但是你为什么会这样不安呢，普拉兹太太？我想她是一个好女孩，你不能因她不姓普拉兹而姓郝芙曼就责怪她。普拉兹可以是一个地名，也可以是坠毁或爆炸之意，有时它又可能是面包或发酵的蛋糕，而郝芙曼却是王宫贵族，比发酵蛋糕要好几百倍，是吧？"

他对她露出迷人的笑容，他的态度让她平静下来。

"不是这样的，先生，"她争辩，"是我要她用这个姓氏的，在这个国家，任何一个聪明的女孩都可能变成一位华贵的淑女，只要给她机会，另外——"

"我当然了解，"万斯愉快地接口，"郝芙曼小姐聪明有智慧，你怕别人知道她的母亲是管家后会挡了她的成功之路，所以你为了她的前途而自己隐姓埋名，真的很了不起……你的女儿自己一个人住吗？"

"是的，她住在莫尼塞丘，我们每星期都会见面。"声音几乎听不见了。

"当然——我相信只要有机会你们肯定见面……你是不是因为她是班森先生的秘书才做了管家工作？"

她抬起头，眼中露出一点痛苦的神色："是的，先生。她告诉我他是一个什么样的人，他经常要她晚上到家里来加班。"

"你渴望能够在这里保护她？"

"是的，先生——就是这样。"

"案子发生的第二天早上，马克汉先生问你班森先生家中有没有枪时，你为何那么紧张？"

妇人移开目光："我——没有紧张。"

"你有，普拉兹太太，我可以告诉你为什么，你怕是郝芙曼小姐射杀了他。"

"不，先生，不是的，"她开始哭泣，"我的女儿那天晚上根本没来这里——我发誓——她不在这里……"

她不停地颤抖，一个星期来的紧张情绪终于令她崩溃，她看起来十分无助。

"好了，好了，普拉兹太太，"万斯安慰她，"没有人认为郝芙曼小姐与班森先生之死有任何关联。"

她仔细看着他的表情，起先她不肯相信——显然是她心中长期恐惧的结果——他花了十五分钟的时间，费尽唇舌解释自己所言全部是真的。终于，当我们离开时，她的情绪慢慢稳定。

我们前往史杜文生俱乐部途中，马克汉聚精会神地沉思，一言未发，访问普拉兹太太后所推论出的新的事实令他再一次陷于难以捉摸中。

万斯抽着烟，不停转头看着两边经过的建筑物，我们往东行经四十八街，当车子经过纽约圣公会教堂时，万斯命司机停车，并坚持要我们多看几眼。

"基督教，"他说，"几乎光看他们的建筑即可分辨，仅有少数例外，全城之中看了最不碍眼的只有教堂。美国人建筑美学的信条是：硕大便是美。这些中间有长方形洞的大型盒子称之为摩天大楼，美国人崇拜的是它们的高耸巨大，一个有四十层的盒子应该比二十层的盒子漂亮两倍，是这么算的吧？……看看对街那幢只有五层楼高的建筑物，它比全城中任何一栋摩天大楼都漂亮、令人印象深刻。"

在前往俱乐部途中，万斯仅间接提到一次对于谋杀案的看法。

"马克汉，善良的心肠比冠冕还要来得宝贵，我今天做了一件好事，自己认为应该得到嘉奖。普拉兹太太今晚可以睡个好觉，她害怕秘密被揭穿而担心好一阵子了，她是一位勇敢坚强的老妇人，无法想象未来的贵夫人被人怀疑……纳闷她为什么要这么担忧？"他狡狯地瞅了马克汉一眼。

直到我们吃过晚餐后才重拾这话题，我们将椅子拉开，望向麦迪逊广场上的树梢。

"马克汉，"万斯说，"现在抛下所有成见，公平地看待这件案子——如同你们律师一向强调的……我们现在知道当你提起武器时普拉兹太太为什么那么紧张，以及我认为她对班森喝下午茶的同伴有私人感情时，她为何坐立难安。这两个谜题已经解开了……"

"你是如何发现她和那女孩的关系的？"马克汉突然插口问道。

"用我的眼睛啊，"万斯责备地看了他一眼，"记得我们初次与那位年轻小姐见面时，我频向她送秋波——算了，我原谅你……你记得我们讨论过头盖骨的问题吗？我一见到郝芙曼小姐，就发现她在头形、颧骨、下巴和鼻子方面非常像班森的管家……然后我注意到她的耳朵，普拉兹太太的耳朵上端极尖，没有耳垂，这种耳形是会遗传的，所以当我看见郝芙曼小姐有相同的耳朵后，立刻确认她们之间的关系。当然，还有其他相似之处，肤色、高度——她们两人身形都算高大，肩膀窄，手腕脚踝很细小，臀部……郝芙曼是普拉兹娘家的姓氏我是这么猜的，但这已经无关紧要了。"

万斯在椅子上挪了挪身子，让自己坐得更舒服："现在用你的法律思维想想……我们假设在十三日午夜十二点半，凶手来到班森家中看见客厅的灯光，轻轻敲窗户，立刻被允许入内……你认为来者是个怎样的人？"

"与班森极为熟悉的人，"马克汉回答，"但这个事实对我们没什么帮助，我们不可能逮捕他每一个熟人。"

"范围比这个还小，老友，"万斯说，"凶手是班森的好朋友。至少，在他面前班森不在意自己的形象，脱掉的假发就是明显的证明。你知道假发是每个秃头的风流中年人不可或缺之物，你也听见普拉兹太太的话，在一个送杂货男孩面前都刻意隐藏秃头的班森，会以毫无光彩的面貌出现在不熟识的人面前吗？另外，他还脱下一排假牙。再有，他服装不整，穿了一件旧外套和拖鞋，想象一下这些场景，我亲爱的老友……你认为有多少人能够令班森完全不在乎自己的外貌？"

"也许有三四个，"马克汉回答，"但是我不能将他们全部逮捕。"

"如果可以，你一定会这么做，但这是没必要的。"

万斯从烟盒中又取了一支烟，接着说道："还有许多有利的启示，例如，凶手一定熟知班森家中的格局，他知道管家的卧房和客厅之间有一段距离，关上房门不可能听见枪声；他一定也知道在那段时间内屋子里没有其他的人。别忘了，班森十分熟悉他的声音，因为害怕窃贼闯空门和上尉的威胁，若稍有怀疑他就肯定不会让人进屋子里。"

"这是一个合理的推论……还有呢？"

"珠宝。马克汉，你有没有想过？那天晚上班森回家时还在桌子上，第二天清晨就不见了，所以很明显是凶手把它拿走了……或许它是凶手造访的原因，若真的是这样，谁会知道那些珠宝在班森家中？而谁又非常想得到它们？"

"没错，万斯，"马克汉缓慢地点头赞同，"你说中要点了。我一直对范菲有强烈的不安，今天下午几乎要下令逮捕他，但希兹带来李寇克自首的消息。证实那是谎报之后，我的怀疑又重新回到他身上，我今天下午不曾提起的原因是想听听你的意见，你刚才所说的一番话和我的想法完全吻合，范菲就是真正的凶手——"

他突然将跷着的腿放下来："真有你的，你竟然让他从我们手上跑了。"

"别生气，亲爱的，"万斯说，"我想他和范菲夫人在一起很安全，跑不掉的，再加上你的朋友班·汉伦先生追捕逃犯很有一手……先放过范菲好了，你现在不需要他——而明天，你更不会需要他。"

马克汉疑惑了："这是什么意思？我不会需要他？为什么？"

万斯慵懒地解释："他个性乖僻又不可爱，长得也不俊，除非必要，我可不希望他在我旁边出现……附带说一句：他不是凶手。"

马克汉迷惑地忘却了发火，他看着万斯足足有一分钟之久："我不明白你在说什么，如果你认为范菲无罪，那么看在老天的分上，你觉得到底谁有罪？"

万斯低头看了一下表："明天来我家吃早餐，把希兹搜集来的不在场证明带来，我会让你知道谁杀了班森。"

万斯的语气震动了马克汉，他知道除非万斯有十足的把握，不然不会作出这样的承诺，他太了解万斯了，所以不会轻视或忽略这样的宣告。

"为何现在不能告诉我？"他问。

"不好意思，"万斯道歉，"今晚我要去听管弦乐演奏，你最好一起来，音乐可以缓解你紧张的情绪。"

"我不去，"马克汉埋怨，"我需要的是一杯苏打白兰地。"

他陪我们下楼搭乘计程车。

"明天早上九点钟去我家，"我们坐进车内时，万斯说，"晚一点再去办公室，记得打电话给希兹要那些不在场证明。"

当车子快要开动时，他将身子探出窗外："喂，马克汉，你觉得普拉兹太太的身高是多少？"

22. 万斯理论

六月二十日，星期四，上午九点。

第二天早上九点钟，马克汉准时抵达万斯寓所。他情绪欠佳，一坐定之后便开口说："听着，万斯，我想知道昨天分别前你所说的那些话是什么意思。"

"吃点蜜瓜，朋友，"万斯说，"这是从巴西进口的，非常可口，但请不要用盐或胡椒混淆了它的味道，这是个不可思议的举动。但与在蜜瓜上加冰激凌一比就有所不及了，美国人滥用冰激凌至令人难以相信的地步，他们把冰激凌加在派上面、放汽水里、做成巧克力糖、冰激凌夹心饼干，有的时候甚至用来代替奶油……"

"我想知道的是——"马克汉刚开口，万斯马上打断他。

"你知道普通人有多少关于瓜的错误想法，瓜只有两个品种——甜瓜和西瓜，早餐食用的属甜瓜。但是人类有自己的想法：费城的人称所有的瓜都是蜜瓜，这种哈密瓜的品种最早是从意大利……"

"真有趣，"马克汉不耐烦地说，"你昨天晚上说的是什么意思——"

"吃完蜜瓜后，柯瑞特意为你准备了一份早餐，这是我花了数月工夫研究出来的食谱，还没想到给它取一个什么样的名称，或许你可以提供一个适当的建议……这是用切碎的熟蛋、盐味芝士、艾属香草搅拌打成糊状，把碎杏仁果铺在法式薄饼内卷起，之后用甜牛油煎。"

"听起来十分美味，"马克汉的声音缺乏热情，"但是我来这里的目的不是上烹调课。"

"你知道吗？你轻视了口腹之欲的重要性，"万斯继续说，"食是一个人智慧的指标，是衡量这个人性情资质的标准，野蛮人有野蛮人的煮食法，在人类开始时，魔鬼下了诅咒，让他们得了消化不良症。人类开始研究烹饪后，就进化为文明人了，当他达到美食艺术的极致时，他的文化和智慧亦同时到达顶端。美国人这种无味缺乏变化的烹调手法实在是一种倒退。马克汉，一道美味的浓汤比贝多芬降 C 大调交响曲还要高贵……"

马克汉对万斯早餐席上的讲话内容完全不感兴趣，他几次想将话题转移至命案上，但万斯完全不理会他，直到柯瑞收走全部餐盘之后，他才谈起马克汉来此的目的。

"你把不在场证明的报告都拿来了吗？"这是他的第一个问题。

"昨天晚上你走后，我花了五个小时才找到希兹。"

"真惨。"万斯回答。

他走到书桌那里，从抽屉中取出一份写满了字的纸张递给马克汉："我希望你仔细看一遍，然后告诉我你的看法。这是昨夜我听完音乐会后写的。"

后来我将这份文件保存起来，和其他有关班森命案的资料放在一起。以下就是文件上记载的文字：

假设

安娜·普拉兹太太于六月十三日深夜枪杀了艾文·班森。

地点

她住在凶案现场处，并承认案发时人在现场。

机会

她和班森两人单独在屋里。

所有的窗户都装了铁栏杆或被锁上，大门锁上，没有其他入口。

她很自然地出现在客厅，可能装作问班森一些关于家务的事。

当时他正在看书，因此他不一定会抬头看站在面前的她。

还有谁能够和他如此亲近并射杀他而不会引起他的戒心？

他不会在意自己在管家面前的模样，他已习惯让她看见自己除去假发和假牙后的模样。

因为住在屋里，她有机会选择最适当的犯罪时机。

时间

她等候他回来，尽管她不承认，但他可能告诉过她返家的时间。

当他回到家并换上旧夹克，她清楚他不会再有来访的客人。

她选择他回家后不久动手是因为要让状况看起来他有可能偕伴返家，而那个人杀了他。

方法

她用了班森的枪，毫无疑问，班森不只有一把枪，正常情况下他应该把枪放在卧室而非客厅。

在客厅内找到一把枪，因此很可能还有一把在卧室。

身为管家，她知道楼上的枪隐藏在何处，当他下楼看书时，她将枪藏在围裙中下了楼。

作案后她将枪丢弃或藏了起来，有一整夜的时间处理它。

当被问到班森家中是否有武器时她非常害怕，是因为她不能确定我们是否知道卧房中有另一把枪。

动机

她之所以做管家是因为她怕班森对她女儿心怀不轨，当她女儿在晚上到他家加班时，她总是在附近偷听。

近来她发现班森存心不良，她觉得她的女儿处境十分危险。

像她这样一个为女儿前途而牺牲自我的母亲，肯定会为拯救女儿而毫不犹豫地杀人。

还有：那些珠宝，她将它们藏匿起来留给女儿。班森可能将它们留置在桌子上便外出吗？

如果他将之收起来，除了熟悉屋内情形并有大把时间的她以外，还有谁能够找得到？

行为

她曾隐藏圣·克莱尔来喝下午茶的事实，后来解释成因为知道她与命案无关故不希望将她牵扯进来，这是女性的直觉吗？不！她知道圣·克莱尔是无罪的，除非她自己有罪，她的母性使她不愿见到一个无罪之人成为嫌犯。

她承认听见枪声，那是因为若她不承认，现场实验的结果可以证明客厅里的枪声能够直达她的房间，这样会增加她的嫌疑。一个被吵醒的人，会开灯看时间吗？并且如果她听见屋内有枪声，难道她不会起身察看或者报警吗？

第一次问话时，很明显地看出她极不喜欢班森。

她每一次被问话时，忧虑明显加重。

她有精明、固执、冷静的日耳曼民族特性，很可能计划并进行这样的谋杀。

身高

她大约五尺十寸高，跟经过证明后凶手的身高差不多。

马克汉仔细研读这份纲要约十五分钟，读完后又静坐了十分钟。

他站起身在室内来回踱步。

"这不是合法的法律文件，"万斯说，"但我相信即使是一个大陪审团也看得懂，当然你可以再次整理，用毫无意义的文句和艰深的法律名词给修饰一番。"

马克汉并未马上回应，他站在法式窗前望着外面的街道，过了一会儿，他开口："是的，我相信你成功地破案了……了不起！我一直不知道你在想些什么，还认为你昨天侦讯普拉兹太太的举动是毫无意义的。我必须承认从来没有怀疑过她，班森一定做了什么，让她有杀人的动机。"

他转过身低着头，双手背在身后慢慢地向我们走来："我不要拘捕她……我从不认为她和命案会有什么关联。"

他在万斯面前停下来，"但你最初也没想到会是她，你不是曾夸口说进班森家五分钟后便猜出凶手是谁。"

万斯愉快地笑了，仰倒在椅子上。

马克汉开始怒气冲天了："妈的！命案发生后第二天，你告诉我不论证据显示些什么，凶手不可能是女人；还大声疾呼说了一大堆心理因素、手法等只有上帝才听得懂的胡说八道。"

"不错，"万斯依然微笑着低声说道，"不是女人动的手。"

"不是女人杀的？"马克汉怒气冲天。

"噢，亲爱的，肯定不是。"

他指了指马克汉手中的纸："这只是个小骗局罢了……可怜的普拉兹太太，她像羔羊一般无辜。"

马克汉将纲要用力扔在桌面上坐了下来，我从未见过他像现在这么生气，但他控制得令人佩服。

"亲爱的老家伙，你知道，"万斯平静地说，"我一直想证明给你看，你利用实质的证据是多么愚蠢不可靠。我其实蛮为自己骄傲的，你绝对可以凭这份纲要成功地起诉普拉兹太太。但是，就如同你们至高无上的法律一样，充满着似是而非和错误百出的理论……间接证据是最无稽的，它的理论和目前民主法治的社会完全相悖。民主的学说是：如果你能够从舆论中领受原来不知道的事物，就会变得聪明有智慧；间接证据的理论是：只要你搜集了足够的微弱证物，就可以成为无法被质疑的事实。"

"你今天让我来的目的是让我听你那篇法律理论的演说吗？"马克汉冷淡地问。

"噢，不，"万斯活泼地回答，"但是在你接受我的忠告前应该先有心理准备，因为我并不用实质或间接的证据指控真凶。但是，马克汉，我对他有罪的把握和知道你在椅子上计划如何才能成功地折磨并杀死我而不需承担法律刑责一样多。"

"假如你没有证据，结论又是如何得来的？"马克汉以挑衅的语气问他。

"完全凭着心理解析——就是称为个人行为可能性的科学。一个人的心理如同一本书一样让人一目了然。"

马克汉轻蔑地看着他："我想你希望揪着这个人的胳膊上法庭，告诉法官说：'他是杀害艾文·班森的凶手，我没有什么证据可以指控他，但我希望你判他死刑，因为我们伶俐又聪明的朋友菲洛·万斯先生说他有邪恶的天性。'"

万斯耸耸肩："假如你不逮捕凶手，我也不会悲伤难过，但站在人道主义的立场上最好告诉你他是谁，省得你不停追捕那些无辜之人。"

"好啊，告诉我，然后我可以接着做我该做的事。"

我肯定马克汉心里从未怀疑过万斯确实知道谁是杀害艾文·班森的凶手，但直到那天早晨他才真正理解万斯让他在数日前坐立不安的原因。在他终于明白后，他原谅了万斯，而当下他的怒气却无法控制。

"在我让你知道那位先生的姓名之前，有几件事必须先办妥，"万斯告诉他，"首先，让我瞧瞧那些不在场证明。"

马克汉从口袋中取出一沓打字文件递给他。

万斯理理他的单眼镜，仔细阅读那些文字，然后他走向室外，我听见他在打电话，当他重回室内后，又重新看着那些报告。他在其中一页上反复观看，好像在衡量它的可能性。

"这里有一个可能，"最后他眼睛望着壁炉，口中嘀咕着。

他又看了一遍报告，"我看到在十三日那天夜里，欧斯川德上校和布朗克斯区市议员莫瑞提同赴位于四十七街上的戏院观看午夜场歌舞剧的演出，他们在午夜前不久到达，整出戏看完凌晨两点半结束……你和这位议员熟吗？"

马克汉敏锐地看着对方的脸："我曾见过莫瑞提先生，他又怎么了？"我从他的声音中听出故意压抑的兴奋。

"平常一个布朗克斯区市议员早上都在什么地方？"万斯问。

"应该在家里，也可能在山姆俱乐部……有时候要赴市政府开会。"

"天哪——这是个最不适合政客的活动。你可否查明一下莫瑞提现在是在家中还是在俱乐部？如果不太麻烦的话，我想跟他聊聊。"

马克汉的眼光在万斯脸上转了一会儿，然后什么也没说到书房打电话。

"莫瑞提先生在家，正要去市政府，"他回来后宣布，"我请他赴市区途中经过这里稍微作个停留。"

"我希望他不会让我们失望，"万斯叹气，"但值得一试。"

"你在猜谜语吗？"马克汉问，问题既不幽默也不自然。

"相信我，老家伙，我不是想把事情弄得更复杂，"万斯说，"给我一些你一向慷慨付出的信心，在中午以前我会把凶手交给你，但是我要你承认他是凶手的事实，我相信这些不在现场证明对我十分有用……一个不在场证明——正如我最近告诉过你——是一个复杂并危险的东西，它可能带来严重的嫌疑。没有不在场证明并不表示什么。我在这些报告中看见郝芙曼小姐在十三日夜里就无法提供不在场证明，她说去看了一场电影之后就回家了，但没有人曾看见过她，她有可能去了班森府上探访母亲，看起来非常可疑吧？即使她去了，那天晚上她唯一的罪过就是太过于孝顺……换言之，这里有一些其他的不在场证明轻松即可揭穿，我知道其中之一是伪造的。所以请做一个有耐性的好人，最重要的是将这些不在场证明必须详细地再研究一遍。"

十五分钟后莫瑞提到了，他是个二十余岁严肃英俊穿着讲究的年轻人——和我想象中的市议员不同——说得一口流利纯正的英语，几乎完全听不出布朗克斯区的口音。

马克汉介绍我们相互认识，并简单地说明请他来此的原因。

"昨天一位刑事局的探员才问过我同样的问题。"莫瑞提说。

"我们看过报告，"万斯说，"但是太模糊了，可否请你详细告诉我们那天晚上你和欧斯川德上校碰面后都做了哪些事？"

"上校请我吃晚饭和看戏，我们约十点钟在餐馆碰面，饭后大约在午夜十二点之前到达戏院，在那里一直到凌晨两点三十分，我陪上校走路返回他的公寓，进去喝了一杯酒，闲聊了一会儿，大约早上三点半搭地铁回家。"

"昨天你告诉探员，你们在戏院坐的是包厢？"

"是的。"

"在整个表演期间，你和上校是不是都不曾离座？"

"不，第一场结束后，我的一位朋友到包厢来打招呼，上校去了洗手间。一到第二场结束时，上校和我则去外面的走廊上抽烟。"

"第一场结束具体是在什么时间？"

"大约十二点三十分。"

"走廊在什么位置？"万斯问。"我记得是在靠街的那一边。"

"没错。"

"靠近包厢处不是有一个直接通往走廊的出入口吗？"

"是的，那天晚上我们就是从那里走到走廊。"

"第一场完了后，上校去洗手间多长时间？"

"几分钟——我不能确定说到底是几分钟。"

"他在第二场开始时回来的？"

莫瑞提思考了一下："我想不是，我想他在第二场表演开始后几分钟才回来。"

"有没有十分钟？"

"我不能确定，绝对不超过十分钟。"

"如果加上中场休息的十分钟，上校可能离开了二十分钟之久？"

"没错——有可能。"

访谈到此结束，莫瑞提走后，万斯靠在椅背里一边思考一边抽烟。

"意料之外的收获！"他下结论，"你知道那间戏院就在班森家的转角处，你了解当时的情形了吗？……上校邀一位市议员观赏午夜场的戏剧演出，选的却是靠近通往走廊出口的包厢座，十二点半之前他离开包厢，经由走廊偷偷溜往班森家，被允许进入之后杀了班森，然后赶回戏院，二十分钟也够了。"

马克汉坐直身子但并没有说话。

"现在，"万斯接着说，"我们来看看一些已经证实的事……圣·克莱尔小姐曾告诉我们，上校指控班森耍诈以至于他在班森操纵的投资中有了严重的损失，他和班森冷战已经有一星期之久，显然他们之间闹得十分不愉快。他在餐馆看见圣·克莱尔小姐和班森在一起，知道她必于午夜十二点返家，所以他溜出戏院在十二点半时下手，可能他原本打算迟一点，大约一点三十分到两点间再动手。身为陆军军官，他拥有一把柯尔特点四五口径的手枪，而且可能还是个神枪手。他迫切地希望有人成为这桩命案的代罪羔羊——他不在乎是谁，还打电话给你询问此事。他是少数几个班森在衣冠不整时情愿见的人之一，他和班森相交十五年，普拉兹太太曾见过班森在他面前除去假发。另外，他一定很清楚屋内的隔间，毫无疑问，当他带领他的老朋友经历纽约市灿烂的夜生活后，一定在班森家中留宿过无数次……你对这一切有什么看法？"

马克汉一直在室内走来走去，双眼几乎合上："原来这就是你一直对上校兴趣盎然的原因——不停地问人是否认识他，又邀他共进午餐……你最初是怎么认定他有罪的？"

"有罪！"万斯惊呼，"那个没用的蠢蛋有罪！马克汉，你的想法真是太荒谬了。我相信那天晚上他是去洗手间梳眉毛整理妆容，你知道吗？舞台上的女演员立马就会看见坐在包厢中的他。"

马克汉忽然止步，面色一沉，双眼冒火，在他尚未破口大骂前，万斯平静地开口说："我在碰运气。上校是那种老派的纨绔子弟，绝对会到洗手间去打扮自己——你知道，我宁愿相信这个事实……天哪！除了你十分不快之外，我们今天早上可是大有进展，你现在有五个嫌犯，只须用上一点法律手段，就能够成功地起诉其中任何一人。"

他将头往后靠："第一是圣·克莱尔小姐，你曾经一度确定是她做的，并告诉少校已准备下令逮捕她，如果能够成功地推翻我对凶手身高所做的推测实验，法官一定会采信你的说法。其次，是李寇克上尉，我得用极大的力量才能阻止你逮捕这个家伙入狱，就拿他那篇精彩的自白书来说吧，你有足够的证据指控他，而且即使你遇上困难，他会帮助你，因为他巴不得你判他有罪。第三是林德·范菲，你成功起诉他的机会比任何人都要大——许多完美的间接证据，任何一位陪审员都会乐意判他有罪，至于我自己，光凭他穿衣的品位就会毫不迟疑地判他有罪了。第四，我骄傲地提出普拉兹太太，另一件间接证据充足的案子，从线索中推衍出来的结论不容置疑。第五是上校，我刚刚才排练了一遍指控他的演出，如果再多给我一点时间，我可以再精心谋划一番。"

他停下来对马克汉亲切地笑了笑，"请仔细观察，这五个人全都符合有罪的假设，每一个人在方法、机会、时间、地点、动机和行动各方面都符合法律上逮捕的要件，唯一的问题就在：这五个人全部都是无辜的，实在烦死人了。如果嫌疑最大的人居然是无辜的，那该怎么办？……实在令人郁闷，不是吗？"

他拿起不在场证明的报告，"除了继续调查这些证词之外，没有其他的办法。"

我不明白他在这些没关系的枝节上大做文章有何目的，马克汉更是一头雾水，但我们两人都相信他的疯狂行为背后一定有很好的理由。

"现在，"他想了一下说，"下一个人是少校，应该如何对付他的证词？我想用不了多少时间。他就住在附近，他不在场证明的关键人物就是公寓的晚上管理员，来吧！"他站起身。

"你如何知道管理员现在在哪里？"马克汉反对。

"我刚才打过电话，清楚他在。"

"这实在是太胡闹了。"

万斯拉着马克汉的手臂，故意把他往门口拖。

"是的，"他同意，"但是我经常告诉你，你把一切事情都看得太严肃了。"

马克汉竭力反抗，试图将手臂从对方掌控中挣脱出来，但万斯意志坚决，经过一阵挣扎，马克汉屈服了。

"我就快不必忍受你这些欺骗的手段了。"他咆哮着钻进一辆计程车。

"我已经基本上用完了。"万斯说。

23. 调查一个不在场证明

六月二十日，星期四，上午十点三十分。

班森少校的公寓位于西四十六街，介于第五、六大道之间，是栋小型隐秘的单身公寓，入口简单高贵与街道齐平，比人行道高出两个台阶。进入大门后是一个又窄又长的甬道，左侧有一个接待室，电梯在后面，电话总机在楼梯底电梯旁。

我们到达时，两位穿着制服的年轻人正在当班，一位立在电梯旁，另一位坐在总机前担任接线生。

在进门处万斯拉住马克汉："有人在电话中告诉我，十三日当晚他们其中一个刚好当班，去看看是哪一个，用你尊贵的检察官官帽吓唬他一下，然后把他交给我。"

马克汉勉强地走进去。

经过简单的讯问之后，他将其中一位年轻男孩带到接待室里，直截了当地跟他说明来此的目的。

万斯以一副早晓得对方会说些什么的自信开始发问。

"班森少校在他弟弟被枪杀的那晚是几点钟回到家的？"

男孩的眼睛睁得特别大，"十一点左右回来的——百老汇秀结束后。"他仅仅迟疑了一下便如此回答。

万斯："我猜测他一定跟你说过话吧？"

男孩："没错，先生。他告诉我刚从戏院回来，表演差劲透了，害得他的头很疼。"

万斯："他一个星期前说的话，你为何记得这么清楚？"

男孩："为什么，因为他弟弟在那天晚上被人枪杀了！"

万斯："因为谋杀案的关系，以至于你很自然记得班森少校的每个举动？"

男孩："是呀——他是被害人的哥哥。"

万斯："他回来时，有没有特别提到当天的日子？"

男孩："没有，他只说大约因为是十三日的缘故，他才不幸地选了一个烂节目。"

万斯："他还说了其他的吗？"

男孩："他说他要让十三日成为我的幸运日，把口袋中全部的零钱都给了我。"

万斯："一共是多少钱？"

男孩："三块四角五分。"

万斯："之后他就回到自己的房间了？"

男孩："没错，先生，我送他上去的，他住三楼。"

万斯："那天晚上他有没有再一次外出？"

男孩："没有，先生。"

万斯："你如何知道？"

男孩："我肯定会看见他，整个晚上我不是在接电话就是开电梯上上下下，我没理由没看见他走出去。"

万斯："你当时一个人当班？"

男孩："晚上十点以后仅剩我一个人当班。"

万斯："除了经由大门，否则无法出去？"

男孩："没错，先生。"

万斯："你再一次见到班森先生是什么时候？"

男孩："他打电话来让我送一些碎冰，我拿上去的。"

万斯："什么时候？"

男孩："我想不起来了……对了，我想起来了，是十二点半。"

万斯："是不是他当时问你几点钟了？"

男孩："你怎么知道，先生，他让我看他客厅里的钟。"

万斯："他是怎么说的？"

男孩："我拿冰块上去时，他已经上床准备睡觉了，他要我把冰块放到客厅的水壶里，我正如此做的时候，他叫我看放在壁炉上的钟指着几点，说他的手表停了他要再一次调整时间。"

万斯："他还说了什么吗？"

男孩："没有，他只说不论谁打电话给他都不要叫他，他想睡觉了，不想被打搅。"

万斯："他尤其强调这一点？"

男孩："他的意思正是这样。"

万斯："他还说了其他的吗？"

男孩："没有，他只说了声'晚安'就把灯关掉，我也就下楼来了。"

万斯："他关的是哪盏灯？"

男孩："他卧室里的。"

万斯："从客厅里能否看见他卧房里的情况？"

男孩："没办法看清，卧室在走廊的另一端。"

万斯："那你怎么知道他关灯的呢？"

男孩："卧室的门没关，里面的灯光照在地上。"

万斯："你出去时有没有经过卧室？"

男孩："当然——必须经过它才可以出去。"

万斯："门依然开着吗？"

男孩："没错。"

万斯："那是卧室里仅有的一扇门吗？"

男孩："是的。"

万斯："当你经过卧室时，班森少校在哪里？"

男孩："在床上。"

万斯："你如何知道？"

男孩："我看见他躺在床上。"

万斯："你确定他没有下楼？"

男孩："我告诉过你，如果他下来我肯定会看到他。"

万斯："他可不可能在你开电梯上去时下楼了，而你没有看见他？"

男孩："当然有可能，但我拿了碎冰给班森少校后就没再开过电梯，一直到凌晨两点半莫托古先生回来后。"

万斯："在你拿冰块上楼给班森少校到莫托古先生凌晨两点半回来中间这段时间里，你没有用电梯载任何人上去？"

男孩："一个人也没有。"

万斯："这段期间你也没有离开过？"

男孩："我一直坐在这里。"

万斯："那么你最后一次看见他是午夜十二点半在他床上？"

男孩："是的——一直到第二天清晨有人打电话说他弟弟被人杀了，大约十分钟后他下楼出去了。"

万斯："好了，但是你不能告诉任何人我们曾来过，否则你很可能被抓起来——明白吗？……你现在可以回去工作了。"

男孩走后，万斯恳求似的看着马克汉："老家伙，为了保障社会公理和正义，现在你必须再度做出与平日本性相悖的行为，粗俗一点说就是：我要马上潜进少校的公寓。"

"为什么？"马克汉抗议地喊道，"你是不是昏了头？男孩的证词没有任何漏洞，也许我很愚蠢，但我还能辨别一个证人说的是否是实话。"

"他所说的肯定全是实话，"万斯平静地表示同意，"所以我才想亲自上去一趟，来吧，马克汉，少校不可能在这个时候忽然回家……还有，"他笑了，"——你曾答应过我会给我任何协助，莫非你忘了吗？"

马克汉强烈地拒绝，而万斯也十分坚持，几分钟后，我们已经偷偷进入班森少校的公寓里。

从公用走道通过仅有的入口进去，房里有一条狭长的甬道可以直通后面的客厅，卧室在甬道上靠近门口的右边。

万斯径直进入客厅，右墙上有一座壁炉，壁炉架上摆着个桃花心木做成的古董时钟，壁炉架旁的角落里有张小桌子，上面放着六只高脚杯和银制水壶。

"这就是刚才提到过的钟，"万斯说，"这是男孩放冰块的水壶——用仿雪弗耳银铜合成板做的壶。"

他站在窗户前往下看后院，高度大概是二十五至三十尺。

"少校没可能从窗户逃脱。"他指出。

他转过身来看着那条甬道，"如果门是打开的，那男孩可以轻易看到卧室内的灯关掉，甬道两旁白墙上的反光异常闪眼。"

他返回卧室，对门处摆张床，床头柜上放了一盏灯，他坐在床沿仔细研究，并用手拉开关的铁链，他专注地望着马克汉。

"你猜少校怎样在不让男孩知道的情况下离开这里？"

"飞出去的吧，我想。"马克汉回答。

"差不多和飞一样，"万斯回答，"听着，马克汉，少校在午夜十二点半打电话要冰块，当男孩拿上来时，他从开着房门的卧室外面看见少校躺在床上，少校要他把冰块放在位于客厅的水壶里，男孩通过甬道，穿过客厅走到角落的桌子前，然后少校要他看壁炉架上的钟现在指着几点。男孩看了：十二点半，少校又跟他说不再希望被打搅且道了晚安，关掉床头的灯，从床上跳下来——当然早已穿戴整齐——

在男孩尚未将全部冰块倒进水壶前快速地走到走廊上，在电梯还没有降下时，少校利用楼梯快跑到外面街上。那男孩，当他经过卧室门口出去时，无法知道少校是不是还在床上，因为那时室内已然漆黑一片，清楚吗？"

"当然是有这种可能，"马克汉承认，"但你这些似是而非的想象还是无法证明他是怎么回到自己卧室里去的。"

"这是整个计划中最容易的一件事，他只须在对街等其他住客回来。男孩说一位莫托古先生于凌晨两点半返回，少校趁机偷偷跑进来，等电梯上去时，他再爬楼梯上楼。"

马克汉忍住笑，不再说话。

"你知道了吧，"万斯继续说下去，"少校苦心经营，令男孩对日期印象深刻，先是烂表演节目——头痛——不幸的一天，为什么如此倒霉呢？当然因为是十三日的缘故。但对男孩却特别幸运，一大堆零钱——全是银币，难道仅仅单纯的给小费吗？为什么不给张一元纸钞呢？"

马克汉的表情严肃但声音仍然平和冷静："我认为你指控普拉兹太太的理由最为合乎常理。"

"不过我还没说完，"万斯站起来，"我打算找出凶枪。"

马克汉用十分怀疑的眼光看着他："那当然会是一个最有价值的证物……你真的认为能够找得到？"

"非常容易。"万斯愉快而肯定地回答。

他走到五斗柜前开始将抽屉一一拉出来，"这间屋子的主人没有把手枪留在艾文家中，他小心谨慎的性格一定不会随便丢弃。身为少校，他一定拥有一件这样的武器，事实上，可能有些人早就知道他有一把枪。如果他是无罪的——如同他自己认定的一样——那么枪一定还在原来的地方，因为它的消失比现身更加令人怀疑。这里还涉及一个非常有趣的心理因素，无辜者因害怕被误认为凶手，通常都会把枪藏起来，或将之抛弃——例如李寇克上尉。但是一个有罪之人，为了造成无辜的假象，通常一定会把枪放到原来的地方。"

他仍在五斗柜的抽屉里寻找，"我们现在唯一的难处是找到少校通常的藏枪处……不在五斗柜里。"他关上最后一个抽屉。

他打开放在床脚前地上的一个旅行包，察看里面的东西，"也不在这里，现在看来衣橱是唯一可能的地方了。"

他过去拉开衣橱的门，慢条斯理地打开里面的灯，清楚地看见在上层木架上放着一条军用的皮带带着凸起的枪套。

万斯谨慎地将它拿起来，放在靠窗边的床上。

"就在这里了，老家伙，"他快乐地宣布，"请特别注意看，这整条皮带和枪套都布满了灰尘，只有枪套上方盖住枪的那一块垂下物是洁净的，表示最近曾经被打开过……当然这不是决定性的，但是你是这样偏好证据，马克汉。"

他小心谨慎地把枪从枪套中取出。

"你看，枪本身也没任何灰尘，我猜想最近一定有人清理过。"

他的下一个动作是把手帕的一角塞进枪管中，之后拉出来。

"看见了吗？甚至枪管里面都是干净的，我愿意用收藏的水彩画跟你打赌，里面子弹一颗不少。"

他在长桌上将弹匣卸下来，一排子弹整整齐齐地排列在我们眼前，一共七颗——满膛。

"马克汉,我再次献给你一个宝贵的证据,长时间留在弹夹内的子弹会褪去光泽,并非因为枪膛内密不透风,而是一盒全新的子弹若密封得很好,可以长时间保持光泽。"

他指着从弹匣中倒出来的第一颗子弹,"仔细看看这颗子弹——最后装入弹匣内的子弹——比其他几颗都要光亮。这是颗全新的子弹,最近才被装入弹匣内。"

他直直地看着马克汉的眼睛,"它取代了现在在海契杜恩队长手里的那颗子弹。"

马克汉快速地抬起头来,想让自己从催眠状态中醒过来:"我依然认为你所写的指控普拉兹太太那份纲要才是你的智慧结晶。"

"我对少校杀人的事实几乎已经有足够的把握。但首先,我要先给你来一段讲解……少校如何知道他弟弟艾文在十三日那天晚上于午夜十二点半返家?因为他听见艾文邀请圣·克莱尔小姐共进晚餐——记得郝芙曼小姐所说关于他偷听谈话的事吗?他还听见她说一定要在午夜前离去。昨天我们离开圣·克莱尔小姐公寓后,我曾说过她的一些话可以帮助我们将凶手绳之以法,指的就是她于午夜前必须回家这个事实。少校知道艾文将于十二点半左右返抵家门,同时他也肯定不会有旁人在那里出现,也许他已经在那里等他回来……他的弟弟愿不愿意衣冠不整地出现在他面前?答案是愿意。他轻敲窗户,他的声音非常容易辨别,立刻被允许入内。艾文在他哥哥面前不用特别整装,所以没必要戴上假发装上假牙来迎接他……少校符合凶手的高度吗?——是的,那天在你办公室我曾故意站在他旁边,他足足有五尺十寸半高。"

马克汉静坐一旁看着被拆解后的手枪，万斯说话的语气和以往假设凶手另有他人时完全不一样，马克汉同样察觉到他的改变。

"现在我们谈谈珠宝，"万斯说，"你记得我曾保证过，只要我们发现范菲期票的抵押品，就能找到杀人凶手。当时我就怀疑是少校拿了珠宝，等到郝芙曼小姐告诉我们他要求她不要提包裹一事，我愈加肯定了。艾文在十三日下午把它们带回家去，少校绝对知道，我想这个事实助长了他在十三日夜里结束艾文性命的决定，他要那些玩意儿，马克汉。"

他轻快地站起身走到门口，"现在我们只要找到珠宝就行了……凶手将之占据，它们不可能离开这间屋子，所以应该仍在公寓里面。假如少校把它们带到办公室去，一定会有人看见；如果他把它们安放在保险箱内，银行的职员也该会记得这档子事。所以，和藏枪一样的心理因素亦可运用在珠宝上面。少校一直表现出无罪的样子，所以珠宝放在这里比放在其他地方要安全得多，想等风声过去之后再慢慢处理……请跟我来，马克汉，我知道这是很痛苦的一件事，你的心脏衰弱得没办法承受刺激。"

马克汉糊里糊涂地跟着他走进甬道，我非常同情他，现在他明白万斯指证少校是凶手绝对是认真的。我一直觉得马克汉怀疑万斯并要求调查少校不在场证明的真实目的，他之所以强烈反对完全是惧怕知道结果，而并非存心阻挠真相的发现。姑且不管他和班森少校多年来的友谊，我现在可以清楚窥察他内心的挣扎，一方面知道无法逃避，但心底仍存着一丝冀望，希望万斯是错的。

万斯第一个走进客厅，站在那里大约五分钟，仔细观察每件家具，马克汉站在客厅入口处看着他，两只手插在口袋里。

"虽然我们可以请专家来彻底搜查这间公寓，"万斯观察后说，"不过我认为没必要，少校是一个胆大奸诈之徒，从他宽广的前额、凌厉的眼神、挺直的背脊和紧缩的小腹中就可看得出来，他是个城府很深的人。他知道珠宝藏在偏僻的角落没什么用，所以他不会把它们藏起来。最自然而然的联想就是锁和钥匙，卧室内没有柜子箱子这种东西，我们去客厅找找看。"

他走到角落上一张矮几前，所有的抽屉还没有上锁，接着他又试着抽开长桌的抽屉，也没锁，窗前的一只小型西班牙式橱柜同样让人失望。

"朋友，我必须找到一个上锁的抽屉。"万斯说。

他再次遍观全厅，在打算返回卧室前，看见在中间长桌底下有一只核桃木保持烟草湿度的贮藏箱掩映在一堆杂志中间，他突然止步，迅速走上前提起那只箱子，尝试将它打开，它上了锁。

"瞧瞧，"他思考着说，"少校吸的是哪种牌子的烟草，总不至于珍贵到要上锁啊！"

他拿起长桌上一把铜制的裁纸刀，插进贮藏箱锁的上方缝隙里。

"你不能这么做！"马克汉大叫，声音透露出与严厉斥责相等的态度。

在他还没来得及接近万斯前，只听到"咔嗒"一声，箱子打开了，里面放着一只蓝色天鹅绒面的珠宝盒。

"无用的珠宝比言辞表达得更直接。"万斯退后一步说道。

马克汉痛苦地站在那里注视着珠宝,转身重重地跌坐在椅子上。

"老天爷!"他低声说,"我不晓得该说什么才好。"

"你现在和所有哲学家一样处于难过的苦境,"万斯回答,"半打无辜者被你视为凶嫌,为什么真正是凶手的少校会令你说不出话来呢?"

他的声音满是蔑视和谴责,但眼中却闪着不可理解的目光,他们两位虽然有着坚不可摧的坚固情谊,但我从未听过他们彼此之间说过较为真诚或同情的话。

马克汉无助地把脸埋在手掌之中,"目的呢?"他催促地喊道,"人不可能为了一堆珠宝就杀死自己的弟弟。"

"那是当然,"万斯同意,"珠宝只是附加之物,我担保一定有一个致命的动机。当你从会计专家手中拿到报告时,我确信所有——起码有一大部分——的问题都有了解答。"

"这就是你要求派人查他账目的原因?"

马克汉刚毅地站起身来,"来吧,我要好好看一下所有的证据。"

万斯并没有立刻行动,他正在研究放在壁炉架上的东方古董——烛台。

"天哪!"他低声喊道,"简直以假乱真!"

24. 逮捕

六月二十日，星期四，正午。

我们离开时，马克汉顺手带走枪和珠宝盒。他在第六大道街口的杂货店打电话通知希兹和海契杜恩队长立刻到办公室与他会合，接着又打通电话给政府会计师史提，吩咐他尽快提出调查报告。

"我确信你已经了解，"万斯在我们搭计程车驶往刑事法庭大楼的途中说，"我的方法略胜一筹。当一个人从开始就知道凶手是谁时，就不会被外表显示的一切误导。若没有这种先见之明，很容易被精心设计的不在场证明所骗过……我请求你调查所有的不在场证明，因为我知道少校是凶手，认为他肯定准备了一个天衣无缝的不在场证明。"

"但为何要调查全部有嫌疑者的不在场证明？还要浪费时间去为难欧斯川德上校？"

"假如我没有不露痕迹地把少校扯进来，你以为我有多少机会能够调查少校的不在场证明？……如果我一开始就请你调查少校的不在场证明，你肯定会马上拒绝。我选择从欧斯川德上校的不在场证明做开场白，是因为它看上去好像有个漏洞——我很幸运选中它，我知道如果我能够击破其中一个不在场证明，你会更愿意协助我调查少校的不在场证明。"

"就算如你所说，一开始你就知道少校是凶手，为什么不早点告诉我，让我免掉一整个星期的焦躁不安？"

"不要这样天真，老家伙，"万斯回答，"若我一开始便指控少校是凶手，你早已用诽谤的罪名逮捕我了。我只好瞒着你少校犯罪的事实，不断将全部画面拼凑出来，才能让你在今天承认这个事实。但是，我从未欺骗过你，我不停地提出建议，指出某些明显的事实，希望你能够自动恍然大悟；但是你不采纳我的暗示，总是异常暴躁地误解我。"

马克汉缄默了一会儿。

"我明白你的意思，但你又为什么不断地树立假目标然后再将之一一击破呢？"

"你的身心全都被证据所束缚，"万斯回答，"只有让你明白那些证据完全无用，我才能够暗中调查少校。因为根本没有对他不利的证据——他当然知道这一点——正如没有人相信他会杀了自己的兄弟一样，没有人会怀疑到少校头上。就算是我的暗示再有技巧，你仍然在各方面找理由反对……承认吧，若不是我锲而不舍，少校永远不会被怀疑。"

"但是有一点我到现在也不明白，他为什么反对我逮捕李寇克上尉呢？"

万斯摇头："你当真天真的可以！我的马克汉，你可千万别做坏事——因为你立刻就会露出马脚。你真的看不出来，如果他对你所逮捕的人表示不感兴趣，他自己无辜的地位将更牢固——还有，他深知不论他说什么也不会改变你的初衷，你不知道自己一向是这样尊贵的吗？"

"有几次他刻意让我觉得圣·克莱尔小姐有罪。"

"这是利用机会。很明显，少校计划将犯罪过程和嫌疑推给上尉。李寇克曾为了圣·克莱尔小姐当众威胁过他弟弟，而那位女士当天又单独和艾文外出吃晚餐。第二天清晨发现艾文被一只军用柯尔特射杀时，除了上尉之外还有谁的嫌疑最大？少校知道上尉一个人住，不容易找到一个不在场证明。你现在知道他建议我们去咨询范菲是多么狡猾了吧？他知道一旦你和范菲交谈过，一定会知道恐吓之事，别忘了他提议范菲是用一种不经意事后想起的态度，够毒辣了吧？"

马克汉非常愁闷地仔细听着。

"目前来看一下他所利用的机会，"万斯继续说道，"当你意外打扰他的算计，告诉他你知道艾文和谁外出吃晚餐及你已有足够的证据起诉此人时，这个想法提醒了他；他知道在这个最具骑士精神的城市里，不管证据如何，没有一位女士会因谋杀而被定罪。所以他诱导你怀疑那位女士，这种手法十分高明，他总是表现出不愿将她牵连进来的样子。"

"这就是为何你要我去查他的账目，并请他到我办公室讨论有人投案认罪一事时，还要我假装认罪的人是圣·克莱尔小姐？"

"正是！"

"而少校保护的人是——"

"他自己。但他希望你觉得是圣·克莱尔小姐。"

"假如你确定他有罪，为什么要把欧斯川德上校扯进来？"

"希望他能提供少校葬礼时用的柴堆。我清楚他和艾文·班森及他的死党们十分熟稔，还知道他是一个包打听，或许知道班森朋友们之间一些相互不和的消息，从中可以得知真相。同时我还希望借此听到关于范菲的流言，以排除微小的可能性。"

"但是我们已经知道范菲是什么样的人了。"

"我不是指一切表面上的证据。我想知道的是他的内心，尤其是他赌徒的性格；你知道这是一桩由阴暗冷血赌徒犯下的命案，不可能是其他类型的人做的。"

马克汉看来对万斯的理论没有兴趣："当少校说他弟弟骗他关于保险箱中珠宝的由来时，你是不是相信他所说的？"

"狡猾的艾文可能从未在安东尼面前提起过珠宝，"万斯回答，"我猜想当范菲来访时，隔墙的那只耳朵才是消息的来源……讲到偷听，它提醒我一个犯案的动机，我希望你的会计师史提会证明这一点。"

"照你的理论来看，这件谋杀是临时起意的喽？"

"仅有执行是临时起意的，"万斯修正，"很明显，少校很早就希望除掉他的弟弟，只是尚未决定在何时以及用什么方式下手，他可能已经考虑又推翻过一打以上的计划。在十三日那一天，机会来了，一切的状况都符合他的需求。他听见圣·克莱尔答应赴约，所以他知道艾文会在午夜十二点半左右回家，如果他在那个时候下手，李寇克上尉的嫌疑会最大。他看见艾文将那盒珠宝带回家去——他一直等待的绝佳好机会终于来临，剩下的部分只须刻意造成一个不在场证明，至于他是怎么做的，我已经解释过了。"

马克汉坐着沉思了几分钟，终于，他抬起头来。

"你似乎说服了我相信他是有罪的，"他承认，"但是，他妈的！我必须证明他有罪，现在我们有的法律上证据太少了。"

万斯耸耸肩："我对你那蠢笨的法庭和那些傻瓜证据毫无兴趣。但是，我已经说服了你，你不能说我没有赢得你的挑战。"

"我是不能。"马克汉承认。

他渐渐紧缩嘴角的肌肉。"你已经做了你应该做的，万斯，我会接着追查下去。"

我们到达办公室时，希兹和海契杜恩队长已经在那里等候我们了，马克汉用他惯常保留的态度和他们打招呼。现在他已恢复正常，以沉着有力的态度处理眼前的工作，充分表现出他的尽职。

"我肯定我们找到真凶了，巡官，"他说，"请坐，待会儿我会将整件事情告诉你。但首先我必须弄明白一些事。"

他把班森少校的手枪交给武器专家，"检查一下这把枪，队长，跟我说这是不是杀死班森的凶器？"

海契杜恩笨重地到窗前，将手枪放在窗台上，从外衣口袋中取出一些工具放在武器边上。然后，拿一个珠宝用放大镜放于眼前，开始一连串的拆卸动作。他打开枪托、拉开撞针，取出射击用的指针，拔掉螺丝钉，我以为他要分解整支枪，但显然他只是希望看清楚枪管内部，他对着窗户前举枪，眼睛注视枪口，看了约有五分钟之久，并跟着光线稍作移动。

终于，他什么也没说小心缓慢地将枪重新组合成原状，笨重地坐回椅子上，不住眨眼。

"我跟你说，"他说，从眼镜后面注视着马克汉，"这很可能就是那把凶枪，我不敢百分之百肯定，但那天早上我察看那颗子弹时，注意到上面有一条枪膛特有的记号，这把枪的枪管看上去非常吻合那颗子弹的记号，我不能确定，我希望再用专业的螺旋仪检查一下枪管。"

"但你觉得就是这把枪？"马克汉坚定地问。

"我不敢肯定，但我想应该就是它，我也或许是错的。"

"那好，队长，我把枪交给你，等你完全检查过后立刻打电话告诉我结果。"

"那把就是凶枪，不会错的，"希兹在海契杜恩离去后说，"我清楚这家伙，如果他不能肯定就不会说那么多话了……这是谁的枪，长官？"

"一会儿再告诉你，"马克汉的内心仍在挣扎，他硬是要等到所有的疑点全部查清之后才会宣布少校的罪状，"我要先听听史提的报告之后再说话，我派他去查班森证券公司的账，或许就快回来了。"

十五分钟后史提进来，他满面愁容地和检察官及希兹问安，然后捕捉到万斯的目光，感激地对他笑了笑。

"你给我的情报非常正确，如果你们有办法让班森少校离开办公室的时间再长一些，我的收获会更大，他每时每刻都在监视我的一举一动。"

"我已经尽力了，"万斯叹了口气，他对马克汉说，"昨天午餐时，我不住地想办法要在史提先生查账这段期间把少校引开他的办公室，李寇克投案自首的消息放出去时，正好给了我一个借口，我并不想让少校到这里来——只是想帮助史提先生能够放手去做事。"

"你发现了什么?"马克汉问会计师。

"非常多!"又是简洁的回答。

他从口袋中拿出一张纸来放到办公桌上,"这是份简单的报告……我遵从万斯先生的建议,查看了股票买卖记录和出纳员的账簿复本,并追查所有转账的收据,我没空儿理证券行的流水账,只察看了负责人的交易记录,我发现不断地有股票过户给班森少校作为买空卖空的担保,他在场外股票交易上有很重的损失——至于多少,我不知道确切数字。"

"艾文·班森呢?"万斯问。

"他也玩弄同样的伎俩,但他的运气较好,数星期前从'哥伦布汽车公司'捞了一大笔,钱全锁进了自己的保险箱,他秘书告诉我的。"

"假如班森少校能持有保险箱钥匙,"万斯提出,"那么他就因他弟弟被杀死而得利。"

"因祸得福?"史提驳斥,"那会让他下狱的。"

会计师走后,马克汉像木头人一样坐在椅子上,两眼凝视着对面的墙,他潜意识里否认少校有罪的期望再次破灭。

电话铃响起,他慢慢地拿起话筒,我见到他眼中出现接受事实的目光,整个人筋疲力尽地回靠到椅背上。

"是海契杜恩打来的,"他说,"肯定就是这把枪。"

马克汉站起来对希兹说:"这是班森少校的枪。"

巡官轻吹了一声口哨,两只眼睛因震惊而瞪大,但立即又恢复一贯冷静麻木的表情："这并不令我感到意外。"

马克汉按铃叫来史怀克："打电话给班森少校，告诉他——告诉他我就要下令逮捕凶手，希望他能够立刻过来。"我想我们都能够了解他要史怀克打这通电话的心情。

马克汉对希兹简单说明少校涉案的情况，讲完后他起身重新放置办公桌前的几把椅子。

"班森少校到达后，巡官，"他说，"我会请他坐在这里，"他指着他座位正对面的椅子，"我要你坐在他的右边，另外再找一个人坐在他左边。在我还没有示意前，你们不可采取任何行动，听到我下达逮捕的指令再行动。"

希兹从办公室外面找菲普斯来坐在那个位子上，万斯说："我提醒你尽量小心提防，巡官，少校如果知道要他来此的目的时，肯定会凶性大发。"

希兹不屑地笑笑："这又不是我生平头一遭逮人，万斯先生——多谢你的好意。再说，少校也不是这一类型的人，你太紧张了。"

"随你便，"万斯平淡地说，"反正我已经警告过你了。少校是个冷酷无情之人，他会铤而走险，即使输掉口袋里最后一块钱也不会皱一下眉头。但当他被逼上死角，知道自己终于被击溃时，一生中所压抑的情绪将难以控制。一个人没有任何情感表现地生活着，总有一天需要宣泄出来，有些人爆发，有些人自杀，两者之间的道理是一样的，同是心理上的反应。少校不是那种有自毁倾向的人，所以我才觉得他会抓狂。"

希兹冷哼一声："我们或许不懂什么心理，但对人的本性却清楚得很。"

万斯打了一个哈欠，慵懒地点起烟，我注意到他将自己的座椅从桌边稍稍移后了些。

"长官，"菲普斯说，"看来一直让你困扰的难题即将解决了——虽然我一直认为李寇克才是你要找的人……到底是谁查到是这位班森少校干的？"

"希兹巡官和刑事局有很大的功劳，"马克汉说，"很抱歉，菲普斯，检察官办公室和其他与本案有关的人员全都没分。"

"好吧，一辈子就这么一次。"菲普斯话中有话。

我们静静地坐着等候少校的到来，马克汉抽着雪茄，不停看着史提留下来的备忘录，并到冰箱取了一罐饮料。万斯随意地从前面的书架上拿了一本法律书翻看；希兹和菲普斯惯于等候，几乎从没移动过。

班森少校到达后，马克汉以不寻常的怠慢面对他，将自己埋在办公桌的纸堆里以避过和少校握手。希兹却十分兴奋，他替少校拉开椅子，说一些今天天气真好的寒暄之语；万斯合上手中的法律书籍将身子坐直。

班森少校仍然诚恳高贵，他快速地瞄了马克汉一眼。如果他有任何怀疑的话，从他外表根本看不出来。

"少校，我想请你回答几个问题——如果你乐意的话。"马克汉的声音低沉而有共鸣。

"非常愿意。"对方轻松地回答。

"你有一把军用的手枪，是吗？"

"是的——是柯尔特自动手枪。"他扬起眉毛犹豫着回答。

"你上一次清洁枪膛及填装子弹在什么时候？"

少校脸上的肌肉没有移动分毫："我不记得了，我曾清过好几次，但自从海外回来后就没再装过子弹。"

"你最近是否把枪借给他人？"

"没有。"

马克汉拿起史提的报告，看了一会儿后说："假如你突然吞没了客户们的股票，你怎么才能让他们满意呢？"

少校凶狠地露出牙齿："原来如此！借友谊之名，你竟然派人去查我的账！"

我看见他脖子后的青筋暴露，一直延伸至耳旁。

"我派人去查账的目的并不在此，"马克汉否认他的指控，"今天早上我曾进入你的公寓。"

"你还是一个擅闯私宅的家伙。"少校的脸色变得通红，前额血管浮出。

"我还找到班宁夫人的珠宝……为何会在你那里，少校？"

"这关你什么事？"他冷冰冰地回答。

"你为什么要求郝芙曼小姐不要提到它？"

"这也不关你的事！"

"杀死你弟弟的那颗子弹来自于你的手枪这也不关我的事？"马克汉立刻问。

少校倔强地望着他，轻蔑地说："这是你的一石二鸟之计，请我来此的目的是逮捕我，在我还没弄清你的意图前问些问题将我拉下水，你实在无耻！"

万斯的身子靠前一些，"你这个蠢货！"他的声音低沉，却像一条鞭子，"你难道看不出来吗？他是你的朋友，问你这些问题的目的是仍存着你是无辜者的最后一点希望。"

少校愤怒地转向他："谁要你管闲事——你这个他妈的娘娘腔！"

"我不是！"万斯嘟囔着说。

"还有你——"他用一只颤抖的手指指着马克汉，"——我要让你为此而寝食难安！"

斥责和辱骂的言语倾倒而出，他的鼻孔张大，双眼冒火，愤怒似乎已超出人类的极限，好像一个患中风的病人——扭曲、使人讨厌、排斥和愚钝。

马克汉耐着性子坐在椅子上，手枕脑后，双目紧闭，当少校的言辞变得含混不清时，他张开眼睛向希兹点了一下头，这是巡官等待多时的讯号。

但在希兹还没有行动前，少校从椅子上弹起来，用力转身朝希兹的脸上挥出一拳，巡官被揍倒在地。菲普斯扑上前，少校的膝盖使劲往他的小腹一顶，他倒在地上反复呻吟着。

少校转向马克汉，疯子般地看着他，鼻翼因沉重的呼吸一张一合，双肩耸起，手臂前伸握拳，表露出他的恶意。

"下一个轮到你了！"他大叫着向前扑去。

在这段混战期间，万斯一直安静地坐在那里抽着烟，现在他敏捷地绕到桌子边，双手分别抓住少校的右手腕和手肘，用力转动，少校痛得大声惨叫，终于在万斯的压迫下失败。

希兹转醒后立刻起身向前，只听见上手铐的声音，少校重重瘫坐在一张椅子上，肩膀痛苦地不住来回摆动。

"没关系的，"万斯告诉他，"韧带有点拉伤，过几天就会没事的。"

希兹伸出手，一句话也不说地走向万斯，这个举动表达出他的歉意和敬意。我敬佩他。

希兹和他的犯人走后，我们把菲普斯安置在一张舒适的椅子上后，马克汉拉住万斯的手臂："走吧，我已经没力气了。"

25. 万斯解说

六月二十日，星期四，晚上九点。

那天晚上，洗过土耳其浴用完晚餐后，严肃疲惫的马克汉、怡然自得的万斯和我三个人坐在史杜文生俱乐部大厅的一隅。

我们静静地坐在那里抽了半小时的烟，终于万斯清晰地开口表示："就是有希兹这种顽固又缺乏想象力的家伙才会造成罪犯和社会大众之间的对抗……真可悲。"

"现今的社会中已经没有英雄了，"马克汉说，"即使有，也不会当警探。"

"但是就算他们热爱这份职业，也会因为身材的缘故被拒绝在外。据我所知，警察是按照身高体重的标准录取的，他们必须符合强壮的要求——好像他们唯一对付的罪恶只是暴动和帮派械斗。硕大便是美——这就是美国人伟大的理想，不论在艺术、建筑、饮食或警员各方面都一样，无法理解。"

"不管怎样，希兹有一个宽宏大量的胸怀，"马克汉为他辩护，"他完全谅解了你。"

万斯笑了："今天晚报上所加在他身上的功劳与赞扬足以软化任何人，他甚至应该原谅少校对他施以暴力。希兹的身体一定很结实，不然不可能恢复得这么快……可怜的菲普斯！他这一辈子都可能受膝痛之苦。"

"你的确猜中了少校的反应，"马克汉说，"我几乎要认同你那些与心理有关的理论，这样的推论指引你正确的方向。"

稍微停了一下后，他好奇地望着万斯，"请原原本本地告诉我，为什么从一开始你就知道少校是凶手？"

万斯背靠着椅子："先考量一下与这件凶杀案有关的特征。很明显，在开枪前，班森和凶手正在谈话或发生争吵——一个人坐着，另一人站着。然后班森假装在看书，因为他已经说完想说的话了，他用阅读来结束彼此之间的交谈，通常一个人不会在谈话时阅读，除非另有目的。有备而来的凶手见到已经无转圜余地，掏出枪对准班森的太阳穴扣下扳机。事后他关上所有的灯走了出去……这些全部都是事实。"

他尽力吸了几口烟，"现在让我分析给你听……正如我曾指出，凶手并未将死者身体当作目标，虽然射中它的机会较大些，但死亡的机会却反而较小。他选择了最困难与最危险的方式，他的作风是直接无畏的，只有一个有钢铁意志和赌徒性格的人才会用这种勇往直前大无畏的手法；所以，所有冲动、紧张、胆小之人全部自动从凶嫌名册中消失。他干净利落职业化的犯案手法，没有留下任何可以指证他的实质证据，证明了这是由一个充分自信并惯于冒险之人事先冷静计划部署之下的结果……所以我说马克汉，你是个能够理解人类天性的好法官吗？”

“我想我明白你推论的要旨。”马克汉有些缓慢地说。

“很好，”万斯继续说，“如果想判断人类行为的心理倾向，只须找到一个思想性情与之相近的人即可，因为如果在同样的情况下，他会毫不犹豫地做出同样的事来。命案发生前，我认识少校已有一段时日，因此当我在那天早上看过现场之后就知道是他做的。从各方面的顾虑和特色来看这桩命案，都可以说是他个性和心理状态的最佳诠释。就算我不认识他这个人，因为我已掌握了凶手的性格，一样可以在众多嫌疑犯之中把它找出来。”

“但也可能是另外和少校性情相同的人所为呀？”马克汉问。

“每一个人的天性都不一样——虽然偶尔相似的两个人会有类似的举动，”万斯解释，“但以目前这件案子来看，另一位和少校同类型的人涉案的可能性几乎为零，在法律面前也无法证明。就算纽约市有两位不论在个性和本能上均酷似的人，但他们都持相同的理由杀死班森的机会又有多少？范菲在案中出现时，我知道他是一个赌徒和狩猎者，我趁机调查他的资历；因为我并不熟悉范菲，所以向欧斯川德上校打探消息，根据他所告诉我的内容，范菲马上丧失了战斗力。"

"不过他有胆量是个冲动的投机者，而这件事也与他自身的利益相关。"马克汉不表同意。

"一个莽撞冲动的投机者和一个大胆、头脑清晰、稳健如少校般的赌徒，在心理上的差距极大。事实上，他们的特色刚好相反，一个投机者的推动力是惧怕、盼望和私欲；但一个头脑冷静的赌徒却是靠权宜利害、自信和判断力行事；一个是情绪，一个是智力。少校和范菲不同，他是天生的赌徒，并且非常自信，然而这种自信和鲁莽不顾一切又不一样，虽然两者表面上看来十分相似。它完全建立在个人对自身能力的深信不疑，和弗洛伊德所说的自卑情结正好相反；少校有这种自信，但范菲没有。所以当凶嫌拥有这些特征时，我就知道范菲是无罪的。"

"我有点迷糊了。"马克汉琢磨了一会儿后说。

"还有一些心理上和其他方面的先兆，"万斯继续说，"从衣冠不整的尸体、楼上房间的假牙和假发、凶手对室内格局的熟悉程度推断出是班森本人让他进入屋内的；加上他知道班森在那段时间独自一人在家，种种迹象均将矛头指向少校。还有一点：凶手的身高和少校相符合，这是最不重要的一个事实，即使我测量出的结果与少校身长并不相符，不论海契杜恩队长对全世界说出什么意见，我都会认为是子弹偏斜的缘故。"

"你为何那么肯定凶手不可能是女人？"

"第一，这不是女人所犯的刑案，没有女人会用这种手法作案。

从我们所了解的人类本能上得知，一个最有智慧的女人面临取人性命时，肯定会情绪激动。女人不可能头脑这么冷静地安排杀人计划并且以职业化的干净利落手法——从五至六尺外瞄准太阳穴射击。第二，女人不会站在坐着的仇家面前与他争执，通常她们认为坐下来比较有安全感，女人坐着时讲话比较流畅，而男人是站着。即使是一个女人站在班森面前，当她拿出枪瞄准时，他没理由不抬头。男人把手伸入口袋是一个自然的动作，而女人身上没有口袋，除了提包之外没有其他地方能够藏枪。当一个愤怒的女人在他面前打开提包时，男人一定会有所防备——女人多变的天性令他提高警觉……最后，班森的秃头和脚上的拖鞋造成女人是凶手的假设不成立。"

"你以前指出，"马克汉说，"凶手是那天夜里临时起意才发起了英雄式的行动，但你怎么又说是他费尽心思策划了这桩谋杀案呢？"

"是的，这两件事并不互相矛盾。谋杀是早在计划中——这一点没有疑问，但少校愿意给他的被害人最后一个求生的机会。我的看法是：少校在财务方面捅了一个大窟窿，州政府监狱的门已为他而大开，他清楚他弟弟的保险箱内有一大笔款项可以救燃眉之急，所以在那天夜里去他家打算说服他。首先，他告诉他弟弟自己面临的困境并要求借钱，艾文可能要他下地狱去，少校甚至可能不想杀害他而用力哀求，但当艾文转头去阅读时，他知道再请求也是徒劳无用，最后使出了杀手锏。"

马克汉静静地抽着烟，终于开口说："姑且承认你说的有道理，但我仍不明白你怎么可能知道是少校主导谋划了这桩谋杀并故意将嫌疑指向李寇克上尉？"

"就好像一个熟知形貌和主要成分的雕刻家，可以提供任何构成雕像所必需的部分，"万斯解释，"心理学家照样可以，他了解人类的心理，能够补充人类行为上所缺少的要素。附带一句，关于'断臂维纳斯'雕像的那只遗失的手臂，所有的传言都是胡说八道，任何一个懂得美学的艺术家都能将断臂接回，这样的承接是有连贯关系的。所以说，缺少的要素肯定和已知的一切有关联。"

他比了一个少见的优雅手势加强语气。

"在每一件深思熟虑的犯罪行为中，陷害他人是非常重要的一环，这种类型犯罪的特色是积极、确定和具体。所以，如果少校仅稍作安排让自己不受怀疑，实在和其他的心理行为观念大相径庭，它会显得太模糊、太间接而不能确定，而策划这类型命案的心理形态一定会提供一个确切详尽的可疑目标。所以，当对李寇克上尉不利的证据日益增多时，少校热心地替他辩护，我就知道他在做戏。我不得不承认，最初我以为少校选择了圣·克莱尔小姐为陷害的目标，但后来发现她的手套和提包出现在班森家中只是意外，并记起少校提供范菲作为我们咨询的对象，从他口中我们得知上尉曾威胁班森一事，我才明白她在谋杀案中所扮演的角色并不是事先安排好的。"

马克汉站起来活络筋骨，"很好，万斯，"他说，"你的工作已经圆满结束，而我的才刚开始，我急需睡眠。"

一星期后，安东尼·班森少校以谋害他弟弟的罪名被起诉。你应该没有忘记，审讯期间曾造成的轰动，好几个星期全国报纸的头版都被这条新闻所占据，检方经过一番苦战才取得胜利，因为缺乏直接证据，少校以二级谋杀罪名起诉；经过一连串开庭审讯，安东尼·班森少校被处以二十年至终身监禁的刑罚。

马克汉并没有以检察官的身份出现，因为和被告之间长期友谊的缘故，他的立场十分尴尬，所以当他将此案委托给助理检察长苏利文全权负责时，并没有遭到任何责难。班森少校请来的律师团阵容强大，有两位名律师列名其中，他们用尽力气为被告辩护，但许多不利的证据指向他们的委托人，他们也无计可施。

自从马克汉承认少校有罪的事实后，他深入调查了两兄弟的财务状况，发现比史提的报告更糟糕，证券公司的股票有系统地全部被拿去做私人投机之用；艾文·班森成功地捞了一大笔并归还借用的股票，少校却因投资失败损失惨重。马克汉发现少校唯一能够还债并避免吃官司的方法只有艾文·班森马上死亡。

在审讯期间知道了：命案发生当日，少校曾做出惊人的承诺，若要成功地兑现这些承诺，唯一的机会就是取得他弟弟保险箱的拥有权。此外，这些承诺和另一人的财产所有权有极大干系；他曾开出一张为时四十八小时的期票，并担保抵押过，若他的弟弟仍然活着，一定可以借此揭穿他的诡计。

郝芙曼小姐在审讯过程中是一个助益极大的证人，她对"班森&班森证券公司"内部情况的了解程度，加重了对少校不利的指控。

普拉兹太太同样做证曾听见他们兄弟间争吵，她指出在谋杀案发生前一晚，少校曾向艾文借五万元未果，他曾撂下狠话："如果让我在你和自己中间做出选择的话，我肯定不会让自己在这里受苦。"

公寓里开电梯的男孩所提到当夜凌晨两点半回家的莫托古做证说：当他搭计程车转进公寓时，车灯曾照到一个站在对街的人影，那人看上去很像班森少校，他的证词并不是十分有利。范菲在少校被捕后承认曾在赴酒吧途中见到他正穿越第六大道的马路，范菲解释当时并不认为有何重要，他以为少校刚刚在百老汇附近的餐馆用过餐，正打算回家，少校当时也没看见他。

这段证词加上莫托古先生的证词，将少校费尽心机谋划的不在场证明完全推翻；虽然辩方一再强调他们认错了人，但陪审团却深深被这些证据所打动，尤其当助理检察长苏利文在万斯的指导之下，用图表详尽地说明少校如何能够在不惊动男孩的情况下成功地进出公寓。它还证实了除非凶手拿走，否则珠宝不可能从案发现场消失。万斯和我都被传唤作为在少校寓所找到珠宝的证人。万斯在法庭上示范如何推测出凶手的身高，但因牵涉一些复杂的科学性实验而效果不明显。对辩方而言，推翻队长对手枪的鉴定是最麻烦的一件事。

审讯的三星期内，许多丑闻在法庭上浮出水面，虽然在马克汉提议下，苏利文尽可能避免提及任何不幸或与本案有瓜葛的无辜者的隐私问题。然而，欧斯川德上校却因为马克汉未将他列为出庭做证的证人而非常气愤。

审讯最后一星期，圣·克莱尔小姐在一场大型制作百老汇轻松歌舞剧中出演，演出十分成功。持续表演了两年之久，她和具有骑士精神的李寇克上尉结了婚，婚后生活幸福美满。

范菲依然保持已婚身份且高贵如往日，即使他口中那位"亲爱的艾文"已经不在，他仍固定会到纽约市来，我曾见到他和班宁夫人一起出现。不知为什么，我一直都很欣赏这位女士。范菲筹到一万元现款——怎么弄到的？我不知道——将她的珠宝赎回。还有，我很高兴审讯并没有揭穿他们之间的亲密关系。

宣布少校判决的那天晚上，万斯、马克汉和我在史杜文生俱乐部里共进晚餐，对过去数星期间所发生的事没有交换过一言半语。但现在我看见一丝讥讽味道的微笑出现在万斯嘴角。

"我说，马克汉，"他慢吞吞地指出，"整个审讯过程真是太荒诞无稽！那些真正的证据根本没被提出来，班森少校完全是因推测、怀疑、暗示和推论而被定罪。上帝帮助那些不小心跌进法律狮子口中的无辜者们！"

让我感到意外的是，马克汉竟然严肃地点头同意："是的，但如果苏利文尝试用你所谓的心理学理论来定罪的话，人家会以为他神经不正常。"

"非常肯定，"万斯叹了一口气，"你说明了，如果用智慧来做你们的事，在法律上是行不通的。"

"理论上，"马克汉最终回答，"你的道理十分清楚明白，但我恐怕自己和实质证据打交道的时间太久以至于无法为了你那些心理和技巧而舍弃它们……然而，"他轻松加上一句，"如果未来我的法律证据派不上用场时，我可以请你出马协助吗？"

"随时等候差遣，你知道的，老家伙，"万斯说，"我猜想，当你的法律证据无法制止地指向受害人时，也就是你最需要我的时候。"

　　这句话听起来好像是在开玩笑，奇怪的是，后来居然成了一句预言。

Philo Vance

二、金丝雀杀人事件

1. "金丝雀"

在位于纽约市中央街的警察局三楼的刑事组办公室里，有一个大档案柜。档案柜里斜插着密密麻麻的绿色刑事案资料索引卡，其中一张上标示着："玛格丽特·欧黛尔。西七十一街一八四号。九月十日。谋杀：晚上十一点左右遭人勒死。屋内洗劫一空，珠宝被盗。尸体由女仆艾咪·吉勒逊发现。"

简单冰冷的寥寥数语，代表的却是这个国家犯罪史上最令人震惊的刑事案之一。这件案子矛盾重重，实在令人费解。凶手属于智慧型的罪犯，作案手法独特，就连那些经验老到行思缜密的检察官和刑警都感到万分棘手。每次的调查结果都倾向于：玛格丽特·欧黛尔被谋杀的可能性不大。然而，被勒死横陈在客厅沙发上的女孩尸体，却赤裸裸地讽刺了以上结论。

经过毫无头绪、疑惑重重的挫折之后，这件案子终于曙光乍现，暴露出许多疑点。人性中潜在的许多黑暗龌龊面，以及被绝望和悲剧磨蚀到让人不可思议的人心也终于初露端倪。故事的本身就如同一般剧情的通俗情节，充满对浪漫的向往，这与改编自巴尔扎克的小说《人间喜剧》中描述贝伦·纽辛珍和艾瑟·凡格赛的伟大爱情，以及郁郁寡欢的托皮尔死亡悲剧的戏剧版情节非常相似。

出身于百老汇的玛格丽特·欧黛尔是一个闪闪发光的角色，完全称得上是性感尤物。她就像是充满欢愉的、虚无缥缈的俗艳恋曲中的代表人物。她未死之前，一直是这城市夜生活中最耀眼、最受欢迎的公众人物。如果是在我们祖父母那个年代，以她现在受欢迎的程度，也许会被冠上类似"城中瑰宝"这类颇受质疑的称号。不过现在有太多人志愿加入这个圈子，而且在这龙蛇混杂的圈子里，充斥着太多的黑道派系和暴力集团，以至于任何脱颖而出的竞争对手都会遭到狠狠的打压。不过，剧团宣传人员中，不管是资深的老鸟还是作为新手的菜鸟，都对欧黛尔小姐宠爱有加，她的名气自然而然地就在这个属于她的小小世界里大了起来。

而欧黛尔小姐的坏名声，部分原因则是来自于她和一两位欧洲王储私下有染的八卦传闻。在演出舞台剧《布里多尼女仆》一炮走红后，她曾出国待了两年。这出反响甚好的音乐喜剧，神不知鬼不觉地，把年轻的欧黛尔从一个默默无闻的小角色捧上了明星的宝座。或许有人会不屑地认为，她的宣传人员正好可以利用她不在国内的这段时间，拿她的八卦绯闻大肆宣传。

当然咯，她的美貌对她的名气也或多或少有些帮助。毫无疑问，她是属于五官分明，还带点美艳的那种类型。我还记得有天晚上在安乐斯俱乐部看过她跳舞。这家俱乐部的主人是臭名昭著的莱德·雷根经，而这家俱乐部则是出了名的在午夜过后还想找乐子的人的最佳去处。姑且不论她那秀色可餐的美貌，她那独特的魅力才最让人心痒难耐。她个子中等，身材纤细苗条，有着狮子般的高贵气质，而且我觉得她有点冷漠，也可以说是高傲。这或许和传闻中她与欧洲王储有染的联想有关，一样的高贵、脱俗。

她的嘴唇丰厚鲜红，正如那些专门侍候权贵富豪的交际花一般，她的眼睛如罗塞蒂画笔下的圣洁少女般虔诚。这种融合诱惑和灵性于一体的气质，就像是各个年代的画家试图对《永远的玛格达兰》这幅画提出看法一样，沾一点儿边又莫衷一是般令人眩晕。这张美丽的脸蛋儿，神秘而充满诱惑，挑逗男人的欲望，借此俘获男人的心，进而影响他们的一喜一乐，让他们心甘情愿为她做任何事情。

玛格丽特·欧黛尔的绰号叫作"金丝雀"，这个美丽的绰号是从她参演的一出芭蕾舞喜剧中得来的。那是一出精心编排、讽刺社会的鸟类芭蕾舞喜剧。参与演出的所有女孩都将自己装扮成各式各样的小鸟，而玛格丽特的角色正是金丝雀。当她穿上黄白相间的绸缎，披着她那一头金黄闪亮的头发，衬着白里透红的皮肤出现在众人面前时，所有人的眼睛为之一亮，立刻被她无与伦比的魅力征服了，这简直就是上帝的杰作。很快，各大报刊对她这次演出赞美有加，观众更是喝彩不断。经过短短两个星期的时间，这出芭蕾舞剧就从"鸟芭蕾舞剧"更名为"金丝雀芭蕾舞剧"，欧黛尔小姐的行情也跟着水涨船高，迅速成为这一部芭蕾舞剧的女主角。与此同时，还有人专门为她重新写了一段独舞的华尔兹曲目，并为她特别的魅力与才华量身打造了一首新歌。

在"金丝雀芭蕾舞剧"这一季演出结束的同时，欧黛尔小姐也辞掉了法利斯剧团的工作。接下来，她就投入到百老汇的夜生活当中，在这个舞台上尽情挥洒自己的魅力与才华。在此期间，"金丝雀"这个人们耳熟能详并广为流传的绰号一直跟随着她。因此，当她惨死在自己的公寓里时，这宗案子很快就家喻户晓了，而人们在谈论这件事情时，也习惯于称它为"金丝雀杀人事件"。

对我来说，参与"金丝雀杀人事件"的调查——或者确切地说，是在一旁看热闹——是我这一生中最难忘的经历之一。案发的时候，约翰·马克汉这位纽约地检处检察官，是一月份才刚走马上任的。我必须郑重地提醒你，在他长达四年的任期当中，成功侦破不计其数的刑事案件，因此而声名大噪。然而，他本人却对于外界加在他身上的赞许十分厌恶。究其原因，大概是对一位重视荣誉的男人而言，他本能地排斥独享全部功劳。事实上，在大部分他参与的著名刑事案件中，他扮演的从来都是协助的角色。而破案的真正功臣，则是马克汉一位非常好的朋友，只不过这位朋友一直不愿公开这个事实。

马克汉的这位朋友是一位非常年轻的贵族，他从来没想过要公开自己的姓名，在这里，我姑且称他为菲洛·万斯。

万斯在很多方面都有着令人惊奇的才能和天赋。首先，他是一位技艺精湛的业余画家，而且在美学和心理学上也造诣颇深，从某种程度上，他甚至可以称得上是一位艺术收藏家。他虽然是一个地地道道的美国人，但是大部分时间都在欧洲接受教育，所以带有轻微的英国腔调，就像真正的绅士那样。万斯拥有一笔庞大而丰厚的家产，但他并未因此成为游手好闲的公子哥儿，他是一个头脑冷静且十分精明的人，在大部分时间里，都能够履行家族赋予他的社会责任与义务。不过，他天生愤世嫉俗、冷眼看世界，那些没有与他深交的人，都以为他是一个媚上欺下的势利小人。不过，以我对万斯的了解，他的愤世嫉俗与冷酷态度，都来自于他与生俱来的敏感、孤独的天性，他绝不是一个故作清高、目空一切的人。

参与侦办金丝雀杀人事件的万斯，当时还不到三十五岁，常常表情严峻冷漠，配上他那清瘦且棱角分明的脸颊，仿佛是一尊冰冷的雕像，这种严峻冷漠的气质让万斯美男子的形象更加令人印象深刻。然而，这种与生俱来的冷漠也在他与朋友之间树起了一面墙。其实，他并不是没有感情，只是他完美主义的倾向驱使他，将不当的情感及时平息在波澜不惊的外表下，永远显示出他的理性和美好，即使面对兴趣极浓的事物，他也经常表现出惊人的克制，这也是他招致误解和批评的最大原因。但是，在人们的印象中，万斯始终以他冷漠的态度看待世俗的一切。有时候，我也不禁觉得他对待人生的态度，就像是一个缺乏热情的冷漠的观众，冷眼旁观到不屑一顾。但是，真正的万斯，其实一直求知若渴，生活中的任何细枝末节都难逃他的法眼。

尽管他并不是职业的刑事案件调查人员，但是，他的聪明才智和追根究底的精神，使他对马克汉所负责的刑事案件的调查工作充满了兴趣。

我手上有一份完整的记录，包括万斯以法院顾问的身份参与的所有刑事案件的所有情况。不过我想我无权把它们公之于世。但是，就在马克汉参加选举失败从此退出政坛，以及万斯去年远赴他国定居后，我终于获得了二人的同意，得以将这份记录完全公开。但是万斯仍然坚持不能公布他的姓名，其他则没有任何限制。

我以前曾经在"班森杀人事件"中提到，由于案情特别，我们让万斯投入到当时的调查当中，并在证据不足的情况下，最终破获了那起神秘案件。目前我们要讲的，则是关于他侦破玛格丽特·欧黛尔谋杀案的详细过程。这件谋杀案发生在同年的初秋，当时造成的轰动比这之前的任何刑事案件都要来得大。

案件的错综复杂和离奇引发了万斯强烈的好奇心，遂接下了这项新的调查任务。当时马克汉饱受反政府报纸攻讦的困扰已经好几个星期了，他们对他进行语言上的狂轰滥炸，指责他无权对警方交到他手上的黑道犯罪势力定罪量刑。此前，由于政府禁酒的结果，一种危险而且完全不受欢迎的新兴夜生活形态在纽约蹿起。许多财力雄厚的酒馆，他们自称是俱乐部，沿着百老汇大道以及它附近的街道一家家地开了起来。紧接着，在这个地区发生的犯罪事件数目多得惊人，不外乎为情为财；可以说，这些不良场所成为了犯罪的温床，滋生了许多大大小小的犯罪事件。

纽约城的一间家庭旅馆里就曾发生过一起抢劫珠宝谋杀案，后来，调查发现是在当地一家俱乐部谋划的。接着，又发生两名追查此案的刑事组干员背部中枪、陈尸在这家俱乐部附近的不幸事件。罪犯更是嚣张地将尸体公然弃置在这家俱乐部附近。连续发生的两起恶性犯罪事件，使得马克汉决定暂时将办公室的其他事务搁置，亲自调查处理不断升高到让人无法忍受的刑事案件。

2. 雪地上的脚印

九月九日，星期日。

在马克汉做出决定的当天，他、万斯和我就去史杜文生俱乐部，我们坐在角落的包厢里。我们经常一道来这里，因为我们是这家俱乐部的会员，而马克汉则把这里当成他除办公室以外的办案总部。

那晚，马克汉说："真是糟透了，这个城市有一半的人觉得我的办公室是缺乏调查能力的高级信用社，因为我提不出能将坏人绳之以法的足够证据或者有力证据。"

万斯悠然微笑着，抬起头，嘲弄地望着他。

万斯用一种懒洋洋的语调回应道："警方不熟悉司法程序中的破案关键，找不到能让大众信服的办案证据——想要说服法庭似乎就更加困难了。你知道，这是很愚蠢的想法。律师并不是真的需要证据，他们需要的是博学的专业知识和技巧。而一般警察的大脑都太过简单，以至于被这些法律在形式上拘泥、限制着。"

"没那么糟，"尽管过去几周的压力，似乎已经影响到他惯有的沉稳的个性，马克汉还是和颜悦色地反驳道，"要是没有证据法则，无辜的人经常就会陷于极度不公平的判决深渊中。在我们的法律下，即便是罪犯也应该得到保障。"

万斯微微打了个哈欠。

"马克汉，你真该去教书。你在回应批评时，对措词能力的掌控真是出神入化。不过，我并没有被你说服。你还记得威斯康辛那名遭到绑架的男子，法院宣布法律上认定他死亡的案子吧。即使当他神采奕奕地再度出现在老邻居面前，他被认定死亡的状态在法律上也并没有因此改变。他的确还活着这个明显的事实，法院却认为不重要，和原案没有关系。因此，有人在这个州还是个疯子，到了另外一个州却马上恢复为正常人，这种情形在这个美丽的国度里大为流行。你真的不能期待一个不熟悉司法体系正常运作的门外汉来了解这其中的细微差别。所谓的门外汉呢，总被一般常识蒙蔽，他会说，站在河岸边的疯子就算到了河对岸，他仍然是个疯子。所以，这些门外汉会百分之百错误地认为，要是一个人有生命，那他就是活着的。"

"何须做这样的长篇大论？"马克汉反问，这一次他有点恼火。

"似乎说中了你的痛处。"万斯平心静气地解释着，"警察不是律师，而他们已经让你陷入水深火热之中。为什么你不把所有的刑警送到法学院学习呢？"

"你管的还真多。"马克汉反驳说。

"干吗藐视我的建议？你要知道这是有益处的。一个缺少法学素养的人，在他知道一件事可能的真相时，他会完全忽略掉所有薄弱的反证，死咬着那些可能的真相不放。法院里听到的只是一堆没用的证词，最后作出的判决并不是根据事实，而是根据那套复杂的规则，结果经常让明明有罪的人却无罪释放。事实上，很多法官会对被告这么说：'我知道，而且陪审团也知道你犯了罪，但鉴于法律上没有认定的证据，因此我只能宣布你无罪。去吧，再去犯罪吧！'"

马克汉喃喃地抱怨道："要是我建议警察同仁去修法律的课程，真不知大家会怎么想。"

"那容我引用莎士比亚作品中屠夫的话：'让我们杀掉所有的律师吧。'"

"很不幸，这是必须面对的现实，乌托邦理论并不适用。"

"那你打算如何在警方的聪明推断和你口口声声强调的法律程序的正义之间寻求平衡呢？"万斯懒洋洋地问。

马克汉告诉他："首先我决定以后由我来亲自调查所有重大的俱乐部犯罪案件。昨天我召开了办公室干部会议，从现在开始，我的办公室将分头展开实际行动。我要找出我需要的定罪证据。"

万斯从烟盒中慢慢抽出了一根烟，在椅子扶手上轻轻敲了敲。

"哦！所以你要为被定罪的无辜人士平反，让那些犯了罪却被判无罪的人得到应有的惩罚？"

马克汉被激怒了。他把椅子转过来，绷着一张脸望着万斯。

他不悦地说："我不会装作听不懂你的话。你又在拿间接证据论跟你的心理学、美学理论作比较。"

"确实如此，"万斯不在乎地同意马克汉的话，"你知道，马克汉，你奉为准则的间接证据论一定大受欢迎。在它之前，平凡的推理力量显得一无是处。我非常担心那些即将掉入你法网的无辜受害者，最后你会让只是单纯出入酒馆的人陷入恐怖的危险当中。"

马克汉静静地抽了一会儿雪茄。尽管这两个男人的谈话有时候似乎是在相互挖苦对方，不过至少在态度上没有憎恶对方的意思。他们之间的友谊历久弥坚，不管他们的性情多么不同，或是看法有多明显的差异，可是相互尊重正是形成他们亲密关系的基础。

马克汉终于又开口了。

"你为什么这么强烈地反对间接证据论？我承认有时候它会误导办案，不过大部分时候它却是证明有罪的有力推证。真的，万斯，我们伟大的司法机构一直都在证明它是目前最强有力的证据。就犯罪的本质而言，直接证据几乎是不可能得到的。假如法院非得靠它才能定罪的话，那大多数的罪犯依然会逍遥法外。"

"难道在这之前，大多数罪犯都一直逍遥法外？"

马克汉没理会他的打岔。

"举个例子来说：十多个大人看见一只动物跑过雪地，而且说这只动物是一只鸡；然而，有个小孩同样也看到了这只动物，却说它是一只鸭子。他们于是前去检查这只动物的脚印，结果发现这些蹼状脚印是鸭子留下来的。那是不是说，我们没法证明究竟是鸡还是鸭？"

"我同意你的鸭子论。"万斯不以为意地说。

"我非常感谢你的认同，"马克汉乘胜追击，继续说道，"我进一步推论下去：十多个大人看到一个家伙穿过雪地，信誓旦旦地说那是一个女人，然而有个小孩却认为那家伙是个男的。现在，你还不同意雪地上男人脚印这个间接证据，证明了他是男人，而不是女人？"

万斯慢慢地把脚伸到他的面前，说道："不尽然，当然，除非你能证明人的脑袋比不上鸭子的脑袋。"

"这跟脑袋有什么关系？"马克汉不耐烦地反问，"脑袋不影响脚印。"

"鸭子的脑袋当然不会影响，但人的脑袋就非常可能——而且，毫无疑问地、经常地——会影响这些脚印。"

"我是不是正在人类学的课堂，上着达尔文物竞天择论的课，或者是形而上学论？"

万斯明确地告诉他："无关那些抽象的东西，我只是根据观察来说明一个简单的事实罢了。"

"好，根据你出众不凡的推理，那些间接证据的男性脚印，究竟是男人还是女人？"

"都有可能，也有可能都不是。"万斯回答。"这项证据应用到人身上，按照常理推论，我认为这个穿过雪地的家伙可能是穿着自己鞋子的男人，但也有可能是穿着男人鞋子的女人；或者甚至是一名高大的小孩。简单来说，据我的了解，我只能说那些足迹是直立猿人的某个后代脚上穿着男人的鞋子留下来的——年龄和性别不详。至于鸭子的足迹，我倒可以接受你的说法。"

马克汉说："还好你没说鸭子自己会穿上鞋。"

万斯静默了一会儿，然后说："你知道，你这位现代梭伦的问题就在于，你企图把人性简化成一套公式。但事实是，人的生命异常复杂。他机灵狡猾，长时间以来最让人害怕的就是他工于心计。他是一种卑劣诡诈的生物，即便是在他那徒然而愚昧的正常生存竞争过程中。在他说的一百句话当中，自然地有九十九句是谎话，只有一句是真话。鸭子虽然没有受到老天爷关爱而被赋予这种优势，但它却是坦率、绝对诚实的一种家禽。"

马克汉问："那你要如何判定，这位在雪地上留下足迹的人士的性别或年龄？"

万斯向着天花板吐出一个烟圈，说道："首先，我会否定十多位视力不佳的大人和那位眼力不错的小孩提出来的所有证据。接着我会无视于那些雪地上的足迹，然后在不受可疑证词影响和对具体线索仔细求证的情况下，研究判断这位逃逸人士犯罪的真正动机。在分析过各种不同的因素后，我会告诉你的将不仅是这名犯人的性别，而且能描述出他的习惯、个性以及人格特质。我可以完整地告诉你，这个人留下来的是哪一种足迹：他是踩高跷呢，还是骑脚踏车，或是在空中飘着根本没有留下痕迹。"

马克汉冷笑着说道："我想你恐怕比那些，提供给我法律证据的警察还要逊色。"

"至少我不会拿着证据冤枉那些没有嫌疑却被真凶栽赃嫁祸的人，"万斯反击道，"而且，你知道，马克汉，只要你认定了脚印是犯罪证据，你一定会让真凶称心如意，逮捕那些无辜的人。也就是说，那些与犯罪不相干的人却成了你调查的对象。"

他忽然变得认真起来。

"注意了，伙计，眼前的线索似是而非，掺杂了神学论者口中所说的黑暗力量。这许多让你感到焦虑的犯罪外表，很明显只是障眼法。我个人不相信那些无恶不作的帮派混混已经结社成党，而且把俱乐部这种可笑的场所当作他们的大本营。这种想法太夸张了，充斥着俗不可耐且令人厌烦的新闻渲染手法，真是太哗众取宠了。与战争不同，犯罪并不是明显的集体表现，它只不过是见不得人的活动。你知道吗？犯罪活动是属于个人的事。一个人计划杀人，他不会像打桥牌一样需要呼朋引伴。马克汉，亲爱的伙计，别让这种不切实际的犯罪学观点毁掉你的一生，也别只顾着埋头调查雪地上的脚印，它们会彻底误导你，让你在这邪恶的世界里变得不被依赖。我得提醒你，聪明的罪犯绝不会笨到留下自己的脚印，等着你拿着尺子去丈量。"

他深深地叹了一口气，悲怜却又嘲讽地望着马克汉。

"你有没有想过，说不定你的第一件案子就是被脚印搞砸的？哎呀！到时候你该怎么办？"

"只要把你带在身边就足够了嘛！"马克汉回讽，"下一个重大案子发生时，你愿不愿意跟我一起办案呢？"

"这可真让我受宠若惊。"万斯说。

两天后报纸的头版头条刊出了令人震惊的玛格丽特·欧黛尔谋杀案。

3. 金丝雀杀人事件

九月十一日，星期二，上午八点三十分。

当马克汉把这个令人震惊的消息告诉我们时，正好是九月十一日这个重大日子的早上过了八点三十分没多久。

我暂时和万斯一起住在他位于东三十八街的一栋豪华大厦的最顶层的房子里，这是一个重新装潢过、两层楼打通的大面积房子。

自从我辞掉在父亲"范·达因 & 戴维斯律师事务所"的工作后，过去几年我一直是万斯的私人法律代表和顾问，竭尽所能地为他的需要和兴趣服务。他的公事不多，不过他的个人财务和他大量收购名画和古董的私事，却让我应接不暇；不过还没有构成负担。这种财务和法律上的服务倒是蛮适合我的。而我和万斯早在大学时代在哈佛读书时就建立起来的友谊，提供给我们社会化和人性化的基础——这种基础对别人来说，很可能很容易变质，让彼此成为陌路。

在这个特别的早上，我起得相当早，当万斯的管家柯瑞通报马克汉来访，正在大厅等候时，我正在万斯的书房里忙着。我对马克汉这么早来访有点惊讶，因为马克汉也非常了解万斯的作息，万斯不到中午是不会起来的，更忌讳别人在一大清早打扰他的美梦。就在那一刻，我嗅到一股不寻常的气息萦绕在周围。

我察觉到马克汉在大厅里不安地来回踱步，他把帽子和手套随手丢在茶几上。我走进大厅时，他停下了脚步，一双饱受困扰的眼睛注视着我。马克汉身材中等，不过体格壮硕，他一头的白发，胡子总是刮得十分干净。仪表出众的他不但彬彬有礼，待人也十分谦和；而在他出色的外表下，隐含的却是律己甚严、充满企图心和坚忍不拔的刚毅特质，充分让人感受到他的顽强与不屈不挠。

"早安，范，"他面无表情地向我打招呼，"又发生了一件惊天动地的谋杀案，是有史以来最可怕、最丑陋的一桩……"他似乎想到了什么，眼睛直直盯着我，"你让我想起了前晚在俱乐部时我跟万斯的对话。该死！那晚他的话居然要应验了。你还记得我半开玩笑地答应他下个大案子要带着他一起办吗？唉！事情真的发生了。那位被大家称为"金丝雀"的玛格丽特·欧黛尔在她的公寓里被杀了。而我刚刚得到的消息好像又跟俱乐部有关。现在我要前去欧黛尔的住所,把那个安于逸乐还窝在被子里的家伙叫起来如何?"

"没问题。"我不假思索地回答,我想我这样的反应恐怕完全是自私使然。震惊全国的谋杀案,会造成这种效果可能屈指可数,而"金丝雀"就是这屈指可数中的一个。

我立刻走到门边召唤柯瑞,要他立即把万斯叫起来。

"我恐怕,先生……"柯瑞显得有些担心。

马克汉打断说:"别怕,叫醒他的后果我来承担。"

柯瑞也感受到事态的严重,于是离开了。

几分钟后,万斯穿着绣工精致的丝质睡袍跟拖鞋出现在大厅。

"天哪!"他看着钟,略带惊讶地向我们打着招呼,"难道你们这些家伙昨晚都没睡?"

他走到壁炉旁,从意大利制的烟盒中选出一根镶金边的瑞奇烟。

马克汉的眼睛眯成一条细缝,这时候他没心情开玩笑。

"那个'金丝雀'被人杀了。"我忍不住开口了。

万斯停下手中的火柴,不屑地看了我一眼,"谁家的'金丝雀'?"

"玛格丽特·欧黛尔今早被人发现陈尸家中,"马克汉忽然补充说,"就连你这个窝在舒适被窝中的家伙都听过她的大名,所以你该知道这件案子的严重性了吧。现在我要亲自去察看那些'雪地上的脚印',要是你想跟来,正如前晚你暗示我的,那就赶紧动身吧!"

万斯弄熄了他的烟,说道:"玛格丽特·欧黛尔?是百老汇的那位金发尤物,还是开发廊的那个?真是悲哀!"尽管他的态度轻浮,但我看得出他对这案子深感兴趣。他继续说道："这帮法律秩序的卑鄙敌人决心要陷你于苦恼的深渊啦，亲爱的老家伙，他们不顾别人死活，真是可恶透顶，失陪一下，我先去换件适当的衣服。"

万斯转身回到卧室，马克汉则拿出一根雪茄准备吞云吐雾一番，而我则回到书房把刚刚处理的资料收好。不到十分钟，万斯再次出现在大家的面前，穿戴整齐准备出门。

管家柯瑞把帽子、手套和一根藤制手杖递给了万斯，他愉快地以法文嚷着："嗯，老家伙，出发吧！"

我们开着车沿着麦迪逊大道到了上城，然后转进了中央公园，再从西七十二街穿出。玛格丽特·欧黛尔的公寓位于西七十一街一八四号，靠近百老汇大道。我们把车停在路边，执勤的警员为我们从早已挤满了好奇民众的公寓门口开出了一条通道。助理检察官费瑟吉尔正在大厅里，焦急等待着他顶头上司的到来。

"真是太不幸了，长官。"他悲叹地说，"又一桩麻烦事，还偏偏在这节骨眼上！"他沮丧地耸了耸肩。

"真快让人崩溃了，"马克汉一边跟别人握手，一边嚷着，"调查如何了？刑事组希兹警官在你报告后打电话来说，第一眼看上去，这案子就有些棘手。"

"棘手？"费瑟吉尔严肃地重复着这两个字，"简直叫人透不过气来。希兹就像无法停止的涡轮一样，他才刚结束波义尔的案子，马上又要发挥长处投入这宗骇人的新案子中。十分钟前，莫朗督察刚来过，对他下了调查令。"

"嗯，希兹是个好手，"马克汉说，"我们一定会破案的。玛格丽特·欧黛尔的公寓是哪一间？"

费瑟吉尔带着大家走到大厅后方的一扇门前。

"就是这里了，长官。"他说，"我得走了，我需要睡眠。祝你好运！"说完他就离开了。

对这栋房子以及它的内部结构做个简单的描述是十分必要的，因为这栋建筑物的特别构造，在这桩谋杀案看似无法解释的部分中，或多或少扮演了关键性的角色。这是一栋石造的四层楼房，建造当初就是把它当作住宅用的；为了改成私人公寓，内部和外观都做过整修，每一层楼大概隔成三到四间的公寓套房，但是顶楼不在此限。大楼一楼是犯案现场，在这层楼总共有三间公寓和一间牙医诊所。

这栋楼房的主要出入口正对着西七十一街，大门正后方是宽敞的大厅。沿着大厅走到尽头就是玛格丽特·欧黛尔的公寓，门牌号码是三号；而公寓大门跟这栋建筑物的出入口正好遥遥相对。在大厅中间靠右的地方，是通往楼上的楼梯；就在楼梯旁，也就是在大厅的右方，有一间小会客室，没有门，由拱道直接进入。正对楼梯，有一个凹进去的不大的空间，那是电话总机的位置。这栋楼房里没有电梯。

一楼还有一个重要特色：在大厅的尽头，也就是右方角落，有一条对外的小通道，沿着欧黛尔公寓墙壁走到底有扇门，打开这扇门可以看到建筑物西侧的一片空地。这片空地由一条四尺宽的巷子连接通往西七十一街。在所附的图示中，一楼的格局可以一目了然，我也建议读者能把它牢牢记在心里，因为一度我也怀疑如此简单明确的建筑格局，在这桩谋杀案的迷局中能扮演什么样的关键角色；然而正因它的结构非常单纯，没什么特殊之处，不会复杂到让人有特别的联想，才让办案人员困惑了很久，差点让这件案子成了无解的悬案。

那天早上，就在马克汉进入欧黛尔公寓后不久，刑事组警官厄尼·希兹就赶到了现场。他那宽大、有着好斗模样的脸上却是一派轻松。很明显，以往办案时总是存在于刑事组和地检处之间的憎恨与对立，这次在希兹身上看不到了。

"很高兴你能来，长官。"他真心诚意地说道。然后他转向万斯报以诚挚的微笑，并且跟万斯握手。

"大侦探又要加入我们的阵容了！"希兹以戏谑的语调说道。

"没错，"万斯口中念念有词，"在这美丽的九月早晨，你是否已经有了特别的感应呢，警官？"

"不告诉你！"希兹的脸忽然变得阴沉严肃，然后他转向马克汉，说道："不公平，长官！他们这帮该死的家伙为什么不挑别人干这档龌龊的事，独独挑上'金丝雀'玛格丽特·欧黛尔，百老汇里有一大堆再怎么样也不会引起杀机的过时女人，他们看准了要把当红的炸子鸡当作猎杀对象。"

就在他和马克汉说话之际，警政署督察威廉·莫朗走进了玄关，依例跟每个人握手致意。虽然他过去只在偶然的机会里见过我和万斯一次，但是他却记得我们两人，并且叫得出我们的名字，跟我们寒暄着。

"我们十分欢迎你来，"他声调和缓优雅地对马克汉说，"希兹警官会提供你需要的相关资料。我才刚到，还没进入状态。"

"我已经给了他许多资料。"希兹带着大伙朝向客厅走时喃喃地说着。

玛格丽特·欧黛尔住的地方有着两间十分大的房间，由垂挂着暗红色帷幔的拱门相连接。从公寓大门进去首先看到的是一个八英尺长、四英尺宽的玄关，推开威尼斯风格的高级玻璃门后才是客厅。公寓没有其他的出入口，要去卧房也只能从客厅穿过拱门才能进去。

客厅左侧有一张覆盖着织锦丝缎的大型长沙发，正对着壁炉；沙发正后方放着一张紫檀木长桌。介于玄关和通往卧室拱门的右墙上，挂了一面三叠式的玛丽·安托瓦内特镜子，镜子下方放了一张红褐色的折叠式方桌。在拱门的另一边、靠近外挂式凸窗的地方，放了架小型史坦威钢琴，上面缀饰着路易·塞斯风格的精美装饰品。而在壁炉右方的角落，有一张细长桌脚的写字桌跟一个手工制作的方形皮面字纸篓；壁炉左侧则是一个我从来没见过，堪称绝世佳作的古希腊式橱柜。墙上挂了几幅法国画家布歇、弗拉格纳尔和华铎等人的复制画。卧房里放置了一个五斗柜、一个化妆台和几张镀金的椅子。整个公寓给人的感觉，似乎跟金丝雀易逝凋零的个人特质，有着明显的联系。

就在我们从玄关踏进客厅驻足四处观望时，屋内遭到破坏的景象映入我们的眼帘。显然，房间被人大肆搜刮过，到处都显得凌乱不堪，让人不忍卒睹。

"看来他们做得不够高尚。"莫朗督察说。

"我觉得我们要感谢他们没用炸药把房子炸了。"希兹尖酸地回应。

然而，这凌乱的景象并不是最吸引我们注意的地方，我们的视线几乎立即转移到了死者的身上。她以一种不自然的侧扭姿势陈尸在离我们比较近的沙发一角。头部像是被人用力向后扭转，靠在丝缎的沙发套上；散乱的长发垂挂着，犹如被冻结住的一条金色瀑布。由于死于暴力，她的脸扭曲得不成人形；皮肤已经变色，眼睛瞪得大大的，嘴巴张着，嘴唇皱缩；脖子两侧甲状软骨的部位有着明显的瘀痕，身着镶有黑色蕾丝的奶油色薄纱睡衣，而在沙发扶手旁则有一顶貂皮剪裁的金色睡帽。

房间里留有她跟凶手反抗时挣扎的痕迹。在她散乱的头发旁，睡衣一边的肩带断落，胸口前的蕾丝部分有一道很长的横向裂缝；睡衣上淡紫色的缎带花饰也被扯落，皱巴巴的一团落在她的腿上。一只缎面的室内拖鞋掉落在地上，右膝向内盘卧在沙发上，像是被凶手勒得快要窒息前的挣扎动作。她的手指仍然弯曲着，无疑，在她死亡前曾紧紧抓住凶手的手腕，直到她断气松手为止。

我们的眼睛就像被施了恐怖的咒语般停留在玛格丽特·欧黛尔的死状上，直到希兹开口，我们才回到现实。

"你瞧，马克汉先生，在她突然遭到背后袭击时，显然她是坐在沙发这边角落的位置上。"

马克汉点着头，"这么轻易就把她勒死，那人一定是个孔武有力的男人。"

"我十分认同你的看法！"希兹说。他弯下身指着死者手指上的伤口继续说，"他们还拔走了她手上的戒指，而且动作十分野蛮粗鲁。"然后他指着断落在玛格丽特·欧黛尔肩上、镶有小珍珠的一段精美的白金项链又说，"他们还抢走了她脖子上的所有饰品、项链，而且都是硬扯下来的。他们不放过任何一样值钱的东西，也不浪费时间。手法真是利落，动作毫不拖泥带水。"

"法医在哪？"马克汉问。

"他马上就到了，"希兹告诉他，"德瑞摩斯医生是不会不吃早餐就出门办事的。"

"他可以找出一些表面上看不到的蛛丝马迹。"

"我已经掌握了足够的线索，"希兹强调，"瞧瞧这间公寓，即便是堪萨斯飓风来袭，情况也不会这么糟。"

我们把视线从这让人难过的死者惨状上移开，然后走到房间中央。

"小心，马克汉先生，别碰到任何东西，"希兹警告说，"我已经通知指纹专家了，他们随时都会到。"

万斯故作惊讶地看着希兹。

"指纹？不是吧！这是多么可笑！在这个进步的时代，你觉得这些家伙会留下指纹让你去查？我看你是在做梦。"

"不是所有的坏人都那么聪明，万斯先生。"希兹反驳道。

"噢，亲爱的，当然，要是他们个个都聪明，就不会被抓了。但警官，毕竟一个被拿来认证的指纹，只表明留下指纹的这个人曾在某个时候在现场逗留过，并不意味着他有罪啊。"

"也许是这样，"希兹不甘愿地说，"但是我要告诉你，要是我真在这个凌乱的现场找到任何指纹，我对留下指纹的家伙绝不宽待。"

万斯似乎被吓倒了。"你吓着我了，警官。从今以后手套将永远成为我外出时不可或缺的行头。你知道的，我总喜欢东摸摸西碰碰房子里的家具、茶杯、厨房用具什么的。"

就在这个时候，马克汉插话进来，建议他们在法医到达前再四处查看查看。

"还不就跟之前的案子一样,没什么新鲜的。"希兹说,"杀了这个女的,然后把所有值钱的东西一扫而空。"

这两个房间很明显地被掠夺一空,衣服和其他物品散落一地,两个衣橱的门都开着。从卧房里衣橱混乱的情形可以知道,凶手的行动是很仓促的。客厅的衣橱放的是平时不常用的物品,似乎被搜刮得不严重。化妆台的抽屉和五斗柜被翻箱倒柜过,东西掉落一地;床单、枕头、被子乱七八糟地掀在一旁,床垫也整个翻了过来。两把椅子和一张小茶几翻倒在地上,花瓶也都破了,就好像被遍寻不着东西的凶手把它们摔在地上出气一样。写字桌的抽屉也全都被拉开搜索过,只留下散乱的纸张簿本在里头。古希腊式橱柜的门也是大剌剌地打开着,被翻空的程度跟写字桌的情况没有两样。青铜制的台灯倒在长桌的边角,缎面的灯罩也被旁边的银盒尖角刮破了。

在一片混乱中,有两样东西格外吸引我的注意——其中一样是在任何文具店里都买得到的黑色金属文件盒;另外一样则是钢片打造、有着圆形锁的首饰盒。尤其是后者,在整个追查的过程中,扮演了奇怪而又邪恶的角色。

空无一物的文件盒被放在长桌上,紧邻着倒落的台灯。盒盖是关着的,钥匙还插在钥匙孔里。在这杂乱无章的房间里,这个盒子似乎是残破景象中唯一让人感觉井然有序的东西。另一方面,首饰盒则是被粗暴地打开了。它放在卧房的化妆台上,歹徒似乎是费了很大力气才把它撬开,整个盒子都变了形。首饰盒旁有一把铜柄的火钳,显然是从客厅取来的,用来当作撬开首饰盒的工具。

在我们察看房间时,万斯不经意地瞥到这两件物品,而就在他走近化妆台时，他突然停下了脚步。他拿出他的单边眼镜，小心翼翼地调整好位置，倾身查看变形的首饰盒。

"十分特别！"他喃喃自语，并用他的金笔轻敲着盒盖边缘。"你发现什么没有，警官？"

万斯弯向化妆台时，希兹正眯眼看着他。

"你发现了什么吗，万斯先生？"他反问万斯。

"哦，你想象不到的，"万斯轻轻地回答。"刚刚我突然发现这把普通的火钳，是绝对打不开这个钢片打造的盒子的，对不对？"

希兹同意地点头。"这么说，你也注意到了，是不是？你的想法没错，这把火钳充其量只会对这个首饰盒造成一点损伤，但它绝对没法破坏这把锁。"

他转向莫朗督察。

"我会把这个难题交给我们的布莱纳教授去解决，如果他可以的话。打开这个首饰盒对我来说是高难度的工作，也不是我这样的人应该做的事。"

万斯继续研究了这只首饰盒一会儿，终于他面有难色地转过头去。

"哎呀！"万斯叫着，"昨晚这里发生了十分诡异的事。"

"哦，没那么诡异，"希兹接着说，"这个案子很单纯，没什么神秘的地方。"

万斯取下他的单边眼镜擦了擦，然后把它收起来，之后他不屑地回嘴："警官，要是你用这种态度办案的话，我保证你会触礁。希望到时候，仁慈的上帝能把你拯救到岸边。"

4. 手印

九月十一日，星期二，上午九点三十分。

我们回到客厅没多久，首席法医德瑞摩斯就兴致勃勃、充满活力地赶到了。他的车子里跟着下来了另外三个人，其中一位手上拿着照相机和一副折叠三脚架。这三个人分别是杜柏士队长、指纹专家贝拉米探员，警方摄影师蒯彼得。

"哇，哇，哇！"德瑞摩斯法医喊道，"什么风把大家都吹过来了！很棘手，是不是？但是，检察官，就算发生了这种事，你的朋友们好歹也挑个让人能够接受的时间叫人嘛！一大早就跟催命似的，我的肝脏会吃不消的！"

他精神奕奕、非常有效率地跟每个人握手打招呼。

"尸体在哪？"他环顾屋内，轻松地问道，接着便看到了躺在沙发上的尸体，"噢！是名女子。"

他一个箭步向前，立即对玛格丽特·欧黛尔的尸体进行检查。他仔细查看她的脖子、手指，摇动她的手臂和头部，以确定她死后僵硬的程度，最后松弛她僵直的四肢，把尸体平躺在长椅垫上，准备做更进一步的验尸工作。

我们其他人则移向卧室，希兹挥手让杜柏士队长和贝拉米探员跟过来。

"别放过任何一个地方，"他对他们说。"尤其是好好留意这个首饰盒和这把钳子的握柄部分；此外，把客厅里的文件盒也彻底地检查一下。"

"没错，"杜柏士队长赞同地说，"我们在这头忙，法医在那头忙。"之后他和贝拉米分头展开工作。

很自然地，我们的兴趣焦点都集中在杜柏士队长的工作上。整整五分钟我们都在看他检查首饰盒的前后，以及钳子的握柄。他小心翼翼地捏着这些东西的边缘把它们拿起来，眼睛戴着珠宝商鉴定珠宝用的那种放大镜片，并拿出口袋中的小型手电筒照着首饰盒和钳子的每一寸地方，最后他放下它们，皱着眉头。

"这上面没有指纹，"他说，"擦拭得相当干净。"

"我大概知道了，"希兹咕哝着，"这是职业杀手干的。"他转向另一名专家，"发现什么了吗，贝拉米？"

"毫无发现，"贝拉米有点火气地回答。"只有一些旧的斑点跟灰尘在上面。"

"看来是一无所获了，"希兹感到十分恼火，"我们只有指望法医那边的进展了。"

就在这时，德瑞摩斯法医走进了卧室，从床上拿起了一条床单，回到沙发旁用床单盖住尸体。随后他合上他的手提箱，潇洒地戴上帽子，朝众人疾步走去。

"纯粹的杀人事件，"他说话快如连珠炮，"喉咙前方有几道瘀痕，拇指形状的瘀痕在后颈骨的部位。这一定是出其不意的攻击，虽然死者临死前有过明显挣扎的痕迹，不过凶手的动作十分干净利落，有职业杀手的水准。"

"你觉得她的衣服是怎么破的呢，法医？"万斯问。

"哦，那个吗？很难说。很可能是她自己弄的——窒息前的本能反应。"

"好像不是那样哟？"

"为什么不是？凶手的双手都勒在她的脖子上，你说还有谁能够撕破她的衣服，扯掉她的胸花？"

万斯耸了耸肩，点燃一根烟。

希兹显然被这种不合逻辑的回答惹得有些恼火，于是他提出了另一个疑问，"手指上的伤痕，难道不是因为她的戒指被取掉时造成的吗？"

"很有可能，这些都是新伤。此外，她的左手腕也有几道刮痕，显示她的手镯可能是遇到外力强行从她手上脱下来的。"

"这样说还算合理，"希兹满意地回答，"而且看来，他们还从她脖子上扯下项链之类的物品。"

"有可能，"德瑞摩斯法医淡然地说，"链子之类的饰物在她右肩的后方勒出一道凹痕。"

"时间呢？"

"九或十个小时之前。嗯，大概昨晚十一点半左右，或者再早一些。无论如何，不超过午夜十二点。"他不停地来回走动，"还有事吗？"

希兹想了想，说道："就这样了，法医，我要立即把尸体移到殡仪馆的停尸间。你赶紧进行验尸工作吧！"

"明天你就能得到验尸报告。"尽管德瑞摩斯法医迫不及待地想要离开，不过在离开前，他还是走进卧室，跟希兹、马克汉与莫朗督察握手道别。希兹跟着他走到门口，我听见他要门外的警员打电话给公共服务部，叫他们马上开救护车过来运走"金丝雀"的尸体。

"我真是十分佩服你们这位法医！"万斯对马克汉说，"多好一个团队！你在这里为这位香消玉殒的金发美女急得像热锅上的蚂蚁，而这位快活的法医先生却只担心他自己的肝脏。"

"他有什么不舒服的？"马克汉抱怨说，"媒体舆论的压力又没落在他身上。对了，你对撕破衣服的状况有什么质疑？"

万斯懒懒地看着手上点燃的香烟，说道："想想看，这位女士很明显是遭到出其不意的攻击，因为如果之前就发生了打斗，她就不会坐在那儿被人从后方活活勒死。所以，在她被勒住脖子的当时，她的睡衣和胸花无疑是完整的。但是——姑且不管你那位生气盎然的法医大人所下的结论——从她衣服损破的情况来看，依常理判断，并不像是她挣扎要呼吸时自己造成的。假如是胸前的睡衣勒得她喘不过气来，她会把手指伸进衣领里然后撕扯上衣透气。可是，假如你注意了的话，她的睡衣上半部分根本完好如初，唯一破损的地方是蕾丝荷叶边的部分。它是被一股很大的力量从旁边撕裂的，甚至是被扯破的。可是在这种情况下，任何拉扯都应该不是向下就是往外。"

莫朗督察听得十分专心，可希兹却毫不在意且没耐性；显然他不觉得撕破的睡衣和这件简单的大案子有什么关联。

"除此之外，"万斯继续，"还有那胸花，假如是她被勒时自己把胸饰扯掉，毫无疑问它应该会掉在地上。因为，想想看，她的尸体侧扭，右膝盘卧，一只拖鞋没有穿在脚上，可见她当时一定挣扎得很厉害。现在我要说的是，在这样的挣扎下，不会有任何胸花还会停留在这位女士的膝盖上。即便女士小姐们坐得好好的，她们的手套、皮包、手帕、餐巾、小册子之类的东西，都会从她们的膝盖滑到地上，你们明白吗？"

"假如你的论点正确的话，"马克汉指出，"也就是说，蕾丝的撕裂和胸花的扯落，应该是在她死后才发生的喽？！但我不能理解，这种无意义的野蛮行为，到底是为什么。"

"我也不能理解，"万斯轻声叹息，"整件事非常诡异。"

希兹目光尖锐地看着他。"这是你第二次这么说了。但从这件谋杀案中，并没有发现你所谓的离奇诡异之处。这个案子再单纯不过了。"他语气坚决，极力为自己站不住脚的意见抗辩。"睡衣在任何时间都可能被扯破，"他顽固地继续说下去，"胸花可能正好勾到睡衣裙摆的蕾丝，所以才没有掉到地上。"

"那么首饰盒呢？你又怎么解释，警官？"万斯问。

"嗯，凶手可能是试图用钳子打开它，可是打不开，于是用自己带来的铁橇撬开了。"

"要是他随身带了这么有用的铁橇，"万斯继续追问，"这家伙为什么还要不厌其烦地从客厅找来那没用的钳子？"

希兹警官尴尬地摇着头。

"你永远不知道这些歹徒为什么要这样做。"

"啧，啧！"万斯对他发出貌视斥责的声音，"'永远'这两个字不该从你这位聪明的警官口中说出来的吧！"

希兹依旧眼神尖锐地看着万斯。"还有什么让你觉得诡异离奇的事情吗？"他的敏锐问题又冒出来了。

"客厅，桌子上的台灯。"

当时我们就站在连接两个房间的拱门上，希兹立即转身，盯着那个翻倒的台灯。

"我看不出有什么不对劲的地方。"

"它翻倒在那，对不对？"万斯说。

"那又怎样？"希兹完全迷惑了，"这屋子里几乎每样东西都被搞得东倒西歪。"

"哦！但有一个理由可以解释，为什么大部分的东西被翻搅得乱七八糟，比如抽屉、箱子、柜子、花瓶等等。那说明他们在找东西；他们动作一致地在搜刮所有值钱的东西。但是那座台灯，你们看到没，和屋子里的状况不协调，也完全不搭调。它倒在桌子的边角上，相距死者被勒死的地点至少也有五尺远；在挣扎的过程中，台灯不可能被打翻。不，根本就不会。台灯不应该会翻倒，正如同折叠式方桌上那面美丽的镜子也不该破一样。这就是奇怪的地方。"

"那些椅子跟那张小桌子怪不怪呢？"希兹指着两张翻倒的镀金椅子，跟一张倾倒在钢琴附近的茶几问道。

"哦，它们没什么怪异的地方，"万斯回答。"这些都是很轻的家具，很容易被闯进来掠夺财物又急着逃走的歹徒撞倒在一旁。"

"那这座台灯也可能是在同样的情况下被弄倒的。"希兹反驳道。

万斯摇着头，"不可能的，警官。因为它是实心铜座的台灯，不会头重脚轻；而且稳稳地站在边角，不会造成任何妨碍。台灯是被故意弄倒的。"

希兹沉默了一会儿，经验告诉他不能低估了万斯的观察能力。事实上，就在我看到翻倒在桌边的台灯与其他被翻弄破坏的东西有一大段距离的同时，我必须承认万斯的观点确实隐藏了一股不容忽视的威力。我努力想借万斯的观点重现犯罪现场，但却完全失败了。

"还有什么跟现场不协调的吗？"希兹终于又开口问了万斯。

万斯用他手上的烟指着客厅里的衣橱。这个衣橱放在玄关旁的角落，离古希腊式橱柜很近，正对着沙发一角。

"你不妨花点心思仔细查看那个衣橱，"万斯漫不经心地说，"你会发现，衣橱的门虽然是半开的，但是里面的东西没有被碰过；而且这也是整间公寓里唯一没被翻过的地方。"

希兹走了过去，检查衣橱的内部。

"嗯，无论如何，我承认这确实很怪异。"他承认了这个事实。

万斯懒洋洋地跟在后面，从他肩后看着衣橱内部。

"天哪！"他突然叫了起来。"钥匙插在锁的内侧，真是太奇怪了！没人能从衣橱内锁门的——对不对，警官？"

"这有什么好大惊小怪的，"希兹倒是很看得开，"也许这门一直都没锁过。总之，我们很快就会知道答案了。女佣正在外面等着，等杜柏士队长结束他的工作，我就跟她谈谈。"

他转向已经完成卧房指纹采集工作，此刻正在钢琴上采集指纹的杜柏士队长。

"有什么发现吗？"

队长摇摇头。

"都戴着手套。"他简单扼要地说。

"我这也一样。"贝拉米跪在写字桌前,粗声粗气地说。

万斯嘲笑地转身走到窗户旁,泰然自若地抽着烟看向窗外,似乎他对这件案子的浓厚兴趣转眼间已经烟消云散。

就在这时,大厅的门忽然打开了,一名满头灰发和蓄着杂乱胡子的矮瘦男人走了进来,在刺眼的阳光下,他不时地眨着他的眼睛。

"早安,教授,"希兹向这位刚来的人打招呼,"真高兴见到你,我手上又有好货了,正是你拿手的。"

副督察康瑞德·布莱纳是隐藏在这个侦查团队背面、能力一流的专家之一。通常遇到棘手的技术问题总是会征询他的意见,可他的名字和功劳却很少上报。他的专长是在锁类和歹徒使用的窃盗工具上。我怀疑,即便是洛桑大学那些努力不懈的教授犯罪学的学者,也不一定有人能比他更精确地通过歹徒所留下的证据去解读犯罪工具。他的外表举止看起来像是位干巴精瘦、不怎么起眼的教授。他穿着一套未经整烫的传统剪裁黑色西装,里面是一件立领衬衫,活脱脱是十九世纪末的牧师装扮,还系着一条窄长的黑色领带。他的金边眼镜的镜片很厚,以至于他的瞳孔看起来大得吓人。

当希兹跟他讲话时,他面无表情地站在那里等着执行任务,似乎无视于其他人的存在。显然,希兹十分了解这位瘦小警官的特殊风格,不待他反应,就立刻走向卧室。

"这里请,教授,"他谄媚地引着布莱纳进入卧室,走到化妆台前拿起首饰盒。"请看看这个首饰盒,告诉我你发现了什么。"

　　布莱纳跟着希兹进入卧室，他没有左顾右盼，直接拿起了首饰盒，然后静静地走到窗边检视。万斯忽然间似乎又有了兴致，他走了过去，驻足看着他。

　　这位瘦小的专家戴着近视眼镜，端详着这个首饰盒子足足五分钟，然后他撇过头看着希兹，眼睛不停地眨着。

　　"有两种工具用来打开首饰盒，"他的声音小而尖锐，但却充满了无限的权威。"其中一样弄弯了盒盖，并且在烤漆的表面上造成数道刮痕。另一样，我敢说，是某种铁制凿刀，是用来破坏锁的。第一种工具是件钝器，操作的杠杆角度错误，使用者显然不熟悉这项工具，结果造成盒盖边缘弯曲变形；但是凿刀插入的施力点却非常正确，刚好能把锁簧撬开。"

　　"惯窃？"希兹问。

　　"八成是，"布莱纳回答，再度眨着他的眼睛。"也就是说，撬开锁的功夫是职业手法。而且我敢打包票，这项工具是专为进行这个不法行动准备的。"

　　"这玩意儿派上用场了吗？"希兹拿起那把火钳。

　　布莱纳把它拿过来反复查看。

　　"或许它就是那件弄弯盒盖的钝器，但绝不是撬开锁的工具。这把火钳是铁铸的，只要施力过大就会折断。然而这个首饰盒由冷钢打造而成，里面嵌入圆柱形的倒钩锁，需要特制的钥匙才能打开；而只有凿刀才有足够的力道把锁撬开。"

　　"嗯，就是这样。"希兹似乎很满意布莱纳的结论，"教授，我请你仔细检查这个首饰盒，然后告诉我你还发现了什么。"

"要是你不反对的话，我要带走它。"这位小个子把首饰盒夹在手臂里，一声不吭地离开了。

希兹对着马克汉露齿一笑。"怪胎！除非他从蛛丝马迹中找到答案，否则他是不会快乐的。他迫不及待地想拥有那个盒子，然后在搭地铁时一路疼爱地捧着它，就像母亲捧着婴儿似的。"

万斯还是站在化妆台附近，困惑地看着这个房间。

"马克汉，"他说，"那个首饰盒的情况确实让人吃惊。这事不合理、不合逻辑，让人想不透。它让整个案子变得更复杂了。从那个钢盒被刮损的情形来看，不像是高手所为，但看被撬开的锁却又的确是高手所为……"

在马克汉回应之前，杜柏士队长发出的满足声引起了我们的注意。

"警官，我这里有些发现。"他叫着。

我们怀着期待的心情移到客厅。杜柏士站在沙发后长桌的一边，几乎就在玛格丽特·欧黛尔陈尸处的正后方。他拿出一个看起来像是小型手动式风箱的指纹印显示器，并吹出淡黄色粉末，让粉末均匀地遍布在桌面上，大约有一平方英尺的面积。接着他轻轻地吹去多余的粉末，这时候桌面出现了一个清楚的深黄色手印。大拇指和其他各指节间的指印以及手掌边缘部分，在粉末中呈现的样子就像是一座座环状的小岛，指纹纹路清晰可辨。摄影师随后把他的照相机架在一个可调式三脚架上，小心翼翼地对焦，给这个手印拍了两张照片。

"这样应该就够了，"杜柏士非常满意自己的发现。"右手掌，清楚的手印，留下它的家伙当时就站在这名女子的正后方，而且这掌印的痕迹相当新。"

"这盒子呢？"希兹指着翻倒的台灯旁的黑色文件盒。

"一点痕迹也没有，擦拭得相当干净。"

杜柏士开始收拾他的检查工具。

"我说，杜柏士队长，"万斯插嘴说，"你检查过衣橱内的门把吗？"

杜柏士猛然转身，瞪着万斯。

"没有人会闲着没事去握衣橱内的门把，大家开关衣橱都是从外面。"

万斯假装很惊讶地挑动他的眉毛。

"哦，真的是这样吗？真想不到！不过，你知道吗？要是有人在衣橱里的话，他就不会碰触到衣橱外的门把了。"

"据我所知，不会有人把自己关在衣橱里的。"杜柏士的语调充满不屑和讽刺。

"这就奇怪了，"万斯说，"你知道吗？据我所知，很多人都会沉溺于这种习惯中，有点像是某种形态的消遣娱乐！"

总是会打圆场的马克汉这时候开了口。

"万斯，你对那个衣橱有什么看法吗？"

"唉，我要是有就好了，"他无可奈何地说，"因为我无论如何也想不通，为什么衣橱看起来整整齐齐的，没有被翻弄过的痕迹，我十分好奇。你知道，它应该被大肆搜刮过才对的。"

希兹也陷入跟万斯同样的迷惘中，所以他转向杜柏士，对他说："你最好还是去检查一下门把，队长。正如这位先生说的，这个衣橱的确有些蹊跷。"

杜柏士不高兴地默默走向衣橱门边，将黄色粉末撒在里面的门把上。吹掉粉末后，他拿着放大镜弯腰来检查。终于，他直起身子，乖戾地看着万斯。

"门把上确实是有刚留下的指纹，这可以了吧！"他勉勉强强地承认，"除非我判断错误，否则这些指纹就是把手印留在桌面上的那个家伙留下来的。两处的大拇指指纹都是环状的，食指呈螺纹状。这里，彼得，"他示意一旁的摄影师，"把这个门把拍照存查。"

检查结束后，杜柏士、贝拉米和那名摄影师一行人先行离开。

大家相互开了一会儿玩笑后，莫朗督察也离开了。在大门边他跟两名身穿白色制服的实习医师擦肩而过，他们奉命前来运走"金丝雀"的尸体。

5. 被闩上的门

九月十一日，星期二，上午十点三十分。

现在，公寓里只剩下我、马克汉、希兹和万斯。团团乌云飘过，不时遮住阳光，灰暗幽冥的光线笼罩在这个充满悲剧的房间里。马克汉点燃一枝雪茄，靠着钢琴站在那朝四下张望，神情落寞但刚毅。万斯走到挂在客厅墙上的一幅画前，吹毛求疵地一边看一边批评着。这应该是十八世纪法国画家布歇的作品。

　　"绽放笑靥的裸女，展翅拉弓嬉戏的丘比特小童，还有朵朵云彩。"他评论着这幅画。他对所有描绘法国路易十五统治下颓废主题作品的深恶痛绝是相当明显的。"真不知道在这种描绘情歌、嫩绿和温驯绵羊的作品出现之前，这些宫廷交际花的闺房里还挂什么样的画。"

　　"我现在比较感兴趣的是，昨晚这间不寻常的闺房中到底发生了什么事。"马克汉不耐烦地说道。

　　"没有什么好忧心的，长官，"希兹充满自信地说。"我相信杜柏士凭着发现的指纹，然后对比我们的指纹资料档案，很快就能知道是谁干的。"

　　万斯带着悲悯的笑容转向他。

　　"你真有把握，警官。但我想，在这件悲惨的案子水落石出前，你会宁可这位手持杀虫粉的暴躁队长没有发现这些指纹。"他做了一个开玩笑的表情，"容我小声地说，那个在紫檀木桌面跟衣橱门把留下指纹的家伙，和这位美丽小姐的死毫无关系。"

　　"你在怀疑什么？"马克汉直截了当地问。

　　"没什么，我亲爱的老家伙，"万斯柔声回答，"此刻我正徘徊在心智晦暗的歧途上，就像漫游在太阳系中不见指标一般毫无头绪。黑暗之口正吞噬着我，让我仿佛置身于浩瀚无垠的黑夜中。我的心智已经被笼罩在地狱之河的幽冥中，我已决然深陷入幽黯的阴阳世界里。"

　　马克汉气得紧抿着嘴唇，他太熟悉万斯这种用饶舌来回避正题的做法。因此，他转向希兹改变话题。

"你已经盘问过这房里的人了吗？"

"我问过欧黛尔的女佣、大楼管理员和接线员，不过问得不够详细，我在等你来。我想说的是，他们说的事让我头昏脑涨。要是他们坚持他们的说法，那我们就要面临难题了。"

"把他们叫进来，"马克汉说，"先叫女佣。"他坐在钢琴板凳上，背靠着琴键。

希兹起身，不过他没有走向大门，而是走到外挂式凸窗前。

"长官，在你盘问这些人之前，有件事我想请你注意，那就是这栋公寓大楼的出入口。"他把金色纱质窗帘拉向一边，"注意那个铁栏杆。这个地方所有的窗户，包括浴室，都装有铁栏杆，就像眼前这些一样。这里离地面大概只有八到十英尺，而建筑这栋房子的人不给小偷任何从窗户闯入的机会。"

他拉上窗帘，然后走到门厅。

"现在，这儿只有一个出入口可以通往这间公寓，就是这扇开向大厅的门。这里没有气窗，没有通风口，没有送菜用的升降机；也就是说，这间公寓唯一能进出的地方就只有这扇门了。在你听这些人叙述时，务必把这件事放在心上，长官。现在，我先叫女佣进来。"

在希兹的命令下，一名探员带了一名年约三十岁、黑白混血的妇人进来。她衣着整齐，给人一种精明干练的感觉。她说话时轻声细语，咬字清晰、条理分明，一看就知道她受教育程度不错，跟一般的女佣完全不同。

她名叫艾咪·吉勃逊。以下是马克汉问她话后整理出来的信息：

　　她是早上七点多来到欧黛尔的公寓的，跟往常一样，她有一副能够自行进入的钥匙，因为这里的女主人通常要到日上三竿才会起床。

　　一周中她会有一两次特别早到，在欧黛尔小姐起床前，替她缝补衣服。在今天这个特别的早上，她早到是为了帮欧黛尔小姐修改睡袍。

　　当她开门时，满室凌乱直接映入她的眼帘，因为门厅通往客厅的玻璃门是敞开的。几乎同时，她发现女主人陈尸在沙发上。

　　她立即呼叫当时正在值班的接线生杰梭。杰梭向客厅瞄了一眼后，就立马打电话报警。之后艾咪就坐在大厅会客室等候警察到来。

　　她的证词简洁直接，废话不多。即便紧张或激动，她也把自己的情绪控制得十分得体。

　　"现在，"马克汉在停顿一会后接着问，"我们让时间回到昨晚，你是什么时候离开欧黛尔小姐的？"

　　"七点前，大概六点五十几分的时候，长官。"这个女人以一种平淡的语调回答马克汉的问题，而这似乎也是她一贯的说话语气。

　　"你通常都是在那个时间离开的吗？"

　　"不是，我通常都在六点钟离开。但是昨晚欧黛尔小姐要我替她准备晚宴服。"

　　"平常你都不帮她准备晚宴服吗？"

"是的，长官。但昨晚她要跟某位男士共进晚餐，然后去剧院，她希望看起来很美。"

"哦！"马克汉身子向前倾。"那名男子是谁？"

"我不知道，长官。欧黛尔小姐没说。"

"你觉得可能是谁？"

"我不知道，长官。"

"那欧黛尔小姐是什么时候告诉你要你今天早来的？"

"昨晚我离开的时候。"

"也就是说，她根本没预计到会有任何危险，或是对她这位男伴有任何恐惧？"

"看起来没有，"她停顿了一下，似乎正在思考，"没有，我想她没有。她昨晚的兴致相当好。"

马克汉转向希兹。

"你还有什么要问吗，警官？"

希兹拿开还没点着的雪茄，身体弯曲前倾，两只手撑着膝盖。

"昨晚欧黛尔戴了女人的什么样的首饰？"他粗着嗓子问。

女佣的态度立即变得冷漠且高傲。

"欧黛尔小姐，"她特别强调"小姐"这两个字，语调中充满对希兹不尊重欧黛尔小姐称呼的谴责。"她戴了所有的戒指，五六枚吧，还有三个手镯；其中一个缀饰着方钻，一个缀饰着红宝石，另外一个则缀饰着钻石和翡翠。脖子上还戴了一条缀着梨形钻、光芒四射的项链；除此之外，她还带了副镶着钻石跟珍珠的白金有柄望远镜。"

"她还有其他首饰吗？"

"可能还有一些小一点的吧！但我不确定。"

"她是不是把它们放在卧室里一个钢制的首饰盒中？"

"是的，不戴它们时当然放在首饰盒里。"回答中带着些嘲讽的口气。

"哦，我想，即使她戴着它们，她还是会锁上她的首饰盒。"希兹因为女佣的态度开始反唇相讥；对于她回答问题时始终没称他"长官"这事，他无法释怀。此刻他站了起来，指着紫檀木桌上的黑色文件盒。

"以前见过这玩意儿吗？"

妇人漠然地点着头："见过许多次。"

"它通常都放在哪儿？"

"在那里面。"她朝着古希腊式橱柜努嘴示意。

"盒子里有什么？"

"我怎么会知道？"

"你不知道，啊？"希兹下巴微扬，可是他严厉的态度对这位冷静的女佣毫无影响。

"我不知道，"她镇定地说。"它总是锁着的，我从没见欧黛尔小姐打开过。"

希兹警官走到客厅衣橱的门边。

"看到那钥匙没？"他生气地问她。

这女人再次地点头，但这一次我注意到她的眼神里透露着一些惊讶。

"这钥匙一直都插在门内吗？"

"不是，它一直都插在门外的。"

希兹给万斯抛了一个奇怪的表情。然后，在对着门把蹙眉思考了一会儿后，他对带女佣进来的警员招了招手。

"带她到会客室，史尼金。有关欧黛尔的首饰，详细问过她之后做成笔录。让她在外面等着，一会儿我还要问她。"

史尼金带着女佣走了出去。万斯懒洋洋地靠着沙发，朝天花板吐出一个烟圈。盘问那名女佣时，他就一直坐在那里。

"十分清楚，是不是？"他说，"这妇人让我们又向前迈了一大步。现在我们知道那把衣橱的钥匙插错了位置，而且我们这位美丽性感的女子要和她的一位亲密伙伴前往剧院。大概在她的亲密伙伴送她回家后没多久，她就离开了这个邪恶的世界。"

"你觉得这些叙述很有帮助，是吗？"希兹得意扬扬的语气里充满了轻蔑的味道，"等你听完接线生说的疯狂故事后再说吧。"

"行了，警官，"马克汉不耐烦地说，"就当我们在这棘手的刑事案上有了进展。"

"马克汉先生，我建议你先问问大楼管理员，一会儿我会告诉你原因。"希兹走到欧黛尔公寓门口，然后打开它，"看这里，长官。"

他走出大门，来到大楼大厅，指着左手边的小通道。小通道约莫十英尺长，介于欧黛尔公寓和会客室之间。通道的尽头是一扇实心橡木门，门后可以通向公寓大楼旁的空地。

"这扇门，"希兹说道，"是这栋大楼唯一的侧门。假如这扇门上了锁，没有人能从这里进入大楼，除非走正门进来。你也无法从其他公寓进入这栋大楼，因为这层楼的所有窗户都加装了铁窗。刚到现场的时候，我就检查过了。"

说完，他又走回了欧黛尔公寓的客厅。

"在我今早检查过这里的情形后，"他继续说，"我认为我们要找的这个人，就是从通道尽头的那扇门进入这栋大楼的，然后他偷偷溜进欧黛尔的公寓，没被夜间管理员发现。所以我试过这扇侧门，想看看它是不是打得开。但是门从里面闩着——请注意，不是锁上，而是闩上的。门闩不是那种从外面就可以撬开或弄开的滑扣，而是那种坚固的老式铜制旋转扣门。现在，我要你听听管理员对这件事的说法。"

马克汉点头默许，随即希兹叫大厅里的一名警员把管理员带了过来。没多久，一名木讷的中年德国人来到我们面前。他的颧骨很高，一副愁眉苦脸的模样，下巴紧收，怀疑地看着我们。

希兹立即担负起盘问的责任。

"你晚上通常什么时候离开？"基于某种理由，他的态度开始咄咄逼人。

"六点，有时早一点，有时晚一点。"这男人说话的语气十分单调。很显然，他对于在执勤期间发生这等意外事件感到相当懊恼。

"那你早上几点到这儿？"

"通常是八点。"

"你昨晚几点回的家？"

"六点左右，也许是六点十五分。"

希兹停顿了一下，终于点燃了过去一个小时不时含在嘴里的雪茄。

"现在告诉我有关侧门的事，"他的语气依然带着挑衅。"你说你每晚离开前都会把它锁上，是不是？"

"没错，"这名管理员十分确定地点了好几次头。"不过我不是锁上，而是闩上。"

"好，你那时候闩上了门——"希兹说话时，嘴上的雪茄上下不停地抖动着，烟跟话同时从他嘴里冒出来。"你昨晚还是跟往常一样在六点左右把门闩上的？"

"也许六点一刻。"管理员补充说道，十分标准的德国腔。

"你确定昨晚门是闩上的？"希兹问得毫不客气。

"当然确定。这是我每晚必做的事，从没忘过。"

这名男子十分认真的态度，无疑说明了这扇门在昨晚大约六点钟时确实是闩上的。可是，希兹在这个问题上足足盘问了好一阵子，目的就是为了要百分之百确定这扇侧门当时闩上了。之后管理员被带了出去。

"说真的，警官，你知道那位诚实的德国佬确实闩上门了？"万斯带着揶揄的笑容说。

"是的，他闩上门了，"他咕哝着，"今早八点十五分我在这里检查时门仍然是闩上的。这也正是这件事情剪不断理还乱的地方。假如这门从昨晚六点钟到今早八点钟都是闩上的，我会非常感激帮我解惑的人，告诉我杀害'金丝雀'的那家伙昨夜是怎么进来的；同样，他是怎么出去的。"

"为什么不能从大厅正门出入？"马克汉问，"根据你的调查，这似乎是唯一合理的出入口。"

"我当初也是那样认为的，长官，"希兹回答，"但是你听完接线生的描述后再说吧。"

"接线生的位置，"万斯仔细地端详了一下，"在大厅里介于前门和这间公寓的中间。所以，这位男士昨晚进出经过总机附近时，近在咫尺的接线生一定会看到，是不是？"

"没错！"希兹简洁有力地叫着，"可根据接线生的说法，没有这样的人进出过。"

马克汉似乎也感染到希兹激动的情绪。

"带那接线生进来，我要亲自问他。"他下达指示。

希兹有些不情不愿地照着他的话去做。